AtV

Tessa Korber, geboren 1966 in Grünstadt/Rheinland, studierte Geschichte und Germanistik und promovierte 1997. Sie arbeitete in Verlagen, im Buchhandel sowie als Werbetexterin, bevor ihr mit ihrem ersten Roman »Die Karawanenkönigin« gleich ein Bestseller gelang. Tessa Korber lebt mit ihrer Familie in der Nähe von Erlangen. Ihr erster Jeannette-Dürer-Krimi »Toter Winkel« erschien 2000 im Aufbau Taschenbuch Verlag.

Für ihren zweiten Fall muß die attraktive Kriminalkommissarin Jeannette Dürer nach Erlangen zurückkehren. Hier hatte sie Jahre zuvor ihre etwas wirre Studienzeit verbracht. Ein berühmter Fledermausforscher wurde tot in seinem Büro aufgefunden, umgebracht, und dies buchstäblich gleich zweimal. Und es geschehen weitere mysteriöse Todesfälle. Jeannette Dürers Recherchen ergeben eine verzwickte Kriminalgeschichte, in der eigentlich jeder ein Motiv hat und Kafka eine Hauptrolle spielt. Ein rasanter und spannender Campus-Krimi.

Tessa Korber

Tiefe Schatten

Roman

Aufbau Taschenbuch Verlag

ISBN 3-7466-1811-8

1. Auflage 2001

Einbandgestaltung Preuße & Hülpüsch Grafik Design
unter Verwendung eines Fotos vom Ullstein Bilderdienst
Druck Elsnerdruck GmbH, Berlin
Printed in Germany

www.aufbau-taschenbuch.de

Die einzige Art, das Dasein zu ertragen, besteht darin,
sich an der Literatur wie in einer einzigen Orgie zu berauschen.

Gustave Flaubert

Horch! wie die Fledermaus rauschend zieht,
Summ, summ, summm,
Der Meineid geht um.

Clemens Brentano: Lureley

So reißt die Spur
der Fledermaus durchs Porzellan des Abends.

Rainer Maria Rilke: Duineser Elegien

Kapitel 1

liebes schwesterherz,

kaum in der fremde, muss ich schon jemand vertrautem erzaehlen, was mit mir passiert. es ist unglaublich hier: jamaika! die baumfroesche knarzen, und diese hitze, wahnsinn.

das durchstroemt dich bis ganz tief rein. richtig erregend ist das, lach nicht. du gluehst und zerfliesst am strand, und der eigene schweiss duftet. abends auf der veranda schaeumt bougainvillea, und die poolbar – da sitzt du im tuerkisfarbenen wasser mit hibiscus im haar … er hatte kokosschaum auf den lippen, als er mich kuesste …

Kriminalkommissarin Jeannette Dürer warf einen Blick aus ihrem Bürofenster. Draußen hingen schwere Regenwolken über der Stadt, derselbe triste graue Horizont wie seit Wochen schon. Sommer verdiente dieses Szenario nicht genannt zu werden, dieser pervers verlängerte April, der einen abwechselnd in feuchter Hitze dampfen oder unter kalten Schauern fröstelnd sich wegducken ließ. Blauer Himmel und ein Vormittag ohne Kunstlicht im Büro wären auch mal wieder nett gewesen. Türkisfarbenes Wasser – wie schön, wenn andere es besser hatten, dachte sie gereizt und skrollte weiter durch den Text.

Es sah ihrer Schwester Tanja gar nicht ähnlich, ihr längere E-Mails aus dem Urlaub zu schicken. Das übliche war eine knappe Postkarte von der dänischen Ferieninsel, auf die sie und ihr Mann Nils immer fuhren, welche erläuterte, daß es zwar zu kalt zum Baden sei, die Kinder aber in diesem gottgeschenkten Klima wunderbar durchatmen könnten. Fein, dachte Jeannette ohne großes Interesse, daß sie sich nach fünfzehn Jahren mal für was anderes entschieden hatten. Auch wenn das bedeutete, daß Tanja auf einmal klang wie Joseph Conrad, der für »Heart of Darkness« übt. Das Klima dort mußte in der Tat bemerkenswert sein.

Trübe schaute Jeannette hinaus in den verregneten deutschen Sommerhimmel und dann wieder auf ihren Schreibtisch, der ungewohnt leer aussah. Tatsächlich lag nichts darauf als ein dickes Aktenbündel zwischen zwei Pappdeckeln und ihre Hände mit den überkurz geschnittenen Nägeln, die unruhig über die nackte Arbeitsplatte fuhren. Persönliche Gegenstände gab es hier nicht, keinen Nippes, keine Bilderrahmen, keine Topfpflanze. Allenfalls ein kleines Papierstreifchen auf ihrem Computer mochte als Ausdruck persönlichen Gestaltungswillens durchgehen. Darauf stand in Druckbuchstaben »Reiß dich zusammen«. Dieser Zettel begleitete die junge Kommissarin seit ihrer Studienzeit.

Tanjas enthusiastische Ballade von Sonne und Cocktailkirschen erinnerte Jeannette ungut daran, daß ihr eigener Urlaub heute begann, jetzt, in wenigen Minuten. Sie mußte nur noch die letzten Akten komplettieren, ihren elektronischen Postkasten ausmisten, ihre Unterlagen übergeben, sich vom Büro losreißen und entscheiden, was sie als nächstes tun wollte.

Zum vielleicht siebten Mal öffnete und schloß Jeannette nacheinander alle Schubladen. Es zog sie diesmal nicht besonders in die Freiheit. Sie wäre dann schutzlos und verfügbar, könnte sich nicht mehr hinter Überstunden zum Wohle der Allgemeinheit verstecken. Und sie kannte bereits mindestens zwei Personen, die sich sofort wie die Hyänen auf sie stürzen würden. Nein, korrigierte sie sich schuldbewußt, nicht wie Hyänen, das war nicht fair. Und ihre Mutter meinte es nur gut. Aber wie Blutegel.

Jeannette stöhnte, wenn sie an die nächsten zwei Wochen und die anstehende Entscheidung dachte. Italien oder nicht. Mitgehen oder nicht. Ja sagen oder ... Was für ein Lichtblick war es doch, daß Regine, ihre alte Freundin, WG-Genossin und Studienkollegin, noch heute mit dem Flieger aus Hamburg kommen und übers Wochenende bleiben würde. Das war auch der Anlaß dafür, daß sie immer wieder nervös einen Blick auf die große Uhr an der Wand über den Fahndungsfotos warf. Seit Jahren hatte sie sich nicht mehr so auf ein klärendes Gespräch mit Regine gefreut wie jetzt.

»Oho!« Ihr Kollege Micha Braune trat hinter sie und spähte ihr über die Schulter auf den dort noch immer flimmernden Text von Tanjas Mail. »Der Mann von deiner Schwester scheint ja ein ganz heißer Typ zu sein.«

Indigniert drehte Jeannette sich zu ihm um. »Er ist Orthopäde«, verkündete sie im Ton absoluter Endgültigkeit. »Und das hier ist die Ermittlungsakte Becker.« Sie schlug klatschend mit der Hand auf das dicke Konvolut und schob es Micha vor den Bauch. »Und da Zametzer offenbar nicht auftaucht, damit ich sie ihm vorschriftsmäßig übergeben und ihn einweisen kann ...«

Ihr Handy unterbrach sie mit energischem Piepen. Ein kurzer Blick auf die Mailbox zeigte, daß ihre Mutter angerufen hatte; es war das vierte Mal heute. Jeannette drückte einen Knopf und löschte die Bitte um Rückruf.

»Wenn du also so freundlich wärst, Zametzer zu vertreten, dann könnte ich meinen Urlaub antreten und ...« Hier brach sie vorsorglich ab. Lieber nicht an das »und« rühren. Eventuell könnte sie ja die Jalousien runterlassen und vorgeben, sie sei verreist. Vielleicht sollte sie sich auch eine Geheimnummer anschaffen. Wie schnell die von der Post das wohl erledigten?

Die Tür ging auf. »Frau Dürer?« Das war die Sekretärin aus dem Vorzimmer. »Ihre Mutter ist am Apparat.« Jeannette fuchtelte abwehrend. »Sagen Sie ihr, ich bin in einem Fall unterwegs.« Der Kopf der Sekretärin verschwand wieder.

»Sind deine Fenster mal wieder schmutzig?« erkundigte sich Micha neckend. Seit Jeannettes langjähriger Partner und Freund Martin Knauer ins Erlanger Kommissariat gewechselt war und Michael Braune nun häufiger mit ihr zusammenarbeitete, war er mit seiner spröden Vorgesetzen etwas wärmer geworden. Das eine oder andere private Thema hatte man beim Smalltalk bereits berührt; er kannte vor allem die fatale Neigung von Jeannettes Mutter, sich in das Privatleben ihrer Tochter und insbesondere in Jeannettes Haushalt einzumischen, der ihrer Ansicht nach den Namen nicht verdiente.

Jeannette war in diesem Punkt durchaus einer Meinung mit Frau Dürer senior und stolz auf ihren völligen Mangel an bürgerlichen Sekundärtugenden. Er gab ihr den nötigen Halt in einer chaotischen Welt.

»Du halt dich zurück«, replizierte sie knapp. »Und das hier ist privat.« Damit klopfte sie Micha, der zur Maus gegriffen hatte und erneut in der Nachricht ihrer Schwester herumschmökerte, schmerzhaft auf die Finger und drückte sicherheitshalber die Löschen-Taste des Computers.

»He, das ist aber nicht nett«, protestierte er und rieb sich demonstrativ die Hand.

»Ich bin auch nicht nett.«

»Das träumst du«, lachte er und wurde prompt rot. So sehr ihn das verbesserte Verhältnis zu der unzugänglichen, bei einigen Kollegen als arrogant geltenden Jeannette freute, es war eben nicht einfach, so eng mit einer Frau zusammenzuarbeiten, die aussah wie, wie ... so daß einem die Worte fehlten eben. Er hatte tatsächlich noch nie eine Frau gesehen, die attraktiver gewesen wäre. Da mochte manch einer in der Kantine tönen, er stünde nicht auf Blondinen. Jeannettes Schönheit war einfach jenseits zweifelhafter Geschmacksfragen. Was man auch behaupten mochte, man konnte sich ihrer Wirkung nicht entziehen.

Das offizielle Buhlen hatte Micha wohlweislich aufgegeben, es war zu offensichtlich gewesen, wie herb zum Beispiel Zametzer damit auf die Schnauze geflogen war. Aber es kostete schon Mühe, sie bei einem einfachen Gespräch nicht selbstvergessen anzustarren. Micha war sich oft unsicher, ob ihm das immer hundertprozentig gelang.

Sofort errötete er noch einige Nuancen tiefer. Wie der Martin Knauer das damals wohl angefangen hatte, daß er was mit ihr gehabt hatte? Ob Martin von den neuesten Entwicklungen wußte?

Jeannette warf ihm einen stummen Blick zu.

»Okay, okay!« Er hob ergeben die Hände. »Du bist nicht nett.«

Sie ignorierte sein Einverständnis heischendes Lächeln, nickte grimmig und drehte ihm nach einer flüchtigen Musterung den Rücken zu. Plötzlich leicht gereizt, versuchte Micha, unauffällig durchzuatmen und seine heißen Wangen zu kühlen, hoffend, daß sie nichts von seiner Verlegenheit mitbekommen hatte. Er kam sich vor wie ein kleiner Junge, nein, sie behandelte ihn wie einen, daran lag das.

»Und weißt du auch, seit wann?« Wäre Micha nicht so sehr damit beschäftigt gewesen, sich zu ärgern, zuerst über die eigene Verlegenheit, danach über Jeannette, die in seinen Augen schuld an allem war, dann hätte er vielleicht den mahnenden Blick von Jochen Böhm aufgefangen, dem Leiter der Spurensicherung, der ein paar Schreibtische weiter über sein Fingerabdruckprogramm gebeugt saß und bei den letzten Worten den Kopf gehoben hatte.

»Was exakt soll das heißen?« Jeannette hatte sich ihm wieder zugewendet. Ihr angespannt dienstlicher Ton verhieß dieselbe Warnung wie Jochen Böhms zunehmend besorgte Miene. Aber Micha übersah sie. Das konnte sie nicht mit ihm machen, erst herumschäkern und jetzt die Vorgesetzte markieren. Das war doch wieder typisch ungerecht. Er hatte doch nur ... Und überhaupt! »Wir wissen doch alle, seit wann du diese extrem beschissene Laune hast«, verkündete er überlaut und verschränkte die Arme.

»Ich nehm' das.« Böhm war aufgesprungen und streckte flehentlich die Hände in Richtung der Becker-Akte aus. »Gibt's dazu noch irgendwelche Anweisungen?« erkundigte er sich hoffnungsvoll, aber die Streithähne ignorierten ihn.

»Ah, ja. Und möchtest du mir mitteilen, seit wann?« Jeannette war so heftig aufgestanden und auf ihn zugetreten, daß Micha seinerseits in seinen Sessel gestolpert war und sich abrupt hinsetzte.

»Ja, das will ich allerdings«, giftete er von unten herauf.

»Ja? Ja?«

»Ja, verdammt. Du gibst hier die Xantippse ...«

»Xanthippe!« brüllte Jeannette, die in keinem Gemütszustand einen derartigen Bildungsfauxpas ertrug.

Micha dankte es ihr nicht. Um einige Töne höher fuhr er fort: »... seit du diesen Itaker kennengelernt ...« Weiter kam er nicht.

»Heh verdammt!« Anklagend hob er die linke Hand, die nach einer raschen Bewegung Jeannettes an die Lehne seines Drehstuhls gefesselt war. Die Handschellen klirrten leise. Es war ein schwerer, dick gepolsterter Lederdrehstuhl, auf dem er nun hilflos herumruderte. »Jochen, Mensch, hast du das gesehen?«

Jochen Böhm seufzte, die Akte im Arm. Jeannette war bereits auf dem Weg zur Tür.

»Du bist verdammt noch mal kein bißchen nett, falls du Wert drauf legst«, brüllte Micha ihr aus Leibeskräften hinterher. »So eine Kollegenschweinerei.«

Jeannette zog die Schultern hoch und griff zur Türklinke.

Ich bin im Urlaub, ermahnte sie sich. Ich bin fast schon zu Hause. Dort schließe ich die Rolläden, gehe nicht ans Telefon, und abends kommt Regine, und die Männer können mich! Innerlich vibrierte sie immer noch vor Wut.

»Frau Dürer.« Erneuter Auftritt der Sekretärin. Jeannette, die die Tür fast auf die Nase bekommen hätte, machte Anstalten, an ihr vorbeizustürmen. »Sagen Sie meiner Mutter, ich bin in einem Fall unterwegs, verdammt noch mal.«

»Sagen sie ihr das selber.« Vor Jeannette stand ihr Chef, Dienstellenleiter Paumgartner. Nur eine Wutblinde hatte seine Zweimeterzehn hinter der Sekretärin übersehen können.

Er drückte der schreckensstarren Jeannette einen Einsatzzettel in die Hand. »Da Zametzer nicht auftaucht, werden Sie da hinfahren.«

»Ich bin in Urlaub«, protestierte Jeannette schwach. »Seit fünf Minuten schon.« Vor der Größe ihres Chefs fiel ihr Adrenalinpegel rasch.

»Noch nicht. Und nehmen Sie Braune mit.« Sein Blick suchte den Angesprochenen und fiel dann auf das seltsame Arrangement aus Männern und Büromöbeln. Er blinzelte einen Moment, seine Hand tastete flüchtig zu der Lesebrille in seiner Brusttasche, wie immer, wenn er irritiert war.

»Wie gesagt.« Von seiner Pranke behutsam zugezogen, fiel die Tür unendlich leise klickend ins Schloß, und Paumgartner war verschwunden. Anmerkungen zur inneren Disziplin waren nicht sein Stil.

Jeannette atmete einmal ganz langsam durch. Und noch einmal. Dann nickte sie und klatschte den zusammengefalteten Einsatzbefehl gegen ihren lederhosenbewehrten Oberschenkel. »Du hast's gehört, Micha«, kommandierte sie, ohne sich umzusehen. Hinter ihr knallte die Tür um einiges vernehmlicher zu.

Jochen Böhm seufzte erneut. »Komm«, meinte er zu seinem jungen Kollegen und packte aufmunternd die rechte Lehne. »Ich helf' dir mit dem Stuhl.«

Als sie eine halbe Stunde später – als freie Männer – mit Jeannettes Wagen am Tatort vorfuhren, polterte im Kofferraum ein tropfnasser schwarzer Lederdrehstuhl bei jeder Kurve unheilverkündend hin und her, den die beiden Männer durch zwei Stockwerke, eine Drehtür und über einen regenüberfegten Parkhof hatten wuchten müssen, ehe sie Jeannette und ihren Schlüsselbund eingeholt hatten. Die Luft im Inneren des Wagens war womöglich noch gewittriger als die draußen.

Eine Windböe, die den nächsten Regenguß ankündigte, fuhr ihnen in die Haare, als sie auf dem Parkplatz vor dem Hochhaus ausstiegen. Gewitterwind fauchte weiter über den Wöhrder See mit seiner Skyline aus alten Bäumen und neuen Wolkenkratzerfassaden und drückte die Fontäne in der Wassermitte schräg, die gegen einen beinahe blauschwarzen Himmel anschwoll. Die Pappeln am nahen Ufer rauschten protestierend. Ein paar verirrte Schwäne schrien.

»Zurückbleiben! Zurückbleiben bitte!« Lakonisch bugsierte der Streifenpolizist die Schaulustigen samt der provisorischen Absperrungsschnur wieder hinaus auf die Parkplatzzufahrt. »Leud', hier gibd's doch nix zum sehn.«

Aber das wußte die Menge besser, die dichtgedrängt vor dem häßlichen Zwillingstunnel stand, der in die Tiefgarage unter dem Hochhaus führte. Umwölkt vom Dunst des nahe gelegenen Pizzastandes, redete und gestikulierte man aufgeregt durcheinander. Friseusen in rosa Kitteln waren ebenso aus der kleinen Ladenkette im Erdgeschoß herausgetreten wie Besucher des weiter hinten gelegenen Fitneßstudios in knallbunten Lycradress'. Alle standen dicht gedrängt, ließen sich den Müll der überquellenden Parkplatzpapierkörbe um die Füße wehen, ignorierten die verdreckten Betonpoller mit den Schatten des Erbrochenen vom letzten Wochenende und auch den vierspurig vorbeidonnernden Verkehrslärm. Hier sollte es nichts zu sehen geben?

Dabei war der herabsausende Blumentopf eben genau dort auf dem zerbeulten Autodach zerschellt, wo vor kurzem auch der junge Mann aufgeschlagen war. Tonscherben, Erde und Splitter regneten prasselnd über den ohnehin schon zerstörten Lack und in die blonden Locken des Toten und verklebten auf der zu einem Spinnennetz zersprungenen Frontscheibe mit Blut zu einem Brei, der in die feinen Risse sickerte.

Die Augen des Toten standen offen, sein Gesicht, auf der Seite liegend und dem Betrachter frontal zugekehrt, wirkte im ersten Moment fast unversehrt und unangemessen ausdruckslos, war aber auf den zweiten Blick merkwürdig flach und verschoben. Dennoch dauerte es eine Weile, bis der irritierte Betrachter begriff: Es fehlte die untere Schädelhälfte, die beim Aufprall auf das Fahrzeug zerdrückt worden war.

Das Scherbenprasseln kam zur Ruhe. Nachträglich kreischend, zog man die Hälse für einen kurzen Moment ein. Und die zur Ruhe gekommenen Begonien auf dem Dach des Opel Astra nickten leise, als hätten sie es immer schon gewußt, mit den grellroten Köpfen. Es donnerte irgendwo über der Innenstadt.

»Wow!«, rief jemand.

»Voll kraß.«

»... glaubst du, wie da vorhin erst die Knochen ...«

»Von hier sieht er ja ganz heil aus, aber drunter ... Die volle Matsche, sag ich dir!« Die gemurmelte Konversation setzte wieder ein.

Angeekelt drehte Jeannette der Meute den Rücken zu und begann ihrerseits, den Leichnam zu mustern, zunächst unwillkürlich zurückhaltend. Das erste, was ihr ins Auge fiel, war der linke Fuß des Toten, von dem sich beim Sturz der

Schuh gelöst hatte. Regen ließ den billigen Tennissocken eng anliegen, und von der großen Zehe tropfte es in Abständen. Jeannette war, als hätte sie noch nie etwas Traurigeres gesehen. Ihr war schon viel versöhnlicher zumute; dieser Junge hatte ihre ganze Konzentration verdient.

Sie klatschte in die Hände. »Okay, dann wollen wir mal. Ohne vorgreifen zu wollen«, meinte sie dann zu Jochen Böhm, »ich tippe auf Selbstmord.« Sie wies auf die Füße. »Er hat vorher seine Schuhe angezogen.«

Böhm zuckte die Schultern. »Abwarten. Vielleicht stand er ja auf dem Balkon und rauchte eine, als er geschubst wurde. Wenn er geschubst wurde.« Er kramte in seinem Koffer und holte die Handschuhe heraus. »Darauf wetten würde ich allerdings nicht. Trotzdem.« Er angelte nach den Plastik-Klebestreifchen, mit deren Hilfe er Mikrospuren von den Fingern des Toten nehmen wollte. Falls er sich an jemandem festgehalten oder gegen jemanden gewehrt hatte, würden sich dort Hautpartikel oder Fasern finden.

Mit gezücktem Block wandte Jeannette sich derweil an einen der Männer von der Streife. »Haben Sie die Leute hier schon befragt? Sind Zeugen dabei?«

»Jawoll, es handelt sich bei dem Toten angeblich um den hier wohnhaften …«

Jeannette nickte, notierte sich Namen und Appartement-Nummer und wandte sich dann zu Micha Braune. »Du hast's gehört, Stock dreiundzwanzig, Nummer neun. Dein Tatort, wenn du magst.« Es war ein Friedensangebot.

Zähneknirschend, die Fäuste in seine Jacke versenkt, machte Micha sich auf den Weg nach oben. So leicht war er nicht zu versöhnen. Sein Tatort. Unauffällig schlossen sich seine Finger in der Tasche um das kleine Büchlein »Tatort-Tipps«, das er sich jüngst auf ihre Anregung hin gekauft hatte. Aber den Teufel würde er tun, ihr das zu erzählen. Seine Schritte dröhnten auf den Betonstufen.

Jochen Böhm, die latexverpackten Hände erhoben wie ein Chirurg, trat näher an sie heran. »Er ist noch jung.«

Sie schaute nicht von ihren Notizen auf. »Das bin ich auch.«

»Nicht so.«

Ihr Kopf fuhr hoch. »So wie er? Also ich bin höchstens …«

»So jung, wie du dich benimmst, meine ich.«

»…«

Jochen Böhm klappte seinen Koffer auf und wühlte klirrend zwischen seinen Pinzetten herum, bis er das Stempelkissen gefunden hatte. Ohne weiter auf die Wirkung seiner Worte zu achten, trat er erneut an den Toten heran, nahm seine herabhängende Hand und meinte zu sich selbst: »Das sollte mal einen schönen Satz Abdrücke geben.«

Grauweißer Beton, stellte Jeannette fest, die begonnen hatte, angelegentlich die Fassade vor ihr zu mustern. Mit nachträglich eingebauten Panoramascheiben von variierender Scheußlichkeit grüßte Balkon um Balkon. War das die Art Haus, von der man heruntersprang, um zu sterben? Jeannette verzählte sich bei fünfzehn Stockwerken, fing anderswo an der langen Reihe wieder an und gab dann auf. Hier und da flatterte eine Markise im schreienden Orange der siebziger Jahre, unregelmäßig verteilt ragten Satellitenschüsseln. Fast alle Balkone waren besetzt mit runden kleinen Köpfen, die nach unten starrten, nur auf den untersten Etagen konnte sie Gesichter erkennen. Sie ließen sich nicht davon aus der Ruhe bringen, daß sie ihren dienstlichen Blick in aller Strenge dorthinauf wandern ließ. So war sie es, die die Augen zuerst abwandte.

»Jetzt stellt er glei so Schildla mit Nummern auf, wersd sehn«, wisperte ein Kenner in der Menge, die sich in beklommener Gier nicht von dem blutigen Anblick losreißen konnte. Dann sah Jeannette den Mann, der sich mit vorsichtigen Schritten wieder in den freien Raum zwischen dem abgesperrten Parkplatz vor dem Hochhaus und der Zuschauermenge hineintastete, den Blick hypnotisiert auf die Leiche gerichtet, langsam, unwillkürlich schleichend, als gäbe es irgendeine Deckung, die er nutzen könnte.

Mit ein paar raschen Schritten vertrat sie ihm den Weg und tippte ihn aufs Revers. »Na, auf der Pirsch?« fragte sie katzenfreundlich. Der Neugierige wich ein Stück zurück und lugte an ihr vorbei. »Schaffen Sie sofort den Mann vom Platz«, herrschte sie den nächsten Streifenbeamten an. Krawatten tragen und nach Rasierwasser duften, ein ganz normaler Geschäftsmann in der Mittagspause sein wollen, aber unbedingt Leichen angaffen. Hatten diese Leute denn gar kein Schamgefühl?

»Die hält sich wohl für Catwoman«, protestierte jemand.

»Na ja«, gab ein Unparteiischer zu bedenken. »Aussehen tut sie so.«

»Zicke!« beharrte dagegen ein anderer, leise genug, um nicht wegen Beamtenbeleidigung belangt zu werden. Das Murren blieb amorph, und Jeannette reckte das Kinn.

»Ja, Leud'«, hörte Jeannette den Beamten erneut zu seiner Predigt ansetzen, als sie sich abwandte.

»Möchte mal wissen«, knurrte sie, wieder zurück bei Böhm, »was die eigentlich täten, wenn wir sie machen ließen. Wenn wir sie einfach rankommen ließen. Was wollen die denn, gottverdammt? Ihre Hände in die Blutlache tauchen? Sich Souvenirs rausschneiden? Sekuritätsverdummtes Pack. Scheißwetter«, kommentierte sie gleich darauf die ersten schüchternen Wasserspritzer, die auf ihre schwarze Lederjacke fielen. Über das keilförmige Glasdach des HDI-Hochhauses und den See zogen graue Tropfenvorhänge heran, während die Sandsteinfassaden von Erlenstegen noch in einem giftigen Sonnenschein herüberleuchteten. »Besser, wir nehmen die Zeugenaussagen auf, bevor sich hier alles verläuft.«

Doch sie hatte noch nicht zum Stift gegriffen, als auch schon der schwarze BMW ihres Kollegen Zametzer auf den Vorplatz einbog. Die dezente Wolke aus Knoblauch und Ouzo, die seinem Jackett entstieg verriet ihr, wo er seit dem Mittag gesteckt haben mußte.

»Ihr Fall, Herr Kollege«, begrüßte sie ihn in der hallenden Einfahrt. »Ich habe schon seit zweieinhalb Stunden Urlaub. Nett, daß Sie Ihre Mittagspause endlich unterbrechen konnten.«

Böhm, der sich aus dem inzwischen heftigeren Regen zu ihnen in die Einfahrt zurückzog, wischte sich die nassen Haare aus dem Gesicht und vermied jeden weiteren Kommentar. Zametzer holte statt einer Antwort ein Erfrischungstüchlein aus der Tasche seines Mantels und rieb sich langsam und sorgfältig die Hände ab. »Schattiger Sommer«, meinte er nur.

»Verdammt schattig«, bestätigte Böhm.

Jeannette ignorierte den Austausch von Höflichkeiten. »Micha ist oben im«, sie blätterte nach, »dreiundzwanzigsten Stock, Appartement neun. Viel Spaß dann«.

Zametzer faltete sorgfältig sein gebrauchtes Erfrischungstüchlein zusammen und steckte es zurück in die aufgerissene Hülle. Feuchtigkeit kroch in die Tiefgarageneinfahrt. Was zum Teufel tat sie eigentlich noch hier? Jeannette sah auf ihre Uhr. Regines Flieger würde in zwei Stunden landen.

»Vielleicht kümmern Sie sich jetzt endlich selbst um Ihren Fall.«

»Fall«, Zametzer bearbeitete mit der Zunge irgend etwas zwischen seinen Zähnen, »na, ja. Die Sache sieht eigentlich doch ziemlich klar aus. Sogar seine Schuhe hat er angezogen.«

Jeannette verkniff sich eine Bemerkung. Ihre eigene Vermutung gefiel ihr aus Zametzers Mund schon ein ganzes Stück weniger.

»Was sagt denn der Braune?« erkundigte Zametzer sich weiter. »Hat er einen Abschiedsbrief gefunden?«

Statt einer Antwort hielt Böhm ihm das Handy hin. Zametzer kontaktierte den jungen Kollegen. »Aha«, meinte er knapp. »Aha. Das war's dann wohl. Kommen Sie runter, Braune. Nein, kommen Sie runter. Und schön versiegeln.« Er drückte den Aus-Knopf mit endgültiger Geste. »Na bitte, kein Brief weit und breit. Aber es war abgesperrt. Und der Schlüsselbund lag innen neben dem Telefon. Da braucht's keinen großen Ablebensbericht an den Staatsanwalt, das erledige ich so.« Und er begann, die Nummer der Staatsanwaltschaft zu tippen.

»Aber ...«, wollte Jeannette heftig einwenden.

»Sie können auch zusammenpacken, Böhm. Wundert mich, daß man Sie überhaupt mitgeschleppt hat.« Er streifte Jeannette bei dieser Bemerkung mit keinem Blick »Udo, bist du's?« wandte er sich dann seinem Anruf zu. »Hier ist Rolf. Wir haben da einen Springer.« Jovial setzte er seinem Tennisfreund auseinander, daß es im Fall Wöhrder See nichts für die Staatsanwaltschaft zu tun gab. »Obduktion? Kostet doch bloß. Nein, nein, von innen abgesperrt.«

Jeannette kochte vor Wut, aber sie hatte es selbst gesagt, es war sein Fall. Und vermutlich hatte er auch noch recht. Nur die Art, die Art und Weise.

»Siehst du genauso? Fein, Udo. Es bleibt bei Samstag früh auf dem Court?«

Als er das Gespräch beendet hatte, strich Zametzer sich zufrieden den Schnurrbart glatt und schaute hinter seiner Kollegin her, die ohne weiteren Gruß den Schauplatz verlassen hatte. Ihr Rücken zeugte von dem heftigen Kampf, den sie mit dem Reißverschluß ihrer Lederjacke führte. Sie stolperte an der Parkbuchtbegrenzung, fing sich dann aber wieder.

»Schönen Urlaub auch«, brüllte er ihr nach. »Entspannen Sie sich mal 'n bißchen.«

Dann warf er sein Handy hoch und fing es nach einem Doppeltouloup wieder auf. »Weiber.«

Sollte sie doch an die Universität zurückgehen, wenn ihr der Polizeialltag zu hart war. Er grinste bei der Vorstellung, ihr das ins Gesicht zu sagen und dann mitzuerleben, wie sie explodierte. Eine wie die gehörte doch einfach mal wieder kräftig …

Schuldbewußt unterbrach er seinen Gedankengang an dieser Stelle. Sein Kätzchen würde das gar nicht gerne hören. Und er hatte Kätzchen doch versprochen, sich künftig mit solchen Sprüchen zurückzuhalten. Gleich morgen abend konnte er ihr erzählen, wie brav er auf sie hörte, und sich dafür belohnen lassen. Innerlich schnurrend, hing Kriminalkommissar Zametzer seinen Gedanken nach.

Der Regen rauschte inzwischen herunter und rann in kleinen gelben Schmutzbächen über den Beton der Tiefgarageneinfahrt. Zametzer hob seine italienischen Lederschuhe aus der Pfütze.

»Im wievielten Stock, sagte sie, liegt die Wohnung des Toten?« erkundigte er sich schließlich bei dem zurückkehrenden Jochen Böhm.

»Im dreiundzwanzigsten. Ich nehme sicherheitshalber noch die Fingerabdrücke von der Tür und dem Balkon.«

Zametzer grunzte. »Quatsch. Keine Anzeichen für weitere beteiligte Personen, Sie haben's doch gehört. Die Tür war abgesperrt, der Schlüssel lag innen neben dem Telefon.«

Das Aufjaulen eines gequälten Motors unterbrach die beiden Männer. Sie schauten auf und sahen Jeannette Dürers leicht verbeulten Fiat vorschießen und den nachtblauen Mercedes A-Klasse gegenüber rammen. Als sie mit wütenden Bewegungen ausstieg, steigerte sich die Regenflut zum Platzregen. Böhm und Zametzer zogen sich mit einigen bedächtigen Schritten vor dem Spritzwasser weiter in die Tiefgarageneinfahrt zurück und beobachteten durch den

Regenvorhang, wie Jeannette, die sich in ihrem Sicherheitsgurt verfangen hatte, sich mühsam aus ihrem Auto quälte, zu dem beschädigten Wagen hinüberstakte, ihre Visitenkarte unter dessen Scheibenwischer klemmte und kurz darauf erneut lospreschte. Bremsen quietschten, als sie sich tollkühn in den Berufsverkehr auf der Ostendstraße drängelte.

»Was hat die denn?« fragte Zametzer seinen Kollegen, der mit Jeannette auf besserem Fuß zu stehen pflegte. Er versuchte, das »die« möglichst vielsagend und abfällig klingen zu lassen.

Böhm zuckte geplagt mit den Schultern.

»Einen Neuen«, seufzte er.

Kapitel 2

»Liegt noch irgend etwas an?« erkundigte sich Sabine Peters und steckte ihren Kopf ins Büro von Professor Bouvier, nicht verwandt und nicht verschwägert mit dem berühmten Verleger, wie er gerne betonte, um zu unterstreichen, daß er derartige Verwandtschaften nicht nötig hatte angesichts eines Forscherruhms, der den anderen Namen weit in den Schatten stellte. Wer kannte schon einen Bonner Fachverlag?

Dieser Bouvier hier war der Nachkomme einer alten hugenottischen Familie, Erlanger Gründeradel, wie er ebenfalls gerne erwähnte, die im 18. Jahrhundert sogar einen der letzten französischsprachigen Bürgermeister der kleinen Residenzstadt gestellt hatte, ehe die sich endgültig von einer landesfürstlichen Gründung für Glaubensflüchtlinge des Nachbarstaates in eine fränkische Kleinstadt verwandelte.

Sabine pflegte mit anderen in der Mensa darüber zu witzeln, daß sie vermutlich auf einem Ochsenkarren hier angekommen waren, an dem das Schild »Mayflower« angenagelt war. Eine Kollegin hatte sogar eine recht hübsche Karikatur dazu angefertigt, die eine Weile am Schwarzen Brett neben dem Labor gehangen hatte, aber nicht lange. Lautstark hatte man im selben intimen Kreis beim Mittagessen das konservativ eingestellte nichtakademische Personal dafür verantwortlich gemacht. Aber Sabine glaubte nicht daran, daß der indische Putzmann für das Verschwinden des Kunstwerks verantwortlich war. Vermutlich hatte eines der Mitglieder ihrer Arbeitsgruppe das brisante Bildchen selbst wieder abgenommen; sie waren alle einfach zu abhängig von der Hand, die sie fütterte, und diese studentenhafte Form der Opposition behagte ihnen im Grunde nur im Dunstkreis der Cafeterien.

Professor Bouvier selbst hatte sich seinen Namen an den Universitäten der amerikanischen Ostküste gemacht, als unbestrittener Fachmann für südamerikanische Fledermäuse. Sabine Peters hatte sich in den letzten Wochen des öfteren gefragt, warum er den Ruf nach Deutschland angenommen hatte. Sicher, man konnte es als eine Rückkehr zu den Wurzeln betrachten, schließlich war er hier promoviert worden. Und das amerikanische Universitätsleben war hart, nach allem, was man nur hörte, wenn man eine deutsche Provinzhochschulpflanze war wie sie, und eine Lebenszeit-Professur – internationaler Ruhm hin oder her – war nun mal eine Lebenszeit-Professur.

Die Assistentin seufzte. Warum allerdings sie selbst diese Stelle angenommen hatte, das verstand sie immer weniger. »Liegt noch etwas an?« Es war bereits nach einundzwanzig Uhr, als sie ihre Routine-Frage stellte, eigentlich nur um der Höflichkeit willen. Dennoch wagte sie es nicht, auch nur einen Hauch Ironie in ihre Stimme zu legen. Ihr Chef hätte dafür keinerlei Verständnis aufgebracht.

»Mit dieser Einstellung hätte ich in den Staaten kein Semester überlebt«, war einer seiner Standardsätze. O Gott, warum war sie nicht in München geblieben und hatte die nette kleine Studie im zoologischen Garten über Damhirsche angenommen! Und Robert meldete sich auch immer seltener, seit sie fort war.

»Von mir aus können Sie nach Hause gehen.« Professor Bouvier winkte sie mit großer Geste aus dem warmen Kreis seines Lampenlichts. Wie großzügig, dachte Sabine. Danke, du Chauvi-Arsch. Aber was fragte sie ihn auch. Ärgerlich über sich selbst und das höfliche Lächeln, das ihr unverrückt im Gesicht klebte, tastete sie sich rückwärts zur Tür.

Professor Bouvier sah von seinem Schreibtisch mit der grünbeschirmten Messinglampe auf. »Da fällt mir ein: Wenn Sie diese Thesenpapiere Frau Fuchs auf den Schreibtisch legen könnten. Je zwei Kopien morgen früh um neun in Hörsaal 0.19.« Er notierte sich etwas, ohne aufzusehen.

»Um neun?« Sabine Peters runzelte die Stirn. »Frau Fuchs ist selten vor viertel nach da.« Was, schalt sie sich dabei innerlich, ging sie das eigentlich an?

»So?« Professor Bouvier blickte nur kurz von seinen Berechnungen hoch. »Wenn Sie dann vielleicht so freundlich wären? Es handelt sich immerhin um die Vorlagen für die Hauptvorlesung.« Dann beugte er sich wieder über seine Notizen. »Und wenn Sie mir auf dem Rückweg ein paar Aspirin mitbringen könnten. Ich werde wohl noch länger zu tun haben.« Eine Hand, sacht an die Stirn gelegt, deutete den großen Druck an, unter dem ein hart arbeitendes Genie nun einmal stand.

Sabine Peters betrachtete Bouviers konzentriert gesenkten Scheitel, nahm dann schließlich den Stapel Papier und ging, ohne etwas zu erwidern. Kaum daß sie sich ein verärgertes Rascheln erlaubte. Selbst als sie wieder draußen auf dem menschenleeren Gang stand, schnaubte sie nur innerlich. Kopierdienste! Aspirin! Als wäre sie eine studentische Hilfskraft. Fehlte nur noch, daß er sie Kaffee holen schickte!

Der Kopierer in der Teeküche war bereits stumm und dunkel, und als sie ihn wieder anwarf, leuchtete zunächst nur das grüne Aufwärmschild auf. Das konnte gut und gerne eine Viertelstunde dauern, Mist. Dazu dann das Kopieren und Sortieren, bei dem kaputten Sorter veranschlagte sie dafür locker eine Stunde. Mindestens. Die Korrekturbögen ihres Aufsatzes für Scientific American, die zu Hause auf sie warteten, konnte sie für heute vergessen. Ganz zu schweigen von dem Gang durch das einsame mitternächtliche Parkhaus, der ihr nun bevorstand.

Mit Unbehagen marschierte sie durch den vertrauten Korridor, der nachts ungewohnt grell im Lampenlicht lag. Hallten ihre Schritte vormittags auch so auf dem genoppten Linoleumboden? Summte die Elektronik über ihrem Kopf tagsüber ebenso aufdringlich? Glotzten die ausgestopften Vögel in ihren Vitrinen beim Treppenhaus auf dieselbe dämliche Weise?

Der Tierraum stand offen, und sie sah die Küchenschaben in ihren Terrarien, wie sie es sich unterm Rotlicht wohlergehen ließen und über ihre nahrhaft mit feuchtem Hausmüll angereicherten Eierkartons fühlerten. Auch im Elektrozimmer war noch Licht; wie immer sah es aus wie ein frisch geplündertes Vorratslager für Kabel und Schrauben, aber von Max, dem Techniker, keine Spur. Aus dem Glasbullauge in der Tür des Genetikraumes drang blaues Licht. Dort drinnen brummten die Kühlschränke mit ihren Gewebeproben vor sich hin, und der Sequenzierer blinkte rot im Dämmerlicht. Sabine Peters sah ein paar Eppendorfbehälter und Schreibunterlagen herumliegen, aber sie konnte durch das kleine Fenster niemanden entdecken.

Unerwartet laut knirschte ihr Schlüssel im Schloß des Sekretariats.

Zwischen bunten Katzenaquarellen und angepinnten Bürosprüchen, einer Oase des Kitsches inmitten der sachlichen Glas-Metall-Plastikflächen-Atmosphäre des Biologikums, ragte Frau Fuchs' unentbehrliches Krimskramsregal aus der glatten Büromöbel-Landschaft mit den gewissenhaft leergeräumten Tischflächen. Teebeutel, Kaffeefilter, Tassen, Taschentücher, Nähgarn, Pralinen, Taschenmesser, Magentabletten, Nagelscheren, Schokolade, Tarotkarten, Aspirin. Ihr zaghaftes Wühlen in diesem halbintimen Bereich stieß einen Stapel Prospekte herunter, der für die Adoption von Tierheimhunden warb. Überraschend heftig klatschte er auf den Boden. Im selben Moment klackte die Tür hinter ihr ins

Schloß. Erschrocken fuhr sie herum, doch es blieb still. Mit zitternden Händen vergriff sie sich am Pralinenvorrat, ehe sie sich daranmachte, die Prospekte wieder einzusammeln. »Du spinnst!« ermahnte sie sich laut.

Frau Fuchs war aktives Mitglied des Tierschutzvereins und damit ein steter Dorn im Auge des Institutes. Schließlich trippelten in den Räumen der Labors die unzähligen Füße der hauseigenen Versuchsmäuse in ihren Käfigen herum. Manchmal glaubte Sabine sie zu hören, wenn sie nachts durch die hallenden Betongänge der Tiefgarage hastete, um zu ihrem Auto zu kommen. Und sie stellte sich dann unwillkürlich vor, daß irgendwo über ihr eine Nager-Kolonie entflohener mutierter, morddurstiger Überlebender in den Rohrsystemen nistete, um auf den Tag der Rache am Menschengeschlecht zu warten, um auf sie zu warten.

Kaffee jedenfalls, den Frau Fuchs in die Labors liefern sollte, kam aus unerfindlichen Gründen oft zu spät, gar nicht, kalt oder in untrinkbarer Konsistenz an, aber Frau Fuchs war in der Gewerkschaft und unkündbar, wie man in Assistentenkreisen bissig munkelte. Na ja, das war vielleicht nur der Neid. Unkündbar sein – und einen Professor Bouvier auf seinen Kopien sitzenlassen dürfen –, das war für sie und ihre Kollegen mit ihren Ein-Jahres-Stellen, Stipendien und ungewissen Zukunftsaussichten ein Traum, da halfen kein überlegener Spott und keine gönnerhafte Bemerkung über die sentimentalen Tierposter, mit denen die Sekretärin sich umgab.

Sabine Peters fand ein Wasserglas und füllte es, stellte es auf ein Untertäßchen und legte das Tablettenbriefchen dazu, ihre eigene Devotheit verfluchend. Als sie zum Kopierer zurückkehrte, leuchtete ihr einladend das grüne Bereitschaftslicht entgegen. Sie stellte Glas und Tabletten ab, um sich sofort an die Arbeit zu machen. Wie laut so ein Kopierer nachts war, man mußte sich richtig anstrengen, noch etwas anderes zu hören.

Nach den ersten Seiten, die die Maschine scheppernd und surrend durchgezogen hatte, bildete sie sich ein, daß der Lärm ein anderes Geräusch draußen auf dem Flur überlagerte, eines, das näher kam. Angestrengt versuchte sie, es zu entschlüsseln. Ihre Ohren begannen zu klingeln. Mit einer heftigen Bewegung drückte sie den Aus-Knopf, und das Gerät erstarb rüttelnd. Draußen herrschte Stille, der sie mit pochendem Herzen lauschte. Sie war doch ein Idiot. Ärgerlich schaltete sie wieder auf »Ein«. Das Aufwärmschild leuchtete erneut. Jetzt konnte sie noch mal von vorne beginnen! Ärger stieg in ihr auf, und ihr Magen begann zu schmerzen. Eine Stunde, schätzte sie, hatte sie noch vor sich. Alles nur wegen Bouvier. Sie könnte ihn erwürgen.

Kapitel 3

»Erzähl mir alles über ihn«, forderte Regine ihre Freundin auf, kaum daß sie ihren Koffer abgestellt und Jeannette herzlich umarmt hatte. Dann trat sie einen Schritt zurück. »Herrje, du bist ja pitschnaß. Ich dachte, der Sommer wäre nur in Hamburg so. Kein Parkplatz in der Nähe? Du siehst aus wie eine herrenlose Straßenkatze.« Ungefähr so fühlte Jeannette Dürer sich in ihrer feuchten Lederkluft auch. Der einzige freie Parkplatz im Flughafengelände, den sie in der Eile hatte auftun können, war ein nicht überdachter Grünstreifen in Regionen fern der Passagierabfertigungen gewesen. Von Tiefgarageneinfahrten hatte sie fürs erste die Nase voll gehabt. Sie erinnerten mit ihrem kalten Betonecho zu sehr an zerbrochene Begonientöpfe und feuchte Tennissocken.

»Aber du siehst wirklich gut aus«, erwiderte sie die Begrüßung. »Richtig hanseatisch.« In der Tat hatte Regines üblicher lebensfroher Aufzug, farbverliebt und mit viel Silberschmuck, einen Hauch vornehmer Zurückhaltung erfahren, seit sie nach Hamburg umgezogen war, um dort als Texterin in dieser Nobelagentur zu arbeiten. Einen neuen Stil, etwas fremd noch, der ihr aber nicht schlecht stand. Jeannette konnte nur schwer ausmachen, woran es lag, daß ihre alte Freundin so verändert aussah. Sie kannte Regine nun seit der Zeit, da sie noch gemeinsam Germanistik studiert und in einer Dreifrauen-WG in Nürnberg-Johannis gehaust hatten. Und sie dachte, sie hätte alle Phasen, Männer, Krisen und Stile Regines miterlebt. Dieser hier allerdings war neu. Das Haar war irgendwie anders geschnitten und etwas glatter, der

Gesichtspuder vielleicht blasser ... Nachdenklich ließ sie ihren Blick über die Freundin gleiten.

Regine stemmte die Hand in die immer noch üppigen Hüften und brachte ihr Kostüm zur Geltung. »Jill Sander«, verkündete sie triumphierend, »nicht übel, was? Auch wenn's Größe sechsundvierzig ist. Und verrat's keinem«, ihre Stimme schraubte sich begeistert einen Ton höher, »aber ich hab' mir ein knallpinkfarbenes Ledersofa gekauft. Als ich es sah, da mußte ich es einfach haben.« Begeistert hängte sie sich bei Jeannette ein. »Sonst steht noch nichts in der Wohnung, nur die unausgepackten Umzugskartons und mein Sofatraum in seiner ätherischen Plastikhülle. Ich sitze jeden Abend davor und meditiere ein bißchen.« Regine nahm ihren Aluminiumkoffer auf. »Aber jetzt wollen wir sehen, daß wir dich aus der Zugluft kriegen. Du hättest nicht zufällig Lust ...« Bedauernd streifte ihr Blick durch die Ankunftshalle und über die Hinweisschilder zum Möwenpick-Restaurant. »Ich habe Hunger wie ein Wolf, und dein Kühlschrank ist doch bestimmt so leer wie eh und je.«

»Wie wär's mit dem guten alten Palais?« schlug Jeannette vor.

Regine strahlte. »Die beste Idee des Abends. Aber deine nassen Klamotten?«

»Ich kriege keinen Schnupfen mehr, seit ich täglich jogge«, behauptete Jeannette großzügig. Sie hoffte nur, daß es stimmte. Einen Vorteil mußte die Quälerei ja haben.

Sie machten dann doch einen ausgiebigen Umweg über Jeannettes Wohnung, um zu duschen und sich umzuziehen. Erst als in Gostenhof die dampfenden Gnocchi mit Tomaten-Fenchel-Soße vor ihnen standen, setzte die Freundin zu einem erneuten Versuch an.

»Also, Tante Regine setzt jetzt mal ihr think-positive-Gesicht für heikle brainstormings auf«, erklärte sie und gab eine gute Imitation ihres verbindlichen Agenturgesichts für schwierige Werbekunden. »Ich bin ganz offen, du bist ganz offen: Wie ist er?«

Jeannette war auf einmal wieder deutlich unwohl. So sehr sie sich auf dieses Gespräch gefreut hatte: Wo sollte sie beginnen? Und wie das Ganze erklären?

»Was soll man da sagen?« gab sie zögernd zurück. »Du weißt doch, wie schwer es ist, so etwas über einen Menschen, der« – sie stockte – »der einem nahe steht, zu sagen.«

»Tatsächlich? Also ich könnte dir mit drei Worten beschreiben, wie Henning ist«, verkündete Regine kauend.

»Henning?« wollte Jeannette schon hoffnungsfroh einhaken, aber Regine winkte ab.

»Graphiker aus unserer Agentur. Jung, süß, jung. Aber darum geht's nicht. Zum letzten Mal, Jeannette: Wie ist er?«

Jeannette holte tief Luft. »Also er ist schwarzhaarig.« Pause. »Mit Seitenscheitel.«

»Schwarzhaarig?« Regines Stimme troff von Ironie. »Tatsächlich?«

»Mach dich nicht über mich lustig, Regine.«

»Und mit Seitenscheitel auch?« Energisch riß Regine ein Brötchen auseinander und tunkte die Brocken in die Soße. »Mensch Mädchen«, fuhr sie auf, »mit der Beschreibung kann man keinen Hund aus dem Tierheim verkaufen. Reiß mich zu Begeisterungsstürmen hin, ja? Geht's nicht ein bißchen genauer?«

»Er ist Sanitäter.« Jeannette verstummte.

»Sanitäter? Na endlich mal was Handfestes«, kommentierte Regine aufmunternd. Dann musterte sie eingehend Jeannettes verlegenes Gesicht. »Oder ist das jetzt die Nummer mit dem Akademiker-Komplex?«

Jeannette wand sich ein wenig. »Nicht wirklich. Obwohl, neulich, also wir waren im Kino, diese tolle alte Stummfilmversion der Nibelungen, du weißt schon, und wir plaudern hinterher ein bißchen drüber. Und da fragt er: ›Attila, Attila,

war das nicht der, der mit den Elefanten über die Alpen ist?‹«
Regine mußte lachen.

»Es fiel ihm dann ein, noch ehe er den Satz zu Ende hatte«, verteidigte Jeannette ihn lahm.

»Falls es dich beruhigt«, erklärte Regine, als sie wieder zu Atem kam: »Alle Graphiker sind Analphabeten. Doch, doch«, fuhr sie fort, als Jeannette kritisch die Stirn runzelte. »Wußtest du das nicht? Wenn du auf einem Entwurf eine Korrektur machst, darfst du nicht draufschreiben ›Änderung‹, du mußt ihnen einen Comicstrip hinmalen. Buchstaben nehmen sie nicht als bedeutungstragend wahr. Nur Bilder. Andere Gene, nehme ich an.«

Jeannette kicherte, und Regine fuhr fort. »In Hennings Wohnung steht kein einziges Buch. Nur ein riesiger Computer, ein paar Objekte und ein großer Futon. Womit wir denn, wir wollen uns doch nichts vormachen, beim Kern der Sache angekommen wären: Wie läuft's denn so, sexuell gesehen?« Regine sprach nicht eben leise.

»Sex ist doch nun wirklich nicht das wichtigste«, zischte Jeannette. Mit hochrotem Gesicht sah sie sich um. Doch die beiden Mütter am Nebentisch waren mit den Bewohnern der geparkten Kinderwagen beschäftigt, der Geschäftsmann gegenüber blieb hinter seinem *Spiegel* verschanzt, und die beiden vom Schicksal gebeutelten Gestalten am Tisch an der Säule schienen in die Aufarbeitung ihrer Beziehung vertieft.

»Nur, wenn du welchen hast, Schätzchen.«

»...!«

»Jeannette?«

»Also gut, nein.« Jeannette lenkte ein. »Das ist es nicht, was mich stört.«

»Wär' ja auch noch schöner, Süße, wenn dich daran was stören würde, oder?« Regine beugte sich vor und tätschelte Jeannettes Hand. »Du weißt, daß das Beste für dich gerade gut genug ist.«

»Jetzt unterbrich mich nicht, wenn ich schon mal dabei bin, ja?« Jeannette holte tief Luft. »Also, es ist, es ist, es ist schwer zu beschreiben.«

»Du warst mal Germanistin, versuch's. »

»Also«, holte Jeannette Luft, machte dann aber doch eine Pause. Ermutigend beugte Regine sich vor. »Also«, setzte sie zum zweiten Mal an, »wenn er erst mal da ist, dann ist es eigentlich ganz schön. Er kocht was, er kann ziemlich gut kochen, weißt du, sein Vater ist Italiener. Aber ...«

»Aber?«

»Wieso aber?«

»Du sagtest ›Aber‹, Schätzchen. Also?«

»Aber wenn er nicht da ist«, fuhr Jeannette gehorsam und zunehmend sicherer fort, »dann hab' ich das Gefühl, das alles ist irgendwie falsch.« Sie zögerte.

»Falsch?« erkundigte sich Regine vorsichtig.

»Falsch. Es fühlt sich einfach nicht richtig an, verstehst du? Völlig fremd, nicht wie ein Teil meines Lebens. Oder wie etwas, was Teil meines Lebens sein sollte.«

»Nein.« Regine schüttelte den Kopf. »Versteh' ich nicht.« Dann seufzte sie. »Ich hol' mir eine Latte Macchiato. Willst du auch noch was?« Jeannette dachte sehnsüchtig an eine heiße Zitrone, schüttelte dann aber den Kopf. Es war Sommer, verdammt noch mal.

»Ich hab' einfach keine Lust, ihn zu sehen, wenn er nicht da ist«, fuhr sie unaufgefordert fort, als Regine mit ihrem Glas zurück an den Tisch kam. »Der Gedanke, er könnte anrufen oder vor der Tür stehen, ist mir unangenehm, und ich überlege, wie ich ihn abwimmeln könnte, wenn er sich meldet. Ich muß mich immer erst richtig überwinden, wieder was mit ihm auszumachen. Und wenn er mich erst vor anderen Leuten anspricht ...« Jeannette schüttelte sich bei dem Gedanken. »Ich will einfach nicht mit ihm zusammen gesehen werden, es ist mir peinlich, ich will nicht, daß die Leute denken ...«

»... daß ihr was miteinander habt«, ergänzte Regine den Satz für sie.

»Ja. Und dann ist es mir wieder peinlich, daß es mir peinlich ist.«

»Und er?«

»Ach er. Er ist so hartnäckig. Manchmal glaube ich, er merkt es gar nicht. Für ihn war alles von Anfang an selbstverständlich, eine richtige Beziehung. Hab' ich schon gesagt, daß er mich seinen Eltern vorstellen will? Nächste Woche in Italien?« Jeannette schauderte.

»So sind sie alle«, kommentierte Regine und rührte mit ihrem Löffel die weiße und braune Schicht im Glas durcheinander. »Da heißt es immer, die Männer wollen alle nur das eine. Aber such mal einen unverbindlichen One-night-stand. Ich sag' dir: Da suchst du dich tot. Meiner Erfahrung nach kleben sie sofort auf deinem Sofa fest. Und solange du sie nicht trittst oder anschreist, hoffen sie unbeirrbar, daß du für den Rest deines Lebens an ihnen Mutterstelle vertreten wirst. Manche glauben das sogar noch dann.«

Jeannette lauschte erstaunt so viel geballter Lebenserfahrung

»Aber zurück zum Thema. Ich rekapituliere: Wir haben da einen Mann, der gut kocht, dir den besten Sex deines Lebens verschafft, sich nicht von deinem persönlichen Charme einschüchtern läßt – entschuldige Schatz«, wischte sie Einwände vom Tisch, »du weißt, ich schätze all deine Tugenden, aber eine Flirtmaschine bist du leider nicht. All das liegt dir also zu Füßen – und du bist in Panik.« Sie hielt damit inne, die Fakten an ihren Fingern abzuzählen, und ließ die Hände auf den Tisch fallen. »Du hast einfach Angst, glücklich zu sein.«

»Komm mir nicht mit so einem apodiktischen Scheiß, Regine. Außerdem ist das aus ›Harry und Sally‹.«

»Okay!« Regine hob beschwichtigend beide Hände. »Versuchen wir's anders. Ist er kleiner als du?«

Jeannette zog einen Schmollmund. »Regine!«

»So was hat schon manche Beziehung belastet«, wiegelte die Freundin ab. »Da kann man nicht gegen seine Natur. Nicht jeder ist Tom Cruise und … aha!« Triumphierend sah sie Jeannette an. »Seitenscheitel, hm?« wiederholte sie lauernd.

»Du bist völlig auf dem Holzweg«, protestierte Jeannette erschrocken, »das ist es nicht, überhaupt nicht, es …«

Doch Regine triumphierte. »Gib's doch zu, er ist häßlich. Also, ich hatte da ja auch mal einen, der …«

»Dachte ich mir doch, daß ich dich um diese Zeit hier finde.« Ungeniert nahm der Neuankömmling Platz und küßte Jeannette auf den Nacken. Mit offenem Mund sah Regine zu, wie er lässig einigen Kollegen in den orangefarbenen Jacken der Sanitäter zuwinkte, die an der Theke standen und die Speisekarte studierten. »Guten Appetit, Jungs.« Sein Stethoskop klackte auf den Bistrotisch, als er sich vorbeugte und mit strahlendem Grinsen verkündete: »Die Kollegen wollen sich vor der Nachtschicht noch was Warmes gönnen. Sie müssen Regine sein.« Seine langen braunen Finger hielten Jeannettes flüchtende Hand unnachgiebig fest und streichelten ihr Handgelenk. Die Rechte hielt er Regine hin: »Ich bin Mauro.«

Regine schloß den Mund wieder. Fassungslos sah sie zu, wie Mauro sich die glänzende, regennasse Haartolle aus der Stirn strich. Schwarzhaarig war er, da hatte Jeannette nicht übertrieben, ein tiefes, sattes, schimmerndes Blauschwarz. Seitenscheitel stimmte auch. Dazu war er mindestens ein Meter fünfundneunzig. Zu erwähnen vergessen hatte Jeannette die leuchtend gletscherblauen Augen und den klassischen Gesichtsschnitt, jugendlich glatt und doch männlich, so circa das, was die junge Romy Schneider an Alain Delon fasziniert haben mußte: hohe Stirn, aristokratische Nase, sensibler Mund, wie Frauen zu sagen pflegen, wenn sie völlige erotische Faszination meinen, und ein Kinn mit dramatischen Qualitäten. Das strahlende Sanitäterweiß stand ihm gut, und der Gedanke, daß er von Beruf Lebensretter, also im Heldenfach tätig war, ließ Regine wohlig schaudern. Gaffende Frauen gewohnt oder sie gar nicht bemerkend, lächelte er noch immer in die Runde.

»Jeannette«, sagte Regine laut, »du spinnst.«

Die Bemerkung brachte ihr unter dem Tisch einen Tritt.

»Eigentlich müßten wir dich sofort wieder wegschicken«, erklärte Regine an Mauros Adresse. »Wir sind noch gar nicht dazu gekommen, uns richtig zu unterhalten, wir haben nämlich hauptsächlich über dich geredet.« Mauro lachte amüsiert.

Mit düsterem Blick und vorgeschobener Unterlippe verfolgte Jeannette die sich rege entspinnende Konversation, getragen von der nunmehr dritten Runde Ramazotti. Die beiden schienen sich ja prächtig zu verstehen, gar nicht nötig, daß sie selbst sich weiter am Gespräch beteiligte, das sich langsam von den Freuden der italienischen Küche zu den erregend existentiellen Abgründen des Sanitäterdaseins bewegte.

»Ich also springe aus dem Wagen heraus, reiß' dem Mann den Arm hoch, drück die Schlagader ab und zerre ihn quer über die ganze Straße ins Auto, während sein Bruder immer noch schreit wie am Spieß: ›Er verblutet, er verblutet!‹« Mauro imitierte engagiert die erregte Stimme des Mannes. »Das war dann dem Rentner, der uns zuschaute, zuviel.« Voll Vorfreude über die nahe Pointe, klopfte Mauro mit der Hand auf die Tischplatte. »Ohne einen Pieps kippt er um, mitten auf dem Gehsteig, den Hund noch an der Leine. Mein Kollege mußte sofort eine Herzmassage machen.« Regine lachte schallend.

Jeannette kannte die Geschichte schon, und auch die nächste, die unfehlbar von der Frau handeln würde, der ihr wütender Exfreund einen mit einer Sprengladung versehenen

Vibrator verpaßt hatte, der angeblich hochging, wenn sie ihn mehr als zwanzig Meter von sich entfernte. Manche Männer hatten seltsame Phantasien. Sie zog ihr Handy heraus. Ihre Mutter hatte zweimal angerufen und, seltsamerweise, einmal ihr Schwager. Alles nicht sehr verlockend. Unentschlossen tippte sie auf der Tastatur herum.

»Dann wurde das Sprengkommando per Hubschrauber eingeflogen. Und was kam schließlich raus: Es war Seifenlauge! Cara«, unterbrach Mauro sich, während Regine heiser lachte, und küßte Jeannettes Puls, »du denkst doch an morgen abend?«

»Ich«, wand sich Jeannette und suchte nach Worten. »Regine ist eben erst gekommen, und ich wollte ihr das Wochenende frei halten, weil wir uns doch so selten sehen ...« Hilfesuchend sah sie ihre Freundin an.

»Oh«, unterbrach sie Regine und wurde tatsächlich ein wenig rot.

Erstaunt hob Jeannette die Brauen.

»Ich habe morgen abend schon eine Verabredung, Lämmchen. Und ehrlich gesagt, wollte ich dich fragen, ob wir deine Wohnung haben können.« Regine ergriff verständnisheischend Jeannettes andere Hand, und diese nutzte die Gelegenheit, sich von beiden loszureißen.

»Hast du diesen Henning mitgebracht?« fragte sie verwirrt.

»Henning?« Regine runzelte irritiert die Stirn, als müßte sie einen Moment überlegen. »Ach so, Henning. Nein, nein. Es ist, er ist von hier. Aber in seine Wohnung können wir trotzdem nicht.«

»Nicht Henning«, fragte Jeannette unnötigerweise noch einmal.

»Nein.« Regine war wieder ganz Gleichmut und schaute Jeannette in die Augen, ohne zu blinzeln.

»Oh.«

»Jeannette wird bei mir sein«, versicherte Mauro derweil

mit warmer Stimme. »Wir wollten ohnehin bald übers Zusammenziehen reden.« Regine kicherte, als sie Jeannettes Gesicht sah.

»Und wer …«, wollte Jeannette gerade ansetzen, die nicht wußte, welche Nachricht sie mehr schockierte, die von Regines Wochenend-Promiskuität oder Mauros neueste Zukunftspläne, die er ihr gegenüber noch mit keinem Wort erwähnt hatte. Da klingelte ihr Handy, und sie schreckte auf.

»Frau Dürer?«

Die Stimme ihres Chefs hatte selten so verlockend geklungen. Unwillkürlich setzte sie sich gerade auf ihrem Stuhl.

»Ja?« fragte sie gierig.

»Frau Dürer, es tut mir leid, Sie so spät noch zu stören. Aber man hat Sie aus Erlangen angefordert. Ich weiß, Sie haben Urlaub …«

»Wir könnten ja zu viert abendessen«, hörte sie im Hintergrund Mauro Regine vorschlagen, »bringen Sie Ihren Freund mit.«

»Nein, nein, nicht sie …«, beeilte Jeannette sich, Paumgartner zu versichern.

»… aber es ist Martin Knauer. Zwei seiner Männer sind krank …«

»Das verstehe ich vollkommen …« Ein Ausweg, jubelte sie innerlich, da zeichnete sich ein Ausweg ab. Mit etwas Glück würde dies kein trautes Wochenende zu viert werden. Gierig lauschte sie Paumgartners Stimme.

»… und es ist ein Fall im akademischen Milieu, sagt Knauer. Deshalb haben wir an Sie gedacht. Natürlich sind Sie in keiner Weise verpflichtet …«

»Natürlich, wenn Sie so darauf bestehen …«

»… und wir wollen Sie nicht drängen, ich könnte auch Braune bitten …«

»Selbstverständlich, ich verstehe, wenn ich die einzige bin …«

»Frau Dürer?«

»Ja, Chef?« Doch sie wartete seinen Kommentar nicht ab. »Ich bin schon unterwegs.«

»Ja, dann.« Paumgartner klang leicht irritiert. »Wenn Sie sofort zum Tatort wollen ...«

»Da Sie es für absolut nötig halten. Ich breche jetzt auf.«

»Frau Dürer, geht es Ihnen gut?« Er schwieg. Jeannette schaute in die fragenden Augen ihrer mittlerweile verstummten Begleiter, die mißtrauisch die Stirnen runzelten.

»Herr Paumgartner«, flüsterte sie abgewandt, »bitte, bitte, sind Sie noch da?« Und lauter, in gekünsteltem Unmut, fügte sie hinzu. »Also, wo in Gottes Namen muß ich mich melden, sagten Sie?«

»Wie bitte?« klang es unsicher aus dem Hörer.

Jeannette glaubte förmlich zu sehen, wie er seine Lesebrille aus der Hemdtasche nestelte, aufklappte, wieder zuklappte und zurücksteckte und sich durch die Igelfrisur fuhr. Sie sandte ein stummes Stoßgebet zum Himmel.

»Im Biologikum«, kam es schließlich zögernd. »Erwin-Rommel-Straße. Aber hören Sie, Sie müssen das nicht machen, nur weil der Knauer auf dem Schlauch steht. Ich habe den Eindruck, daß Sie einen Urlaub ganz gut gebrauchen könnten.«

»Danke«, erwiderte sie hastig, »ich weiß, wo das ist. Ja, ich melde mich sofort.« Jeannette drückte den Aus-Knopf, ehe er etwas erwidern konnte, und probte ein entschuldigendes Lächeln. Irgendwie wollte es nicht richtig klappen. Die Miene von Regine verhieß nichts Gutes.

»Ich muß dringend zu einem Fall«, verkündete sie daher, eilig ihr Handy einsteckend und aufspringend. »Eine Leiche an der Erlanger Uni. Ich ruf' dich an.« Damit hauchte sie Mauro einen hastigen Kuß auf die Stirn und fuhr zurück, als hätte sie sich dabei verbrannt. »Kannst du Regine zu mir bringen? Schlüssel hat sie.« Jeannette wartete sein Nicken kaum ab und vermied den Blick ihrer Freundin. »Ich ruf dich an«, log sie noch einmal und rannte fast aus dem Lokal.

»Wie ein Reh«, murmelte Mauro, der ihr nachsah, ungebrochene Anbetung im Blick.

»So kann man es auch nennen«, schnaubte Regine. »Jeannette Dürer«, rief sie der Flüchtenden nach, »wahr- und wahrhaftig: Du spinnst!«

Kapitel 4

Selbst wenn sie den Weg nicht mehr von ihrer Studienzeit her im Kopf gehabt hätte: Einmal in das stille Wohngebiet eingebogen, wiesen die stumm rotierenden Blaulichter der Einsatzwagen Jeannette Dürer ihr Ziel. Sie standen an der einsamen Bushaltestelle vor dem dürren Fichtenwäldchen, Autobahnwäldchen pflegte sie solch traurige Steckenhaine zu nennen, aus dem die Lichter des mitternächtlichen Biologikums hervorblinkten. Rotweißes Absperrband war um die nassen Stämme gewickelt. Anwohner in Schlafanzügen und Strickjacken standen beieinander, um leise diskutierend das ungewohnte Schauspiel von ihren Vorgärten aus zu verfolgen.

»Dotzler«, stellte der Beamte sich vor, der hier auf ihre Ankunft gewartet hatte. »Vorsicht, da hat's Wurzeln.« Während er sie, ganz fürsorglicher Kavalier, mit einer Taschenlampe über den matschigen Pfad zu lotsen suchte, setzte er sie eifrig über den bisherigen Wissensstand in Kenntnis. Erst als sie in die Halle traten und sie die regenfeuchte Baskenmütze abnahm, verstummte er abrupt.

»Schon gut«, meinte Jeannette, die derartige Reaktionen gewöhnt war. »Wenn Sie mich nicht fragen, was ich als Frau bei der Polizei mache, frage ich Sie nicht, wie alt Sie sind.«

»Wow, ich meine …« Er stammelte. »Ja klar, ich, also, der Martin hat scho gsagt, Sie sind so eine Art Expertin für die Universität.«

»Ich habe studiert, ja. Geht's da hinauf?« Er nickte und ließ ihr den Vortritt.

»Und was«, fragte er, ihr hastig nachsteigend, »haben Sie studiert? Biologie?«

»Nein.« Ihre Antwort hallte in dem Betontreppenhaus. »Literatur.«

»Ach.«

»Ja.«

»Literatur?«

»Ja.«

»Und was macht man damit?«

Jeannette seufzte, noch immer dieselbe alte Frage. Wie hatte sie früher Regine beneidet, die jedem als Antwort ein knappes »Kulturattaché werden« reingewürgt hatte. Aber die Zeiten waren vorbei, in denen sie darüber errötet war, daß die einzige Antwort, die ihr einfiel, »keine Ahnung« lautete. Statt dessen erhob Jeannette ihre Stimme: »Sein Blick ist im Vorübergehn der Stäbe/so müd' geworden, daß er nichts mehr hält./Ihm ist, als ob es tausend Stäbe gäbe/und hinter tausend Stäben keine Welt.« Laut rezitierend stieg sie auf.

»Wow.« Atemlos blieb Dotzler stehen und sah ihr nach. Das hatte er noch nicht erlebt. A so eine schöne Frau, und sie dichtete! Eilig gab er sich einen Ruck und nahm die letzten Stufen immer drei auf einmal; keuchend erreichte er das richtige Stockwerk. Seine Schuhe quietschten auf dem genoppten Plastikboden, als er ihr nachlief. »Heh!«

»Nur manchmal«, fuhr Jeannette gnadenlos fort, »schiebt der Vorhang der Pupille/sich langsam auf. Dann geht ein Bild hinein./Geht durch der Glieder angespannte Stille/und hört im Herzen auf zu sein.«

Beide standen sie nun still. Aus einer Reihe Vitrinen starrten tote Vögel mit ihren Glasaugen unverwandt zu ihnen hinüber.

»Wow«, wiederholte Dotzler nur, um Atem ringend.

»Jeannette?« Das war Martins vertraute Stimme. »War das Goethe oder Schiller? Schön, daß du da bist.« Und er nahm ihre Hand.

»Rilke«, hauchte sie und küßte ihn herzlich auf die Wange. »Extra für dich.«

Niemand hätte solche Vertraulichkeiten zwischen ihnen erlebt, als sie noch gemeinsam beim Nürnberger Kommissariat arbeiteten, obwohl sie offiziell als Pärchen gegolten hatten. Bis heute wußte dort niemand, daß diese Liebe nur gespielt gewesen war, ein Schutzschild für Jeannette, gegen die Belästigungen durch Kollegen, und einer für Martin, der seine Homosexualität zu verbergen suchte. Damals war das »Liebespaar« steif und distanziert miteinander umgegangen. Und daß sie beide in denselben Mann verliebt gewesen waren, hatte ihre Beziehung nicht einfacher gemacht. Dennoch war sie gewachsen, diese Beziehung, auch als Martin nach Erlangen gegangen und – mit Jeannettes Segen – zu Josef Brunner gezogen war. Und das Ende ihrer Notgemeinschaft war zum Anfang ihrer Freundschaft geworden.

»Wie sieht's aus?« erkundigte sie sich.

Martin stieß die Tür zum Büro des Opfers auf, in dem dicht gedrängt die Spurensicherer am Werk waren und sie zwangen, ihre Schritte vorsichtig zu setzen. »Ich denke, Selbstmord können wir ausschließen«, kommentierte er trocken und wies auf den Leichnam mit der aufragenden Klinge im Rücken.

Jeannette mußte sich ein Grinsen verkneifen, während sie all den unbekannten Gesichtern, die sich nach ihr umwandten, knapp zunickte. »Es tut so gut, wieder mit dir zusammenzuarbeiten, Martin.«

Dann konzentrierte sie sich auf den Tatort. Was sie sah, war ihr unvertraut-vertraut aus ihren Zeiten an der Universität, als sie selbst noch in Sprechstunden an solche Zimmertüren geklopft hatte: Der Raum voller Bücherregale, der Schreibtisch davor, der hölzerne Besucherstuhl für studentische Bittsteller und, dahinter, die bequeme Sitzgruppe für illustre Besucher. Die Bücher mit den Lesezeichen darin auf der Schreibtischkante, die mit dem nüchternen Grau des Computers kontrastierende Schreibtischgarnitur, die die persönliche Note in das Normzimmer einzubringen suchte – in diesem Fall Marmor und schweres, blinkendes Messing, genau wie die Lampe, die den Toten traulich beschien, und wie der Griff des Brieföffners, der aus seinem Rücken ragte.

Professor Bouvier lag mit dem Gesicht nach unten über der Mahagoniplatte, beide Hände hingen an den Seiten seines Körpers herab. Die schwarzen Fingerkuppen zeigten, daß die Abdrücke bereits genommen waren. Gedankenvoll streifte Jeannette ihrerseits ein paar Handschuhe über.

»Der Doktor hat uns informiert, daß der Tod vor nicht mehr als vier Stunden eingetreten ist«, erläuterte Martin und wies mit dem Kinn auf einen Mann, der eben Fusselproben vom Teppich nahm.

Der Pathologe stand auf und deutete einen Gruß an. »Pupillenreaktion positiv«, erklärte er knapp. »Und die typische Muskelkontraktion konnte unter Anlage von Strom auch noch erzielt werden.«

»Also vor Mitternacht«, notierte Jeannette.

Martin nickte. »Das bestätigt die Aussage seiner Assistentin, die ihn um elf gefunden haben will.

Wir haben deshalb das Gebäude abgeriegelt und verhören alle Anwesenden«, formulierte Martin seine Schlußfolgerungen. »Wenn der Täter hier arbeitet, ist er vielleicht einfach zurück in seinen Raum gegangen. Außerdem haben wir Fußabdrücke und mögliche Reifenspuren in der Tiefgarage sichergestellt. Bei dem feuchten Wetter muß ein dort kürzlich bewegter Wagen sein Profilbild hinterlassen haben, allzuviel war seit zehn dort nicht mehr los. Wir fotografieren und gießen außerdem auf dem Waldweg Fußspuren aus. Aber es sind natürlich eine Menge auch unserer Leute da rumgelaufen. Und du glaubst nicht, wer hier nächtens alles arbeitet.«

Jeannette nickte zu Martins Ausführungen, während sie

langsam um den Tisch mit dem Toten herumging, um alles in Augenschein zu nehmen.

Martin blätterte in seinen Notizen und fuhr fort: »Allein in dieser Abteilung ...«

»Lehrstuhl, es heißt Lehrstuhl, junger Mann. Höchst spannend, was Sie da tun. Ich habe einiges im Fernsehen darüber gesehen, und mit der Genetik bin ich selbst ein wenig vertraut. Wenn Sie mit dem Prinzip des genetischen Fingerabdrucks arbeiten, sollten Sie auf keinen Fall die Computertastatur vernachlässigen, da fallen so leicht Haarschuppen und so dazwischen. Mir selber ...«

»Dürer«, unterbrach Jeannette den Sprecher, um einem Ausbruch Martins zuvorzukommen, »Kriminalkommissarin.«

»Pauly«, stellte der Neuankömmling sich vor, »Professor Pauly, Insektenphysiologie. Ich arbeite ...«

»Gut, daß Sie das erwähnen, Professor«, fuhr Martin herb dazwischen, »wir arbeiten nämlich auch.«

Jeannette nahm den düpiert wirkenden Akademiker beim Ellenbogen, führte ihn auf den Flur und beruhigte ihn. Ein schmollender Zeuge war kein guter Zeuge. »Als Sie eben Insektenkunde sagten«, plauderte sie, »fiel mir etwas ein, Professor Pauly. Ein Mann Ihrer Profession hat doch sicher von der enormen Rolle gehört, die die Insektologie bei der Todeszeitbestimmung spielt, vor allem, wenn die Leiche im Freien gefunden wird?«

Professor Pauly nickte und setzte zu einem kleinen Vortrag an, den Jeannette nach taktischen fünf Minuten sanft, aber bestimmt unterbrach. »Wir hätten da nämlich einen ungeklärten Fall, bei dem ich ein Expertenurteil gebrauchen könnte. Ich würde dann gerne in den nächsten Tagen auf Sie zukommen, da wir ja nun quasi Tür an Tür arbeiten.«

Unauffällig winkte sie den jungen Dotzler heran und hakte sich von Pauly los. »Außerdem werden wir verstehen«, fuhr sie im Ton einer bewährten Pflegekraft fort, »daß nun, nachdem Sie den gesicherten Tatort betreten haben, Gewebeproben von Ihrer Kleidung, Haarproben und Fingerabdrücke genommen werden müssen, ebenso wie Fußabdrücke. Damit wir«, kam sie einer Entgegnung zuvor, »Material von Ihnen positiv von der Identifizierung ausschließen können. Unser Herr Dotzler hier wird Ihnen gerne alle angewandten Techniken erklären, soweit sie Ihnen noch nicht vertraut sind, da Sie sich dafür interessieren. Mit weiteren Fragen wenden Sie sich bitte an ihn. Und danke für Ihre Vorschläge.« Damit war sie fort.

Martin sah ihr genervt entgegen. »Siehst du jetzt, warum ich dich hier haben wollte. Das war jetzt schon das vierte Mal, daß er hier reinplatzte. Glaubt der, ich weiß nicht, wie ich eine Untersuchung zu führen habe?«

»Er ist ein Professor«, erklärte Jeannette. »Es ist sein Job, jedermann die Welt zu erklären.«

»Er ist Fachmann für Borkenkäferevolution«, schnaubte Martin.

Jeannette lachte. »Um sich damit zu begnügen, brauchte er ein weniger egozentrisches Weltbild. Und um das zu erreichen, müßtest du eine Reform der Universitätsausbildung anstreben.«

Nun mußte auch Martin lachen. »Ich werde eine Eingabe machen.«

»Dotzler erntet ihn gerade ab; falls er es war, wissen wir es in ein paar Stunden. Und die Idee mit der Tastatur war doch gar nicht so schlecht.« Sie ging auf den summenden Computer zu und tippte auf »Enter«. Der Bildschirmschoner verschwand, und eine Textdatei wurde sichtbar. Jeannette runzelte die Stirn und las. »Sieht wie ein wissenschaftlicher Aufsatz aus. Ist das ausgedruckt worden?«

Als einer der Beamten den Kopf schüttelte, fügte sie hinzu: »Dann tun Sie das bitte noch. Und checken Sie die

Verzeichnisse. Alle Dateien, die zwischen, sagen wir, acht Uhr und unserem Eintreffen geöffnet wurden, will ich auf Diskette und als Ausdruck auf meinen Schreibtisch.« Sie fuhr, ohne von ihrem Block aufzusehen, fort: »Was ist mit Fingerabdrücken auf der Tastatur, der Maus, dem Bildschirm? Manche Menschen tippen beim Lesen dagegen. Und vergessen Sie das Laufwerk nicht.« Sie notierte sich alle Punkte, um das später zu überprüfen.

Der ältere Beamte sah auffordernd zu Martin, der aufmunternd nickte und Jeannette bei der Hand nahm. Unauffällig zog er sie auf den Flur.

»Jeannette«, setzte er vorsichtig an, »Ich weiß, ich habe dich gebeten herzukommen, und es ist auch mehr als nett von dir, deinen Urlaub zu opfern, aber ...«

»Aber was, Martin?« Jeannettes Stimme klang gefährlich freundlich. »Nehmen deine Leute keine Anweisungen von einer Frau entgegen?« Sie neigte interessiert den Kopf.

Martin legte ihr beruhigend beide Hände auf die Schultern. »Sie haben nur Probleme damit, Befehle von jemandem zu bekommen, der gerade eben mal hereingeschneit ist.«

»Also das ist doch!« Empört schnappte Jeannette nach Luft und schlug seine Hände weg. »Ich opfere meinen Urlaub, wie du eben ganz richtig ...«

»Ich hatte mehr an eine beratende Rolle gedacht, Jeannette.«

Sie stemmte die Fäuste in die Hüften. »Den Job hätte auch Professor Pauly erledigen können.« Er schwieg.

»Ich vergeude nicht gern meine Zeit, Martin.«

Nach einer weiteren Minute des Schweigens wandte er schließlich die Augen als erster ab und seufzte. »Okay. Du hast vermutlich recht. Vielleicht bist du ja so nett ...« – sein Blick suchte erneut den ihren und probte ein Lächeln – »und gehst schon mal in die Teeküche vor. Sozialraum nennen sie die Müllkippe, glaube ich. Dort wartet die Frau, die ihn gefunden hat, eine Frau Doktor Peters. Sagt, sie hat noch gearbeitet.« Ihr Lächeln antwortete ihm zögernd, als er ging.

»Ach, und Martin.«

Er drehte sich noch mal um. »Ich will die Spurenbefunde vom Stuhl, dem Schreibtisch und der Tatwaffe. Und jemand soll sie definitiv als Teil der Schreibtischgarnitur identifizieren. Außerdem soll die Sekretärin nachsehen, ob Unterlagen fehlen. Und ich möchte seinen Terminplan der letzten Woche. Die Obduktion findet in meiner Anwesenheit statt. Und ich brauche die Liste der Besucher seiner aktuellen Lehrveranstaltungen und die der hier in der Abteilung Arbeitenden, wissenschaftliches und nichtwissenschaftliches Personal.« Sie war schon auf dem Weg.

»Lehrstuhl heißt das«, brüllte Martin ihr nach. »Und ich bin immer noch froh, daß du da bist.«

Jeannette legte den Kopf in den Nacken und lachte.

Sie lachte noch immer, als sie die Glastür zum Sozialraum aufstieß, in dem eine junge Frau fröstelnd an einer Küchenzeile lehnte. Sie zog die Schultern hoch, als sie Jeannette hereinstürmen sah, und rieb sich gedankenverloren die Oberarme. Die Teemaschine hinter ihr köchelte blubbernd. Zwischen ihnen beiden befand sich ein Tisch, der so zugestellt war mit schmutzigem Geschirr, leeren Milchtüten, Kekspackungen und vollen Aschenbechern, daß kein freier Fleck mehr zu finden war. Jeannette schob mit dem Fuß kurzentschlossen einen großen Papierkorb an die Tischkante und fegte dann mit einer großzügigen Armbewegung alles in ihrer Reichweite Stehende hinein.

»Ich nehme auch gern eine Tasse«, verkündete sie munter und wies einladend auf den Stuhl neben ihrem.

»Es ist nur die Uhrzeit«, entschuldigte sich Sabine Peters, als sie wenig später mit zwei Tassen auf Jeannette Dürer zukam und wie ein Häuflein Elend Platz nahm. »Und der Anblick hat mich auch nicht eben aufgebaut.« Die körnige, fast dunkelblaue Haut unter ihren Augen sprach Bände. Jeannette betrachtete die junge Frau, denn jung mußte sie den Angaben nach sein, auch wenn alterslos die passendere Bezeichnung gewesen wäre. Hellbraune Haare fielen dünn um ein längliches Gesicht, dessen hervorstechendstes Merkmal der Ausdruck von Sorge zu sein schien, der es, wie Jeannette ahnte, nicht nur in dieser Nacht zäh belagerte. Sorgen worüber?

Jeannette nickte zunächst einmal mitfühlend. »Sie waren seine Assistentin?«

Sabine Peters nickte. »Eine von zweien. Hans-Heiner, Hans-Heiner Kafka«, wiederholte sie eilig, als ihr das unangemessen Private des Vornamens auffiel, »ist der andere. Ich forsche über Sexualduftstoffe von Fledermäusen«, setzte sie hinzu.

»Fledermäuse?« Überrascht sah Jeannette auf. Das hatte ihr noch niemand erzählt.

»Ja, Professor Bouviers Fachgebiet. Und auch das unsere selbstverständlich.«

Jeannette versuchte es mit einem Scherz. »Deshalb Sind sie alle hier wohl so nachtaktiv?«

Sabine Peters versteifte sich sofort. »Lange Arbeitszeiten sind für uns nichts Ungewöhnliches. Insbesondere für die Kollegen, die Versuchsreihen im Labor betreuen müssen.« Sie strich sich energisch die Haarsträhnen hinter die Ohren, von wo sie, wie Jeannette geistesabwesend beobachtete, sofort wieder vorfallen mußten. Ein Tick? Vergeblicher Kampf? Jeannette assoziierte frei herum und probierte die nächste Frage.

»Sie hatten heute also im Labor zu tun?«

»Nein.« Sabine Peters schüttelte den Kopf. Zurückstreichen der Haare. »Ich habe noch für einen Aufsatz recherchiert. Online über den Computer in der Bibliothek. Dazu bin ich berechtigt«, fuhr sie eine Spur lauter fort, um dann zögernd innezuhalten. »Und … und dann hat mich der Herr

Professor noch selbst mit einem Kopierauftrag betraut. Deshalb hab' ich ihn dann ja ...«

Jeannette hob beide Hände, um anzudeuten, daß sie keinerlei Vorwurf beabsichtigt hatte. »Gab es heute abend sonst noch jemanden, der lange arbeitete?«

Die junge Assistentin dachte nach. »Im Technikraum war Licht, aber ich habe niemanden gesehen.«

»Und ein Kollege mit einer Versuchsreihe?«

»Im Genetiklabor war niemand.«

»Ist das die dicke Tür mit dem Bullauge?« Jeannette hatte sie auf dem Weg von Bouviers Büro wahrgenommen, hauptsächlich, weil jemand mit Kreide daraufgeschrieben hatte: »Hey Udo, komm nach in die Mensa.«

Sabine Peters nickte.

»Sind Sie reingegangen?«

»Ich habe durchs Fenster gesehen.«

»Viel erkennt man da nicht.«

»Ich bin stehengeblieben, um auch in die Winkel schauen zu können.«

»Warum haben Sie das gemacht?« hakte Jeannette interessiert nach.

Sabine Peters schaute sie erstaunt an. Warum sie das gemacht hatte? Sie schien zu überlegen. »Auf dem Schreibtisch waren noch Unterlagen«, meinte sie schließlich zögernd. »Daraus habe ich wohl geschlossen ... Die Ordnung im Labor ist sonst sehr penibel.«

Jeannette ließ ihren Blick kommentarlos über den Pausentisch gleiten.

Sabine Peters begehrte auf. »Hans-Heiner würde niemals ...«

»Herr Kafka ist für das Labor verantwortlich?« griff Jeannette die Aussage sofort auf.

»Herr Doktor Kafka ist Populationsgenetiker. Er hat derzeit häufig dort zu tun. Aber ich möchte nicht ...«

»Natürlich nicht, natürlich nicht«, murmelte Jeannette beruhigend und machte sich eine Notiz, zu überprüfen, wie groß bei einem Blick durch das Bullauge der tote Winkel ist und ob sich dort jemand verborgen halten kann.

Sabine Peters war endgültig verstummt und schaute unglücklich auf Jeannettes Notizbuch, in dem nun möglicherweise ein von ihr vermittelter Verdacht gegen einen Kollegen festgehalten wurde. Ihre Haarsträhnen waren widerspenstiger denn je.

Jeannette verfolgte müßig ihre nervösen Bewegungen, ließ die Gesprächspause sich in die Länge ziehen, griff nach ihrer Tasse und blies auf die noch immer dampfende Oberfläche. Es war Zeit, die Atmosphäre ein wenig zu entspannen. Sie nahm einen ersten Schluck und meinte dann. »Hier hat sich wenig verändert, seit meiner Zeit.«

Ihr Gegenüber hob fragend die Augenbrauen. »*Sie* waren am Biologikum beschäftigt?« Mißtrauen in der Stimme. Jeannette tat, als bemerke sie es nicht.

»Ich habe hier studiert. Nur kurz«, ermunterte sie ihr Gegenüber angesichts des ungläubigen Blicks. »Im ersten Semester meines Medizinstudiums. Grundkurs Biologie nannte es sich, glaube ich. Für Sie natürlich nur die allerprimitivsten Anfänge. Hauptsächlich haben wir die Mundwerkzeuge von eingelegten Kakerlaken unters Mikroskop gehalten. Brrr.« Sie schüttelte anmutig den Kopf über sich selbst, verursachte Wellen in ihrem Teebecher. »Vermutlich bin ich deshalb wenig später zu Literatur und Geschichte übergewechselt.«

Na endlich erlaubte sich die zugeknöpfte Assistentin einmal ein Lächeln! »Aber mit menschlichen Leichen haben Sie keine Probleme?« fragte Sabine Peters, halb schnippisch, halb neugierig.

»Davon wußte ich ja damals noch nichts.« Jeannette fing an, im Durcheinander auf dem Tisch nach der Zuckerdose zu suchen. »Ich dachte, Literatur, weil ich gerne lese, und

Geschichte, um ein wenig Licht in die unappetitliche Historie meiner Familie zu werfen. Der Rest kam später. Und Sie? Warum sind Sie bei den Kakerlaken geblieben?«

Sabine Peters reichte ihr den Zucker. »Ich habe meinen Hund geliebt.« Als sie Jeannettes erstaunten Blick sah, mußte sie lachen. »Ich komme aus einer Zehn-Kinder-Familie«, fügte sie hinzu. »Wenn meine Mutter heute mit mir in Erinnerungen an meine Kindheit schwelgen will, kommt meistens raus, daß sie mich mit einem meiner Geschwister verwechselt hat.«

»Aber der Hund hat Sie immer erkannt.«

»Lachen Sie nur. Aber wenn die eigene Biographie so ungewiß ist, greift man vielleicht gerne auf etwas Dauerhafteres als das menschliche Gedächtnis zurück.«

Jeannette nickte. »Die Naturgeschichte, Naturgesetze, ich verstehe.«

»Ursprünglich wollte ich in München am Zoo arbeiten. Aber dann kam das phantastische Habilitationsangebot hier in Erlangen.«

»Und haben Sie's bereut?« fragte Jeannette, die Augenringe im Visier. Als Antwort bekam sie nur ein abwehrendes Kopfschütteln. Natürlich, wenn die gesamte Karriere von dem Professor abhing, der einen habilitierte, dann äußerte man sich nicht kritisch über ihn. Wer in der akademischen Welt etwas werden wollte, der hielt tunlichst den Mund und übte Diskretion. Vermutlich hatte Sabine Peters noch gar nicht realisiert, daß ihr Mentor tot war und sie sich durch ein bißchen Klatsch über ihn nicht mehr schaden konnte. Oder sie war übernatürlich diskret. Oder sie hatte etwas zu verbergen.

Jeannette versuchte es anders. »Ein Professor Leinleitner hielt, glaube ich, den Kurs. Gibt es den noch?« Und als Sabine Peters das bestätigte, setzte sie sofort nach: »Ich weiß noch, wie er in einer Stunde ein Rieseneinmachglas mitbrachte, randvoll mit gelber Flüssigkeit und darin die größten Zecken, die ich je gesehen habe. Ganz stolz hat er erzählt, daß er in Ägypten über die Kamelmärkte geschlichen ist und sie den Kamelen eigenhändig von den Aftern entfernt hat.« Sie hielt inne für ein gemeinsames Lachen. »Die arabischen Händler, meinte er, hätten ihn für verrückt erklärt.«

Sabine Peters mußte schmunzeln. »Das Glas hat er immer noch, zum Schockieren von Erstsemestern.«

»Ich konnte die Araber ja irgendwie verstehen.« Sie kicherten abwechselnd noch ein wenig in ihren Tee. »Aber er war sehr nett, der Leinleitner«, meinte Jeannette dann nach einer Weile versonnen. »Und höflich. Überreichte mir den Schein am Ende des Kurses wie eine Auszeichnung.« Dann startete sie einen kleinen Versuch. »Er sah mir nicht aus wie jemand, der einen nachts um neun mit Hilfsaufgaben schikaniert.« Sie machte eine Pause und fügte dann leicht empört hinzu. »Noch dazu jemand Promovierten.«

Nur ein leises Seufzen antwortete ihr. Die Haarsträhnen blieben, wo sie waren. Behutsam setzte Jeannette nach: »Hat er Sie oft derart ...«, sie suchte nach dem passenden Ausdruck, »eingesetzt«, fragte sie dann einfach.

Sabine Peters klammerte sich an ihre Teetasse. »Ich mußte mich schon ein wenig umstellen, als ich aus München hierher kam. Ich war es nicht gewöhnt«, sie zögerte, »zu studentischen Hilfsdiensten herangezogen zu werden. Oder daß ich wegen irgendwelcher Fragen, unsere Arbeit betreffend, auf die Sprechstunden verwiesen wurde.«

»Er hat Sie gezwungen, sich wie irgendein Student für die Sprechstunden anzumelden, wenn Sie ihn brauchten?« Jeannette versuchte, angemessen empört zu klingen. Selbst schuld, dachte sie.

»Nun«, Sabine Peters verzog schmerzlich den Mund. »Er pflegte nicht gerade das Prinzip der offenen Bürotür. Natürlich konnte man klopfen. Aber man wußte nie, was einen erwartete. Er konnte sehr, sehr«, sie überlegte, »sarkastisch sein. Einmal hat er mich vor einem versammelten Mikroskopierkurs lächerlich gemacht, weil ich ... aber lassen wir das. De mortuis ...« Sie schwieg.

»Oh, ich kenn' das.« Jeannette betrachtete angelegentlich ihren Tee. »Sie sind völlig im Recht, auf ihn sauer zu sein.«

Sabine Peters zuckte die Schultern. »Ich weiß nicht. Wenn sich Hans-Heiner beklagt hätte, hätte ich das verstanden. Aber die paar Spitzen, die er mir widmete ... Wenn ich das nicht aushalte, bin ich in der Branche ohnehin verloren. Auf so einem internationalen Symposion wird man auch nicht gerade mit Samthandschuhen angefaßt, wissen Sie.«

Jeannette nickte, als wüßte sie. »Sie haben kürzlich eins hinter sich gebracht?«

»Es steht mir eines bevor. Hoffe ich. Professor Bouvier wollte mich mitnehmen und als Co-Autorin seines Beitrags vorstellen. Was ich auch war«, beteuerte sie heftig. »Ich hab' die gesamte zugrunde liegende Versuchsreihe betreut. Aber dann hatte er auf einmal Einwände.«

»Na, jetzt haben Sie das Material ja zu Ihrer Verfügung.« Jeannette lächelte aufmunternd. Dennoch starrte Sabine Peters sie entsetzt an. »O Gott, Sie glauben doch nicht, daß ...«

Hektisch tastete sie nach ihren Haarsträhnen.

In das panikerfüllte Schweigen der Assistentin hinein meinte Jeannette ablenkend: »War Ihnen das nicht unangenehm, hier spätnachts noch so allein herumwerkeln zu müssen? Mich persönlich würde ja vor der Tiefgarage grausen.«

»Ja, nein, das heißt: na und. Was wollen Sie eigentlich?« Sabine Peters ging jetzt in Abwehrstellung.

»Sie haben nicht innerlich geflucht, als er Sie an den Kopierer schickte? Dachten Sie da nicht ›der Chauvi-Arsch‹ oder so?«

»Nein, ich ...« Sabine Peters fühlte sich ertappt und wurde

rot. Das wiederum machte sie wütend. »Na gut, wenn Sie es unbedingt wissen wollen: Es hat mich geärgert. Und? Sollte ich ihn deswegen umbringen?«

Jeannette ignorierte die Frage. Sie verschärfte die Gangart noch ein wenig. »Vielleicht haben Sie sich ja noch ein wenig unterhalten. Über das Symposion und wie er Sie um Ihren Beitrag prellen wollte.« Ihre Stimme troff vor Verständnis. »Wo internationale Auftritte doch so wichtig sind für die Karriere.«

»Ich sagte Ihnen doch schon, er mochte es nicht, wenn man ihm außerplanmäßig mit irgendwelchen Anliegen kam.« Die Stimme der Assistentin wurde schrill.

»Sicher, er hielt Sie am Gängelband. Haben Sie da wirklich nur dienernd ›Ja, Herr Professor‹ und ›Nein, Herr Professor‹ gesagt? Wo es doch um Ihre Zukunft ging?«

»Was hätte ich denn sonst sagen sollen?« Die Wut über Jeannettes beschämende Darstellung ihrer eigenen servilen Rolle ließ Sabine Peters schrill werden. Sie erntete nichts als einen stillen Blick. »Das, das war doch kein Grund«, schrie sie und sprang auf. »Da gab es noch ganz andere, sag' ich Ihnen. Ganz andere.« Plötzlich hielt sie inne.

»Ja?« Jeannettes Stimme, tief und ruhig, fiel in die folgende Stille wie ein Stein ins Wasser. »Aber Sie sind diejenige, die heute nacht hier war.«

Als Sabine Peters gegangen war, rieb Jeannette sich den schmerzenden Nacken und stand auf, um in der Teemaschine vergeblich nach einem letzten Schluck zu fahnden. Die Neonbeleuchtung und das stete elektronische Summen in den Fluren bereitete ihr Kopfschmerzen; anklagend sah sie zu dem Gewirr aus Rohren und Kabeln unter der Decke auf. Die Spurensicherer hatten zusammengepackt und kamen ihr entgegen, der Leichensack mit dem Toten wurde hinausgetragen, und Martin, der die Versiegelung des Bouvierschen Büros überwachte, machte ihr Zeichen, auf ihn zu warten.

Erst jetzt, da sie ihn von ferne beobachtete, fiel ihr auf, wie sehr er sich verändert hatte: die gelassene Haltung, die igelkurzen Haare, die ihn so entschieden aussehen ließen, die graue, einen Hauch zu modische Tweedhose und der Rolli in diesem prachtvoll dunklen Aubergine, das, ohne auffällig zu sein, ein verdammt lässiges Flair entwickelte. Nichts mehr von den ewig gleichen Jeans und den Karohemden, die seine Mutter immer vom Wühltisch mitgebracht hatte. Martin hatte anscheinend endlich den Kokon abgestreift, in dem er seit seiner Schulzeit vor sich hin gelebt und gewartet hatte. Das Leben mit Josef tat ihm ganz offensichtlich gut.

Jeannette mußte lächeln, voll Sympathie für ihren Partner, der mit sich und der Welt in einem völlig neuen Gleichgewicht schien. Sie winkte zustimmend zurück, dann fiel ihr etwas ein, und sie legte rasch die paar Schritte zum Genetiklabor zurück. Doch so gründlich sie ihren Blick auch über das von dem runden Fensterchen ausgeschnittene Gesichtsfeld schweifen ließ, ein aufgeschlagenes Heft oder andere Unterlagen, wie Sabine Peters sie gesehen haben wollte, waren nicht zu entdecken. Die Arbeitsflächen zwischen den Maschinen waren saubergewischt und leer.

Kapitel 5

»Komm auf ein Frühstück mit zu mir«, lud Martin sie ein, als sie vor Jeannettes Wagen standen und tief die feuchte Nachtluft einatmeten. »Dann können wir uns gleich zusammensetzen und überlegen, wie wir weitermachen wollen. Aus dem Labor kommt am Wochenende ohnehin nichts mehr.«

Jeannette schaute auf ihre Uhr. Es war kurz nach halb vier, der Himmel über den gelbleuchtenden Straßenlaternen begann bereits ein wenig durchsichtig zu werden, und die Vögel in dem Fichtenwäldchen regten sich mit lebhaften Trillern. In den Vorgärten der Erwin-Rommel-Straße war es wieder ruhig geworden, die Schaulustigen hatten sich in ihre Betten zurückgezogen für ein süßes letztes bißchen Schlaf. Nur aus dem einen und anderen Fensterrahmen strahlte Licht, wo Schichtarbeiter zum Frühstück saßen.

»Klingt nach einer guten Idee«, meinte sie. »Aber werden wir Josef nicht stören?«

»Der sieht das gelassen. Außerdem hatten wir gestern eine kleine Feier. Wie ich ihn kenne, ist er eben erst ins Bett gegangen und vor dem Mittag ohnehin nicht zu wecken.«

»Eine Party? Deshalb also der noble Aufzug.« Sie wies auf seine Kleidung.

»Gefällt's dir?« Martin grinste. »Hat Josef für mich in Rom ausgesucht.« Er ließ einen einsamen frühen Wagen vorbeiröhren, dann trat er an die Fahrerseite seines Autos. »Fahr mir einfach nach.«

Wenig später in Josefs und Martins Küche häufte ihr Kollege Köstlichkeiten vor ihr auf, innig begrüßt von ihrem rumorenden Magen.

Martin spielte den eifrigen Gastgeber. »Die Lachscreme mußt du probieren, die hat Josef selbst gezaubert. Und den angemachten Schafskäse.« Platte um Platte holte er aus dem Kühlschrank und zog die Alufolie ab.

»Die Schweine haben die Lasagne alle gemacht«, empörte er sich. »Aber hier: Gefüllte Tomaten sind noch da.«

Jeannette pickte sich eine Olive in Knoblauch heraus und ließ ihren Blick müßig schweifen, über die hohe Decke mit dem Stuckoval, aus dem eine Lampe wie ein silberfarbenes Ufo herunterhing und ihren Restetisch beschien, die Möbel aus weißlackiertem Holz, die altmodischen Buntglasvierecke in den Fenstern, die Keith-Haring-Drucke und den amerikanischen Kühlschrank mit Eiswürfelspender, aus dem Martin sich gerade für seinen Martini bediente. Er hielt ihr aufmunternd das klingelnde Glas entgegen, doch sie schüttelte den Kopf.

»Bier? Kaffee?« fragte er.

Jeannette, den Mund gerade voll Zucchini-Austernpilz-Gemüse, das sie mit dem Servierbesteck aus der Form löffelte, mampfte mühsam: »Ein Kakao mit Sahne wäre klasse.«

Martin schüttelte den Kopf und holte Milch aus dem Kühlschrank.

»Also, was haben wir?« setzte er dabei an, während er die aufkochende Milch hütete.

»Professor für Biologie, Fledermauskundler, erstochen mit seinem eigenen Brieföffner«, antwortet Jeannette, ganz Musterschülerin. »Ist das etwa Vitello Tonnato?« Gierig langte sie zu. »Der Stuhl vor dem Schreibtisch war umgekippt«, sie kaute, »die Waffe am Tatort vorhanden. Sieht ganz nach einem späten Besuch, spontaner Tat und ebensolcher Flucht aus.«

»Bitte, bedien dich doch«, meinte Martin konsterniert, während er zusah, wie Jeannette methodisch die üppige Schüssel Kalbfleisch leerte. »Erfrischend, wenn Frauen keine Figurängste haben.«

Jeannette griff zum Schafskäse.

»Wir müssen abwarten, was die Gerichtsmedizinerin über den Einstichwinkel sagt«, fuhr Martin fort, »aber ich würde sagen: stehend zugestoßen, als der Professor sich vorbeugte.«

»Wozu sollte er sich so weit vorgebeugt haben?« Jeannette probierte es aus, indem sie nach einem entfernt stehenden Blech mit Tiramisu angelte.

»Die Bücher? Ein Stift?« schlug Martin vor.

»Alles kein Grund, die Nase auf die Tischplatte zu drücken.« Jeannette schüttelte den Kopf. »Köstlich«, erklärte sie dann mit vollem Mund und wies mit dem Löffel nachdrücklich auf den Nachtisch. »Vielleicht wollte er seinen nächtlichen Besucher am Schlafittchen packen?«

»Nein, nichts sah nach einem Kampf aus, nicht einmal die Buchreihe war umgekippt.« Martin wischte die Idee eines Überfalls vom Tisch. »Vielleicht war der Besucher einfach besonders groß.« Er holte probeweise mit dem Schneebesen aus.

»Oder auch Besucherin«, gab sie zu bedenken.

»Auch das. Ach ja. Was kam denn bei der Peters raus?«

Jeannette zuckte die Schultern. »Sie hat mir beinahe leid getan; ich hab' sie ziemlich reingelegt. Sie ist sauer auf ihren Prof, er behindert ihre Karriere und demütigt sie mit Hilfsarbeiten. Aber sie scheint mir nicht der Typ.« Jeannette dachte an die Augenringe und die nervösen Finger der Assistentin. »Du weißt schon, nicht die Sorte, die zurückschlägt. Und schon gar nicht die, die dann cool am Tatort bleibt und noch selbst die Polizei ruft. Wenn sie es wäre, wäre sie zusammengebrochen und hätte gestanden.«

Martin wiegte nachdenklich den Kopf.

»Eine Ungereimtheit gibt es allerdings in ihrer Aussage. Sie will im Genlabor Spuren menschlicher Anwesenheit gesehen haben, allerdings keine bestimmte Person. Als ich dort nachschaute, war aber nichts zu finden. Entweder hat dort jemand klammheimlich aufgeräumt ...«

»... oder sie hat gelogen«, ergänzte Martin. »Voilà!« Er servierte ihr den Kakao. »Aber warum sollte sie?«

»Ja, warum?« Nachdenklich schlürfte Jeannette die kühle Sahnehaube ab und griff nach einer weiteren Olive. »Außerdem war sie zuerst sehr zugeknöpft, was ihre Kollegen anging, um dann doch nachdrücklich auf einen gewissen Hans-Heiner zu verweisen, der deutlich motivierter sein müßte, Bouvier an den Kragen zu gehen. Und der Genetiker ist.« Sie schaute Martin an.

»Na, wenn sie unseren Verdacht auf ihn lenken will, dann ist ihr das gelungen, oder?«

Jeannette nickte zustimmend und notierte sich einen weiteren Punkt auf ihrer Liste. »Hans-Heiner Kafka. Was hätte ich nicht für diesen Nachnamen gegeben. Das ist ein Schriftsteller«, erklärte sie auf Martins fragenden Blick. »Und was für einer. Jahre meiner Jugend habe ich an seinen Kult verschwendet.«

»Die Sekretärin sollte seine Adresse haben. Ist noch was von der Lachscreme da, du Vielfraß?«

Kommentarlos schob Jeannette ihm die Schüssel zu.

»Die Sekretärin hat wochenends natürlich frei«, überlegte er laut, während er aß. »Aber die Peters meinte, sie wäre Samstag vormittag immer im Tierheim zu finden. Ehrenamtliche Tätigkeit. Ich denke« – er blickte auf die Uhr –, »so in zwei, drei Stunden kann ich dort mal mein Glück versuchen.«

»Was steht sonst noch an? Oh, hi Josef«, begrüßte sie Martins Lebensgefährten, der eben, angetan nur mit Pyjamahose und Leidensmiene, in die Küche gewankt kam. Am Türrahmen blieb er stehen, kratzte sich den Bauch und ließ seinen schlafverklebten Blick über das Schlachtfeld gleiten.

»Schön, daß euch mein Frühstück schmeckt. Nein, laß nur«, wehrte er Martins eifrigen Versuch ab, ihm einen Teller hinzustellen, »ich sterbe ohnehin im Lauf der nächsten vierundzwanzig Stunden.« Damit suchte er sich ein Aspirin und füllte ein Glas mit Wasser auf. Er umarmte Martin von hinten und schnoberte ihm zärtlich im Nacken herum.

»Hi Schätzchen«, grüßte er schließlich über Martins Schulter Jeannette zurück, die, in der einen Hand ihren Kakaobecher, in der anderen ein Lachscremebaguette, die häusliche Szene verfolgte. »Interessante Kombination. Und ich dachte, *ich* gäbe mir alle Mühe, dekadent zu sein.« Er schüttete die prickelnde Aspirinbrühe hinunter. »Viel Spaß dann noch.« Er griff sich eine Prosecco-Flasche, wedelte alle Mitleidsbekundungen beiseite und wankte zurück ins Bett. »Und denkt dran, ich möchte eingeäschert werden.«

»Wo waren wir stehengeblieben?« fragte Jeannette, als er verschwunden war.

»Bei der Liste der Verdächtigen. Ich werde mir, nach Josefs Einäscherung, die Sekretärin vornehmen. Sekretärinnen stehen auf mich und meine braunen Augen.«

»Angeber. Dann, laß mal sehen, könnte ich vielleicht den Präparator besuchen?«

Martin winkte ab. »Hab' ich in der Nacht noch erledigt. Er saß mit dem Elektroniker zusammen, um so einen Wolpertinger zu basteln. Im Ernst, sie haben's mir gezeigt, eine Art Ente mit Storchenbeinen, Bauchbeutel und Zähnen im Schnabel. Grunzt und bewegt die Flügel auf Knopfdruck. Sehr beeindruckend, was an deutschen Universitäten so entsteht. Angeblich ist das Ding für den Geburtstag eines Professors.« Martin schüttelte den Kopf. »Ganz begeistert waren sie von ihrem Werk. Ein Inder aus der Putzkolonne saß die meiste Zeit bei ihnen und hat sich königlich amüsiert, sagen sie. Und ihren Biervorrat dezimiert. Aber so, wie die drauf waren, haben sie kräftig mitgehalten, würde ich schätzen.«

Jeannette ging die Liste durch. »Bleiben der Assistent und die wissenschaftlichen Hilfskräfte. Da fällt mir ein: Hast du die Computerausdrucke für mich?«

Martin nickte und hievte einen dicken Packen Papier auf den Tisch, der umgehend begann, Olivenöl aufzusaugen.

»Ich werde eine Liste seiner Veröffentlichungen brauchen«, sinnierte Jeannette, während sie alles flüchtig durchblätterte.

»Bist du dir wirklich sicher, was diesen Wissenschaftskram angeht?« wollte Martin wissen. »Ich meine, schau dir das an, da liest du doch allein schon fünf Wochen dran.«

Jeannette schüttelte den Kopf, ohne die Augen vom Text zu heben.

»Ich will meine Männer ja nicht verteidigen«, fuhr Martin fort. »Aber am Ende lädst du dir da sinnlos Arbeit auf, und dann war's doch die Ehefrau.«

»Die hätte eine Waffe mitgebracht, wenn sie ihn hätte ermorden wollen. Und streiten konnte sie mit ihm zu Hause«, entgegnete sie nur.

»Da wir gerade von der Ehefrau sprechen …«

Jeannette griff zum Becher und leerte ihn. »Deine These«, antwortete sie knapp.

Martin reichte ihr liebevoll eine Serviette und deutete ihr an, sich den Milchbart abzuwischen. »Ehrlich gesagt, hatte ich gehofft …«

»O nein, Martin, nein. Nicht schon wieder die Angehörigen.«

»…«

» Laß diesen Blick, Martin. Ich habe ›Nein‹ gesagt, hörst du? Nein!«

Kapitel 6

Jeannette legte den Kopf in den Nacken und ließ ihren Blick an Zinnen und Türmchen und Dächlein hinaufwandern. Bouviers Anwesen am Burgberg war selbst im Vergleich mit den umliegenden Jahrhundertwende-Villen wahrhaft imposant. Schneewittchen-Mittelalter, Baujahr 1899. Ein kleiner grünverwitterter Bronze-Fahnenträger auf einem Sockel im zweiten Stock lugte neugierig zu Jeannette hinunter und erwiderte ihren Blick. Die Wolken zogen schnell über seinem Kopf im lebhaften Morgenwind, der die Äste großer schwarzer Tannen am Gemäuer kratzen ließ.

Jeannette stieß das übermannshohe Gartentor aus Holz auf und ging auf die Haustür zu. Traubenhyazinthen und späte Tulpen säumten in verwilderten Beeten den Plattenweg, die Köpfe schwer geneigt vom morgendlichen Regenguß. Nur selten ließ ein kurz aufblitzender Sonnenstrahl die hängenden Tropfen aufleuchten.

Jeannette hörte ihre Absätze klackern, laut und nah, wie alle Geräusche nach dem Regen. Sie zitterte vor Müdigkeit und Ärger nach einem kurzen Gespräch mit Regine, in dem sie ihr gebeichtet hatte, daß sie sich dieses Wochenende kaum würden sehen können. Die Freundin hatte daraufhin angekündigt, den Tag mit Mauro zu verbringen. Und irgendwie fand Jeannette das ärgerlich.

Eine neue Böe trieb ihr eine Gänsehaut auf die Arme. Schon wieder begannen drängende dunkle Wolken den kaum vom Frühlicht erhellten Himmel zu verdüstern. Jeannette läutete.

Niemand öffnete. Doch als sie mit dem Fuß umknickte

und gegen die Haustür stieß, klickte es laut, und die Tür ging einen Spalt auf.

»Hallo?« Jeannette drückte sie beiseite und trat in die Empfangshalle. Fast hatte sie ein Echo erwartet angesichts der imposanten Treppe, die sich vor ihr in den offenen ersten Stock schwang. Nur die Verwendung von viel Stoff, schwerem, edel aussehendem Stoff, und dicken Teppichen verhinderte, daß ihre nächsten Schritte schicksalsschwer in den Raum hinein hallten. Da war tatsächlich ein Kamin, und darüber an der gemauerten Wand Wappen und Ahnenporträts. Auch frische Blumenarrangements auf ansonsten nutzlosen Beistelltischchen fehlten nicht. Es wohnten also tatsächlich Menschen in dieser Ritterfilm-Kulisse. Zu sehen waren sie allerdings nicht, wenn man von einem Foto neben einer der Blumenvasen absah, das Professor Bouvier zeigte, eine gutaussehende Dame, die vermutlich seine Gattin war, und zwei Teenager, ein Mädchen mit Zahnspange, ein Junge, fast schon ein junger Mann, mit lichtbraunen lockigen Haaren, der ihr vage bekannt vorkam.

Jeannette räusperte sich. »Ist da jemand?« Sie ging auf eine halboffene Tür hinter ein paar Portieren zu – zumindest glaubte sie, daß man die Brokatgehänge mit den schweren Troddeln dran Portieren nannte – und trat zögernd ein.

Es handelte sich eindeutig um das Arbeitszimmer, und der Raum gab ein weit klareres Bild als das genormte Büro an der Universität vom Wesen des Professors Bouvier – oder davon, wie er gesehen werden wollte. So altertümelnd die Empfangshalle wirkte, hier drinnen war alles aus Glas und Metall, kühl und nüchtern stand es auf dem Teppichboden in kräftigem monochromem Blau. Kein Stäubchen fand sich auf den gläsernen Ablagen oder der durchsichtigen Schreibtischplatte. Auch keine Spur einer begonnenen oder liegengelassenen Arbeit. Auf einem würfelförmigen Sandsteinsockel, gehalten von einer Eisenstange wie der Torso einer griechischen Statue, schwebte eine Fledermaus, perfekt präpariert, die Flügel zum eleganten Kurvenflug gespreizt, das Maul geöffnet für ihren Orientierungsschrei.

Sie schien auf eine Wand zuzuhalten, an der, silberfarben gerahmt, einige Radierungen hingen, Flugstudien ihrer Artgenossen. Jeannettes interessiertem Auge zeigten sich flüchtige Impressionen von Flügeln, Köpfen, gespreizten Krallen, hingeworfen wie Skizzen, mit Pfeilen und Worten versehen zum Teil, dann wieder verschwimmend als fragmentarische Visionen. Die Signatur war unleserlich. Sicher ein Freund des Hauses, dachte Jeannette. Jeder ordentliche Professor hatte einen befreundeten Künstler an der Hand.

Jeannette ging die Reihen der Buchrücken in den avantgardistischen Regalen durch. Fachliteratur, so weit das Auge reichte, langweilige Naturbildbände und – sie hielt erfreut inne und zog ihren Fund, einen großformatigen Fotoband, mühsam heraus. »Helmut Newton« verkündeten sachliche Lettern auf dem Cover. Darunter das Bild einer knienden Nackten mit furchterregend dick aufgetragener Schminke und einem Sattel auf dem Rücken. Jeannette griff mit beiden Händen zu, wuchtete ihn auf den Schreibtisch und schlug eine beliebige Doppelseite auf, um das nackte Fleisch inmitten der spartanischen Atmosphäre aufblühen zu lassen. Doch da war nur die glatte Oberfläche der Inszenierung. Die kühlen, extrem gestylten Bilder paßten perfekt zu diesem Zimmer. Ein Drama aus Lust und Leidenschaft schien sich hinter diesem Mann, hinter diesem Verbrechen nicht entfalten zu wollen.

Jeannette schaute sich um. Keine Staubflocke, kein Fingerabdruck, kein angebissenes Brötchen wie auf ihrem Arbeitsplatz daheim. Bei diesem Professor Bouvier menschelte einfach nichts. Es roch nicht einmal nach menschlicher Anwesenheit. Was hier entstand, so die Botschaft des Raumes, das war aus reinem Geist erschaffen, kühl und klar. Oder kalt und starr, dachte Jeannette.

Im ersten Stock klappte laut eine Tür. Sie erstarrte einen Moment, dann schlug sie hastig das Buch zu. Doch der Knall schien nicht bemerkt zu werden. Die heftigen Schritte oben auf der Galerie entfernten sich wieder.

»Hallo?« rief sie noch einmal schuldbewußt und huschte zurück in die Halle. Aber auch ihr Ruf wurde ignoriert. Eine weitere Tür schlug, Würgegeräusche drangen herunter, dann das Rauschen einer Toilettenspülung.

»So ist gut, nur heraus damit, alles soll raus.« Hall verzerrte die beruhigend psalmodierende Stimme; sie mußte aus dem Badezimmer kommen. Erneutes Würgen. In die Stille danach traten zwei Frauen auf die Galerie über der Treppe. Jeannette konnte nur erkennen, daß die Jüngere, die geführt wurde, ein langes Nachthemd trug und offenes, feuchtes Haar, das ihr Gesicht verbarg. Offensichtlich, dachte Jeannette, war die schlechte Nachricht ihr bereits vorausgeeilt.

»Frau Bouvier?« rief sie fragend hinauf, was das kleine Grüppchen sichtlich verschreckte. Hastig schob die Ältere die Jüngere aus ihrem Arm und in ein offenstehendes Zimmer. Seltsam, dachte Jeannette noch irritiert, warum schließt sie denn ab? Dann stand Frau Bouvier auch schon vor ihr. Sie entsprach ganz den Erwartungen, die das Haus weckte, mit Twinset, Dutt und Perlenkette, in die ihre langfingrigen Hände mit den blaß schimmernden Nägeln sich bei ihrem Anblick verfingen.

Frau Bouvier war eine dieser großäugigen, kindlichen Schönheiten, die gepflegt zu Damen alterten und zeitlebens von ihrem mädchenhaften Charme zehren konnten. Dieses in die Jahre gekommene Mädchen allerdings hatte einen ganz unkindlich kühlen Blick. Wenn sie geweint hatte, lagen die Spuren unter perfekt dezentem Make-up verborgen. Allenfalls das leise Rasseln ihrer Perlen ließ etwas von dem Schicksalsschlag ahnen, der sie getroffen hatte.

»Ich entschuldige mich für meine Tochter, sie ist von alldem doch sehr mitgenommen.« Ihre Stimme klang unverbindlich, als sei die Sprecherin im Grunde mit ganz anderen Dingen beschäftigt. Oder als sei sie der Ansicht, dies alles ginge Jeannette nichts an.

Diese hob abwehrend die Hände. »Ich muß mich entschuldigen, schließlich bin ich einfach so bei Ihnen eingedrungen, Frau Bouvier. Aber die Tür stand offen und ...«

»Das Schloß ist defekt. Ich werde mit Gertrud darüber sprechen müssen.« Es klang wie Punkt dreihundertundzehn auf einer langen Liste. Doch Frau Professor Bouvier würde sie zweifelsohne bewältigen.

»Frau Bouvier, ich bin Kriminalkommissarin. Dürer, Jeannette Dürer«; sie kramte nach ihrem Ausweis. »Und ich ...«

»Ich weiß. Frau Peters rief mich an.« Die Stimme wurde weder betroffener, noch kippte sie.

»Ach ja, natürlich.«

Gegen die verschlossene Tür oben wurde heftig gepoltert. Es klang nicht wie Klopfen, eher, als schlüge jemand mit einem schweren Gegenstand dagegen. Jeannette sah Frau Bouvier erstaunt an, doch die verzog keine Miene, schien den Lärm nicht einmal zu bemerken.

»Das ist natürlich nicht der richtige Zeitpunkt, Frau Bouvier, aber können Sie sich vorstellen ...« Das Klopfen ging in rhythmisches, sich selbst genügendes Wummern über, das weniger wie eine Botschaft klang als wie eine hospitalistische Selbstbekundung. Vermutlich konnte das stundenlang so weitergehen.

»Sie entschuldigen mich, ich muß meiner Tochter ein Bad einlaufen lassen.« Frau Bouvier war bereits wieder auf der Treppe.

»Können Sie sich vorstellen, wer Ihrem Mann schaden wollte?« Jeannette mußte fast rufen. Es wurde mit einemmal still im Haus, und ihre Stimme klang unerwartet laut aus.

»Mama?« kam es weinerlich hinter der Tür vor. »Mama, ist es Papa?«

Frau Bouvier drehte Jeannette den Rücken zu und stieg energisch weiter auf. »Nein, mein Schatz«, antwortete sie ihrer eingeschlossenen Tochter, ihre Stimme klang wieder so monoton beruhigend wie vorhin aus dem Badezimmer. »Papa kommt nicht mehr.«

»Frau Bouvier, heißt das, Sie haben keine Idee, warum Ihr Mann sterben mußte?« Jeannette folgte unten mit hastigen Schritten Frau Bouvier entlang der Galerie.

Die blieb stehen. »Wegen des Dolchs in seinem Rücken, nehme ich an.« Sie sagte das mit derselben emotionslosen Beflissenheit, mit der sie jemandem den Weg zur Gästetoilette gewiesen hätte. Doch plötzlich brach sich ein heimliches Kichern Bahn. Ein Lachanfall schüttelte übergangslos die Frau des toten Professors, und so, als könnte sie ihrem eigenen köstlichen Witz einfach nicht widerstehen, wiederholte sie noch einmal: »Wegen des Dolches in seinem Rücken.« Das war alles, was Frau Bouvier sich an Nervenschwäche gestattete. Mit einem Schlag wurde sie wieder ruhig. »Mein Mann war ein angesehener Wissenschaftler. Er hatte keine Feinde.«

Aha, dachte Jeannette irritiert, wieder auf dem Weg ins Gästeklo. »Wo«, versuchte sie es mit dienstlicher Strenge ohne Umschweife, »waren Sie gestern abend zwischen acht und elf?«

Frau Bouvier beugte sich über das Geländer. »Bei mir zu Hause.«

»Haben Sie dafür Zeugen?«

»Die fünfzehn weiteren Mitglieder des Bundes deutscher Akademikerinnen, deren Gastgeberin ich gestern war. Ein erhebender Abend. Frau Professor Bachmann referierte über Felsreliefs in Nordwestanatolien.«

Kapitel 7

Martin klingelte an der Maschendrahtpforte des Erlanger Tierheims. Das ohrenbetäubende Bellen der Bewohner übertönte für kurze Zeit sogar das anhaltende Dröhnen der nahen Autobahn, die hier an der Westspitze des Burgbergs das Regnitztal durchschnitt und den Fuß des Berges zu einem Stück verlorener Erde machte. Martin hatte sich im Vorbeifahren oft gefragt, wer heute in dem ehemals stattlichen Sandsteinhaus dort leben mochte, das – von Bahn und Autobahn abgeschnitten und lärmumhüllt – vor sich hin verwitterte. Er sollte es auch diesmal nicht erfahren, denn schon kam ihm jemand entgegen.

»Frau Fuchs?« fragte er die Mittfünfzigerin, die ihm aufsperrte. »Wir haben miteinander telefoniert. Martin Knauer.«

Mit durch die Brille tellergroß verzerrten Augen schaute sie ihn an. Sie trug eines jener altmodischen, großgeschnittenen Horngestelle, die das halbe Gesicht verglasten und so locker auf der Nase saßen, daß sie ständig herumrutschten. Frau Fuchs bevorzugte rosa mit mittlerweile ausgebleichtem Goldflitter für ihre Brille. Das Haar mit dem breiten graubraunen Ansatz war brennend hennarot gefärbt; sie trug es mit viel Haarspray zu einem hohlen Dutt geformt, der ein wenig an Gewölle erinnerte. Frau Fuchs bevorzugte weiterhin selbstgestrickte Pullover und Stoffhosen mit Rundum-Gummizug. Frau Fuchs sah nichtsdestotrotz aus wie eine Frau, die genau wußte, wie das Leben zu laufen hatte.

»Mir können uns gern unterhaldn«, beschied sie Martin und zog ihn am Ärmel herein. »Ich muß nur derweil auf Zeus und Mausi aufpassen, die vertragn sich ned mit die andern im Zwinger.«

Ein bedrohliches Knurren machte Martin auf einen Hund aufmerksam, dessen triefendes rosa Maul zum Knochenknacken gemacht schien. Achtzig Kilo locker, schätzte er mit nervösem Blick, für den Fall, daß ihn der Fleischberg ansprang, dessen blutunterlaufener Blick keinerlei Sympathie verhieß. Braver Hund, dachte er innig, braver Hund, so ist's recht. Ich bin ein Polizist, kein Beefsteak. Doch als er Beefsteak dachte, ging ein Zittern über die spiegelnd schwarze Flanke des Tieres, und Martin beeilte sich, seinen Geist ganz leer zu machen.

Mühsam lächelte er Frau Fuchs an, die ihn noch immer aufmerksam musterte. »Und Sie sind ganz sicher, daß Zeus friedlich ist, ja?«

»Ganz sicher«, antwortete Frau Fuchs und nahm einen großohrigen Chihuahua hoch, der sich zitternd an ihren mütterlichen Busen schmiegte. »Der belld nur, wenn er sich agegriffn fühld.«

Martin streckte vorsichtig die Hand nach dem Tierchen aus – der Weg zum Herzen der Menschen führt über ihre Tiere –, und Zeus zog sofort die kleinen Lefzen hoch und knurrte. Martin zog seine Finger zurück und zeigte dem Kleinen hinter dem Rücken der Sekretärin die Zähne, während er ihr ins Büro folgte. Hinter Maschendrahtzäunen verfolgte sie dabei heftiges Gebell; ein Terrier sprang wieder und wieder gegen die Maschenwand und schlug im Zurückschnellen Kapriolen. Hinter einer Tür erscholl vielstimmiges Maunzen, und Martin warf durchs Guckloch einen Blick auf ein Meer von Katzen. Auf Regalen im Flur stapelten sich Käfige mit Streifenhörnchen und Hasen, andere schienen leer zu sein, oder ihre nachtaktiven Bewohner hatten sich tief in die Sägespäne zurückgezogen. Martin dachte an seine geliebten Mäuse, die er von Zuhause in die gemeinsame Wohnung mitgebracht hatte, und schwor sich, sie zu behalten, bis das Alter sie dahinraffte, mochte Josef über Tiere im Schlafzimmer anmerken, was er wollte.

Dankbar, dem vielstimmigen Korridor zu entkommen, bog er hinter einem Stapel Futterspenden in das Büro ein, dicht auf seinen Fersen, das verriet Schnaufen und Schaben, folgte Mausi. Ein Umstand, den Martin zu ignorieren suchte. Ebenso wie die Tatsache, daß der Hund, ein Mastiff, wie Frau Fuchs ihm beiläufig erklärte, ihm seine breite Schnauze in den Schritt schob, sobald er sich gesetzt hatte, und dort für den Rest des Gesprächs verharrte. Martin fühlte sich zu keinen weiteren Bewegungen ermuntert. Die Befragung verlief ein wenig formell.

Nein, sie hatte an diesem Tag nichts Auffallendes bemerkt; sie war ja auch schon um vier Uhr gegangen. Nein, es war nichts Besonderes, daß die Assistenten, Frau Peters und der arme Herr Kafka, dort bis spät in die Nacht zu tun hatten. Auch auf einige Doktoranden traf das zu. Nein, sie konnte nicht sagen, daß sie besonders gerne dort arbeitete, das ewige Sezieren und die Bedingungen, unter denen die Labortiere vegetieren mußten …

»Ich will ja vielleicht auch wissen, wies in ihnen innendrin ausschaut, aber schneid ich sie deshalb auf?«

Martin riskierte ein Auge auf Mausi.

»Nein!« verkündete Frau Fuchs, und ihr Eulenblick löste sich einen Moment von ihm.

Martin seufzte erleichtert.

Frau Fuchs' weitere Ausführungen zu diesem Punkt waren mitreißend und ausdauernd, nur unterbrochen von gelegentlichen Telefonanrufen interessierter Adoptionseltern.

»Den Collie? Ja, der ist noch da. Aber mir gebn ihn bloß an besonders einfühlsame Halder ab. Kane Kinner, des müssen's verschdehn. Des Dier ist hochgradich nervös und braucht die gesamde Aufmerksamkeid vo seim Herrchen.

Des kann ned mid annere deiln, des liechd an seiner furchdboarn Kindheit ...«

Also ein Kinderbeißer. Martin hörte ihr zu und fühlte sich an die Anwälte erinnert, die er zuweilen beim Staatsanwalt traf und die das Verhalten ihrer Delinquenten mit ganz ähnlichen Worten zu beschönigen suchten.

Frau Fuchs hatte energisch aufgelegt. »Was wolldn Sie noch wissn?«

»Äh. Ja. Und Sie können sich niemanden vorstellen, der Professor Bouvier gegenüber«, er riskierte einen vorsichtigen Blick zu Mausi unter dem Tisch, der zufrieden zwischen seinen Schenkeln seufzte, »äh, feindliche Gefühle hegen könnte?«

»Wer ihn umbracht hat, meinens? Keine Ahnung.« Sie schüttelte den Kopf. Nach einer Weile meinte sie, mehr zu sich selbst. »Aber mir ham ja immer all die jungen Leut da leid getan. Arbeidn so hard, und die Zukunfd so ungewiß, gell. Mid ihre Halbjahresstibendien, ihre dreimonadigen Foaschungsaufendhalde und Zweijahresschdelln. Do werd ma jo verrüggd dabei. Und der Brofessor war ned einer der sensibelsdn. So viel kann ma sagn. Obwohl ich ihm manchmal ins Gwissn gredet hab.« Sie beugte sich erstmals vertraulich vor. »Die meisdn ham sich ja vo mir die Kardn legn lossen. Zugem ham ses freilich ned, des gehd gegen die agademische Würdn, aber gmachd ham ses doch.« Sie lehnte sich zurück und seufzte. »Der Mensch brauchd sei Oriendierung.«

Martin stimmte ihr zu. Er verkniff sich zu fragen, bei wem die Karten denn vielleicht einen kurz bevorstehenden Mord angekündigt haben mochten. »Und sonst. Falls Ihnen noch irgend etwas in den Sinn kommt ...« Wenn ihm nur etwas einfiele, dieses Biest von seinem Hosenlatz loszueisen. »Außerdem hätte ich da noch eine Liste mit Dingen, die wir am besten Montag im Büro zusammen durchgehen.« Er kramte Jeannettes Wunschliste heraus. »Namen, Adressen, Unterlagen ...«

»Der Ausschuß wär da freilich noch.«

»Der was?«

»Der Ausschuß.« Aus irgendeinem Grund sprang Zeus nach Frau Fuchs' letztem Satz laut bellend auf den Tisch. Seine dünnen Beinchen zitterten vor Aufregung. »Ja mei Süßer, ja, iß ja gud. Zur Überbrüfung vo all die annern Brofessorn«, wandte sie sich dann wieder an Martin. »Ich hab immer scho gsagd, des bringt bloß böses Blut. Was die alles zu verliern ham.«

Jetzt ließ sich auch Mausi anstecken und stieß ein bedrohliches Knurren aus, das Martin als heißen Luftschwall empfindlich auf der Haut verspürte.

»Die Viecherl wern nervös, die brauchn ihrn Schbaziergang und meldn sich. Wenn der Mensch gscheider wär, däd er sich auch mehr danach richdn, was er brauchd. Des wär gsünder. Ned wie die im Labor, dies Essen und es Klogehn vergessn, wenns über ihre Versuche hängn.«

Wenig später sah ein erleichterter Martin Knauer zu, wie Frau Fuchs sich frohgemut entfernte, energisch an der Leine geführt von den ungleichen Dioskuren Zeus und Mausi, deren Stimmen, schrill und grollend, gewaltig gegen den Autobahnlärm ankämpften.

»Kane Sorge, die dun nix«, hörte er Frau Fuchs tüchtigen Alt einem unsichtbaren Fußgänger entgegenschmettern.

Meine Güte, dachte er und versuchte mühsam, seine Hosen wieder in respektable Fasson zu bringen, die Gute hatte wirklich einen verschobenen Gewaltbegriff.

Kapitel 8

Jeannette erwog, einen kleinen Spaziergang gegen ihre Müdigkeit zu unternehmen, vielleicht zum Platen-Häuschen hinauf und dann in den Fleischmanngarten, jenen heute ganz verwilderten Dichtertreffpunkt aus dem letzten Jahrhundert, von dem aus man einen wunderbaren Blick vom Burgberg über das Regnitztal hatte. Dort oben hatte Jeannette zum ersten Mal bemerkt, daß es überhaupt ein Tal war, und ein überwältigend schönes dazu, nicht nur ein langweiliges Wiesenidyll längs der Autobahn, das die Innenstadt von Alterlangen trennte und mittels zweier Dämme genannter Straßen überbrückt wurde, auf denen sich morgens und abends zuverlässig der Berufsverkehr staute. Auch als der alte Kanal hier noch vorbeigeführt hatte, muß es ein Paradies gewesen sein. Und vielleicht hat der eine oder andere fortschrittsmutige Poet selbst die frühe Eisenbahntrasse gelobt, die am Fuße des Hanges gebaut worden war. Aber die Autobahn hatte alles in eine Lärmhölle verwandelt. Auch die großen alten Baumkronen konnten das pausenlose Röhren des Verkehrs nicht abhalten, und aus einem der privilegiertesten Flecken der Gegend war eine vernachlässigte Brennessel-Ecke geworden.

Nein, Jeannette entschied sich dagegen. Ihr Kopf dröhnte ohnehin, als hätte sie die Nacht durchgemacht – sie hatte die Nacht durchgemacht, fiel ihr ein; dieser Fall machte sie noch alle zu Fledermäusen, im Schatten der Nacht auf Jagd.

Die Sonne kam unerwartet heraus, mit einemmal so heiß, wie sich das für den Sommer eigentlich gehörte, und glühte auf ihren Scheitel. Und nach wenigen Schritten schien ihr der Weg zum Wagen Ausflug genug.

Sie war erst wenige Meter weit gekommen, als Martins Anruf sie anhielt.

»Bist du verrückt?« kommentierte sie seinen Vorschlag, sich auf den nahe gelegenen Bierkellern zu treffen, »es ist doch noch ›Berg‹!« und meinte damit das jährliche Volksfest am Fuße des Burgbergs, bei dem sich unglaubliche Mengen Menschen zwischen ein paar Lokalitäten und Fahrgeschäfte zwängten, die über den Sandsteinkellern residierten, in denen die örtlichen Brauereien seinerzeit ihr Bier gelagert hatten.

»Was heißt hier elitär«, begehrte sie auf, »ich bin überhaupt nicht elitär, ich hänge nur am Leben. Und daß am Vormittag weniger los ist, halte ich für ein Gerücht.« Sie gähnte und tappte unwillig mit dem Fuß. »Wann ich das letzte Mal da war? Ich war noch nie da. Ich steh' nicht auf ›Es gibt kein Bier auf Hawai‹.« Eine alte Dame, die ihren Yorkshire-Terrier ausführte, schaute sie irritiert an, und Jeannette drehte sich weg. »Ach Martin«, sagte sie gedämpfter, »bitte.« Sie zog der Alten hinter ihrem Rücken eine Grimasse. »Und wenn schon, laß sie meinetwegen aus aller Welt anreisen … Was heißt das, ich vertraue dir nicht? Hab ich dir schon mal nicht vertraut?«

Wenige Minuten später war Jeannette auf dem Weg zu den Bierkellern, kritische Blicke auf die dichter und häufiger werdenden Menschengrüppchen werfend, die es zum selben Ziel zog, Brotzeitkörbe in der Hand und Bierlaune im Blick. Na prima, dachte sie. Jetzt müssen wir nur noch dem Duft von Urin und Erbrochenem folgen, dann kann nichts mehr schiefgehen. Mitleidig betrachtete sie die Prachtbauten entlang ihres Weges, an deren alten Mauern sich die akustischen Wogen des nahebei drohenden Frohsinns brachen. Wozu, dachte sie, wohne ich in einer Villa mit Pförtnerhäuschen, wenn sie mir einmal im Jahr in den Briefkasten kotzen?

»Hilfe! Helfen Sie uns bitte.« Jeannette schob die Rufe zunächst auf ihre Übermüdung oder eine nahe Geisterbahn. Doch schließlich blickte sie sich irritiert um und entdeckte als deren Ursprung eine schmiedeiserne Tür in einem freien Stück Hang, die offenbar den ummauerten Zugang zu einem der alten, stillgelegten Bierkeller versperrte. Zwischen den Metallgittern streckten sich dünne Arme durch wie die von Hänsel im Hexenkäfig; der Fleck mit seinem alten Sandsteingewölbe und dem üppigen Löwenzahn unter Linden hatte auch etwas Hexenhaftes. Das Vorhängeschloß allerdings war neu.

Jeannette trat näher. »Was machen Sie denn da?« Es war zugegebenermaßen keine originelle Frage.

»Wir sind Studenten.«

Das erklärte in Erlangen offenbar alles.

»Wir verfolgen hier drin ein Vermessungsprojekt. Irgendjemand muß das Schloß wieder zugemacht haben.«

Jeannette betrachtete es genauer. Es war ein solides Modell, das einfach einschnappte, wenn man es schloß. Nur zum Öffnen benötigte man einen Schlüssel. »Wie seid ihr überhaupt reingekommen?«

»Der Besitzer macht uns morgens auf. Er wohnt in Dechsendorf. Bitte! Uns ist kalt.«

Jeannette, deren Kopf in der ungewohnten Hitze schmerzte, konnte sich nicht vorstellen, wie jemand jetzt zu frieren vermochte. Halbherzig suchte sie nach etwas, um das Schloß aufzustemmen. Aber ein Stück Holz zerbröselte erwartungsgemäß in ihren Fingern. Ans Telefon bekam sie den Schlüsselinhaber auch nicht. Jeannette seufzte beim Gedanken an die Alternativen. Sie war müde.

»Geht ein Stück zurück.«

»Die ist wahnsinnig!« japste es aus dem Inneren. »Die ist komplett verrückt, die … Bitte! Wir wollten doch nur …« Der Schuß unterbrach das Geschrei; er hatte das Schloß beim ersten Versuch zerfetzt und in den Löwenzahn geschleudert. Niemand in ihrer Umgebung achtete auf den Lärm; es war »Berg«.

Jeannette grub sorgfältig das Projektil aus dem Boden und ergab sich in die Perspektive des endlosen Papierkriegs, in dem sie diesen Munitionsverbrauch würde erläutern müssen. Dann warf sie einen Blick auf das, was sie sich da auf dem Jahrmarkt geschossen hatte.

Drei Gestalten, faserpelzbewehrt, in Thermohosen, Wollmützen und mit Handschuhen, stolperten ans Sonnenlicht und zitterten nicht nur vor Kälte. Jeannette glaubte bei ihrem Anblick mehr denn je an einen Studentenscherz, bis sie begannen, allerlei technische Gerätschaften aus dem Kellerloch zu räumen. Professionell wurde alles in Rucksäcken und gepolsterten Blechbehältern verpackt, die sie mit bunten Gurten festzurrten, wie für eine kleine Himalaya-Expedition.

»Wie weit geht das denn da hinein?« fragte Jeannette erstaunt.

»Hunderte von Metern«, antwortete ihr einer mit Indiomütze, »ein richtiges Labyrinth ist das.« Er richtete sich auf. »Udo Segmüller von der TU München. Und vielen Dank noch mal. »Er schüttelte ihre Hand. »Verstehen Sie das nicht als Kritik, aber: Laufen Sie immer bewaffnet herum?«

Man entschied sich bald, daß ein gemeinsames Bier auf den Schrecken angebracht wäre, und Jeannette nahm das Trio mit auf ihren Weg zum dem Bierkeller, den Martin ihr gewiesen hatte. Eines mußte sie ihm lassen, es war jetzt, am späten Vormittag, tatsächlich noch nicht allzu voll. Man konnte sehen, wie klebrig und verschmutzt der Asphalt war, über den des abends Tausende von Füßen drängten. Man hätte eine Chance gehabt, zu den Losbuden mit ihren überdimensionalen Plüschtieren durchzudringen, und die Karussell-Lautsprecher warben anhaltend um ein paar weitere Mutige, damit die nächste Fahrt endlich beginnen konnte. Wenn man den Blick von all dem loslöste, sah man die Sonne durch das hohe Blätterdach scheinen und grüngoldene Flecke über die Biertische tanzen. Noch hatte sich keine Kapelle aufgemacht, ihren ausgeleierten Humpta-Humpta-Rhythmus wiederaufzunehmen.

Sie holten sich an einem der Thekenhäuschen, die so etwas wie ein kleines Dorf unter Bäumen bildeten, vier Schäufele mit Salat und drei Bier. Udo Segmüller brauchte sogar einen Schnaps, und Jeannette versuchte, mit einem Ein-Liter-Steinkrug voller Cola das Gefühl von Watte in ihrem Schädel zu bekämpfen. Genüßlich ließ sie die Fettkruste zwischen ihren Zähnen krachen, sog den Duft von Grillfleisch, Bier und üppig blühenden Glyzinien ein, die sich in lila Wolken um die Fachwerk-Fassaden rankten, und lauschte dabei den Erklärungen ihrer Zufallsbekannten. Von Martin war längs der glattgeschrubbten Holztische noch nichts zu sehen.

»Und da drunter befindet sich also tatsächlich ein Labyrinth?« Jeannette betrachtete den biederen Burgberg plötzlich mit ganz anderen, hochachtungsvollen Augen, als die drei Geographen sein geheimes Innenleben für sie beschrieben. Offenbar hatten von Anfang an einige der Korridore, die von den Brauereien geschlagen worden waren, tief in den Berg hineingereicht. Dann waren die Nazis gekommen und hatten in den letzten Kriegsjahren unter dem Eindruck der verheerenden Bombardements, vor allem im nahen Nürnberg, die Idee entwickelt, hier eine unangreifbare Anlage zu schaffen, eine Unterwelt aus Produktionsanlagen, Unterkünften, Spitälern und letzten Gefechtsständen. Hemmungslos war drauflosgegraben, waren Verbindungsgänge geschaffen, ganze Hallen in den Berg gekerbt worden, bis man das Unsinnige der Pläne einsah.

»Vielleicht hat auch die Kapitulation die Sache eingeholt«, mutmaßte Udo Segmüller, »so genau kennen wir uns da nicht aus. Uns geht's nur ums Kartographieren. Denn die Mühe, die ganzen Bauarbeiten zu dokumentieren, hat sich in der Situation damals keiner gemacht. Ein heilloses Labyrinth ist das heute, keine Karte weit und breit und keine geklärten Besitzverhältnisse.«

»Sieht man noch viel von den Nazis?« wollte Jeannette wissen und dachte dabei an liegengebliebenes Werkzeug, Spinde, Hakenkreuzreliefs im Sandstein, rostige Waffen. Besitzverhältnisse, Sanierungspflichten und Renovierungskosten interessierten sie wenig. »Mein Großvater nämlich ...« Sie wollte erklären, daß der Vater ihrer Mutter, ein SS-Offizier, in den letzten Kriegstagen für irgendein geheimes Vorhaben abkommandiert und danach nicht mehr gesehen worden war. Der Gedanke elektrisierte sie, er könnte mit dem Plan einer letzten Verteidigungsbastion unter dem Burgberg befaßt gewesen und vielleicht sogar dort drin irgendwo, tief im Bauch des Berges, gefallen sein. Eine erregende Vorstellung.

»Sie meint, ob die Leiche ihres Opas da irgendwo rumliegt.« Martin klopfte zur allgemeinen Begrüßung mit den Fingerknöcheln auf den Tisch und schwang die Beine über die Bank. Dann zog er eine von Jeannettes Visitenkarten aus ihrer Jackentasche und legte sie dem Studentengrüppchen hin. »Falls ihr irgendwo ein Skelett in SS-Uniform findet ...«

Die drei Kartographen verstanden den freundlichen Wink und scharten sich enger um ihre Bierhumpen; ihr Gespräch wandte sich wieder der Vermessungstechnik zu. Jeannette und Martin wiederum tauschten die Ergebnisse ihrer jüngsten Befragungen aus.

»Wenn du mich fragst, die Frau ist eigenartig kühl«, schloß Jeannette ihren Bericht. »Dafür hat die Tochter einen Hau. Aber was soll's. Eine ganze Handvoll gutbeleumundeter Akademikerinnen gibt ihnen ein Alibi. Ich werde zur Sicherheit jede einzelne anrufen.«

»Die Frau, ja.« Martin grübelte. »Die Fuchs hat erzählt, sie wäre nur einmal im Büro aufgetaucht und es wäre eine sehr komische Szene gewesen. Warte«, er blätterte in seinen Notizen. »Frau Professor Bouvier saß im Sessel des Professors, als ich reinkam«, las er die Aussage vor. »Ihr Mann war wohl auch eben erst gekommen. Sie hob so komisch beide Hände und sagte: ›Hartmut, ich sitze in deinem Sessel.‹ Irgendwie erstaunt, sagt die Fuchs. Er wühlte währenddessen in einem Stapel Unterlagen und meinte nur: ›Soll ich das jetzt kommentieren?‹ Das war angeblich alles, was die Ehepartner miteinander sprachen.« Martin blickte auf.

Jeannette zuckte die Achseln. »Das kommt in den besten Familien vor.«

»Ihr gegenüber soll er später angedeutet haben, seine Frau sei labil und in psychiatrischer Behandlung«, schloß Martin.

»Das kann ich mir nicht vorstellen«, meinte Jeannette. »Vielleicht werde ich mal mit dem Hausarzt reden.« Sie machte sich eine Notiz und seufzte. »Irgendwann. O Martin, ich sehne mich nach meinem Bett.«

Ihr Freund schüttelte den Kopf und grinste. »Daraus wird nichts. Regine hat mich angerufen. Weil du nicht rangehst, sagt sie.«

Schuldbewußt tastete Jeannette nach ihrem Handy. Sie hatte es nach ihrer Schußwaffen-Entgleisung abgestellt.

»Du möchtest dich bitte erinnern, daß du ihr für heute abend die Wohnung überlassen wolltest. Ein gewisser Mauro ist aber angeblich mehr als bereit, dich bei sich aufzunehmen, und erwartet dich ab elf, vorher hat er Dienst.«

Jeannette verzog das Gesicht. Jetzt hatte er es also geschafft. Und Regine hatte sie ihm auch noch kostenlos frei Haus geliefert. Ein weiterer kuscheliger Abend, ein weiterer schwerer Stein im wachsenden Gebäude ihrer Beziehung …

»Wofür braucht Regine eigentlich deine Wohnung?«

»Für praktizierte Promiskuität«, antwortete Jeannette müde und griff nach ihrem Cola-Krug.

Martin verzog das Gesicht. »Entschuldige, wenn ich das gewußt hätte …«

Jeannette winkte ab. »Er wird schon nicht gleich meine Zahnbürste benutzen; wer immer er sein mag.« Sie schwieg einen Moment. »Ich werde nie begreifen, wie jemand mit mehr als einem Mann klarkommt. Ist doch einer schon schwierig genug. Allein der Organisationsaufwand.«

Martin zuckte die Schultern und grinste. »Mich darfst du nicht fragen.«

Jeannette lächelte. »Ihr beiden seid der Fels in der Brandung, die Hoffnung der Aufrechten. Entschuldige. Ich rede schon wie ein Spießer.«

»Na, dein Fels in der Brandung erwartet dich ja glücklich um elf.«

Da er ihren unglücklichen Gesichtsausdruck irrtümlicherweise auf die Uhrzeit bezog, versuchte er sie aufzumuntern. »Ich schlage vor, wir fahren noch einmal zur Universität, wo Frau Fuchs uns ihren Aktengiftschrank öffnen will, sie hat's mir versprochen. Und danach lade ich dich ins Kino ein.«

In Jeannettes müdem Gesicht leuchtete Interesse auf.

»Wie wär's mit dem ›Gladiator‹?« fragte Martin.

»Prima. Den hab ich erst zweimal gesehen.« In ihrer Stimme war nicht eine Spur Ironie. »Die Schlacht am Anfang ist einfach der Wahnsinn! Aus Kenneth Brannaghs ›Henry V.‹ geklaut, aber Wahnsinn.«

»Und die Filmmusik«, konterte Martin, »führt einem mit ihren Klassikzitaten erst so richtig vor Augen, daß Wagner im Grunde der erste Filmmusik-Komponist der Geschichte war.«

Jeannette schaute ihn beeindruckt an. »Das stammt von Josef«, gab er grinsend zu.

»Immerhin, du hast's behalten.« Sie klopfte ihm auf die Schulter. »War da übrigens Musik in dem Film? Du weißt doch, wie amusikalisch ich … o mein Gott!«

»Was ist?« Martin konnte Jeannettes plötzliches Erstarren nicht deuten.

»Eine Vision, Martin, ich halluziniere! Ich glaube, ich habe eben Kafka gesehen!«

»Den Assistenten?«

»Nein, Martin, den echten! Franz Kafka!«

Kapitel 9

»Unglaublich«, flüsterte Jeannette, als sie zum verabredeten Zeitpunkt wieder im Institut von Professor Bouvier standen, »die arbeiten hier sogar am Wochenende.«

»Tun wir doch auch«, flüsterte Martin zurück und schaute ein paar Studenten nach, die, den Gang entlangschlendernd, über Probleme des Sequenzierens diskutierten. Die Tierpflegerin, die er am Vorabend bereits verhört hatte, kam mit einem Plastikeimerchen voll Abfall vorbei, um die Küchenschaben zu füttern; sie grüßte lächelnd. Die Neonröhren und Klimaanlagen brummten und übertönten damit das Geräusch des Sommerregens draußen, der die Oberfläche des institutseigenen Teiches aufschäumen ließ.

Als sie die Tür zum Sekretariat öffneten, sprang Sabine Peters mit rotem Gesicht auf und verabschiedete sich hastig von Frau Fuchs, die es nicht ganz so eilig hatte, einen Stapel Kärtchen unter dem Tisch verschwinden zu lassen, die offensichtlich mit bunten Tarotmotiven verziert waren. Zähneknirschend mußte die junge Assistentin zusehen, wie die Sekretärin Martin Knauer verständnisvoll zublinzelte.

A jeds brauchd sei Oriendierung, erinnerte Martin sich. Was die Peters wohl gerade anfällig für Orientierungssuche gemacht hatte? Die Assistentin des Verstorbenen warf einen knappen Blick auf Jeannette, wischte sich die Haarsträhnen aus der Stirn und entkam mit etwas, das gerade so als Gruß durchgehen mochte. Mit dieser kleinen Unhöflichkeit hatte es allerdings nichts zu tun, daß seine Kollegin Jeannette ihre Fingernägel fest in seinen Jackenärmel grub und sie auch nicht wieder löste, als er seine Hand beschwichtigend auf ihre legte. Offensichtlich, stellte Martin Knauer fest, galt ihre ganze Aufmerksamkeit dem Mann, der Sabine Peters kurzzeitig den Rückzug versperrt hatte und jetzt klickend den Brustgurt seines Rucksackes öffnete.

»Auch mal widder da«, gurrte Frau Fuchs. Sie schien nichts dagegen zu haben, daß der Neuankömmling seinen tropfenden Fahrradhelm auf ihren Schreibtisch ablegte.

Wovon Jeannette, wie er aus den Augenwinkeln feststellte, keinen Blick ließ, war das Gesicht des jungen Mannes mit hoher Stirn und welligen, altmodisch zurückgekämmten Haaren. Seine sehr großen, feuchten dunklen Augen in dem schmalen Gesicht wirkten ein wenig traurig, und er hätte als sehr attraktiv durchgehen können, wenn die leicht abstehenden Ohren nicht gewesen wären, die ihm etwas Pennälerhaftes gaben. Aber so, wie Jeannette starrte und Frau Fuchs lächelte, dachte Martin, vielleicht gefiel ja gerade das den Frauen: die abstehenden Ohren und der Dackelblick? Was verstand er schon davon. Als Jeannette schließlich »Diese Ähnlichkeit, unglaublich« murmelte, da begriff Martin wenigstens eines.

Er räusperte sich dienstlich und trat vor. »Kriminalkommissar Knauer. Hans-Heiner Kafka?« erkundigte er sich.

Der Neuankömmling lächelte. »Ein Polizist mit literarischer Bildung.« Nichts von dem, was er danach sagte, hätte das wiedergutmachen können. Jeannette sah es und mußte doch in sich hineinschmunzeln. Der Neue streckte die Hand aus. »Kränzlein, Cornelius Kränzlein, ich ...«

»Der Herr Kränzlein promoviert beim alten Professor Knaupp«, unterbrach ihn Frau Fuchs voller Mutterstolz. »Der wo letztes Jahr an Ruf nach Bielefeld gekricht had«, setzte sie erklärend hinzu.

»Ja, aber ich bin noch da«, ergänzte der Doktorand höflich ihre Aussage. »Wenn auch eher selten.« Er kramte eine

Handvoll Bücher aus seinem Rucksack und hielt sie hoch. »Einverstanden, wenn ich sie selber aus der Kartei austrage und zurückstelle, Frau Fuchs?«

»Machen sie nur«, zwitscherte die Sekretärin angeregt. »Sie kennen sich ja bestens aus, Herr Kränzlein.«

Martin sah dem Davongehenden einen Moment nach und kaute auf seiner Unterlippe. »So geht das aber nicht«, murmelte er. Und etwas lauter: »Einen Augenblick, Herr Kränzlein. Wir haben da ein paar Fragen.«

Jeannette sah ihm nach, wie er Cornelius Kränzlein in die Bibliothek folgte.

»Den Herrn Kränzlein muß ma a weng pflegn«, vertraute Frau Fuchs ihr derweil an. »Der is ein Genie, hat der alte Brofessor selber immer gsagt, ein echtes Genie. Aber er is a bißl einsam, grad jedz, wo sein Doktorvater weg iß. Ach«, plauderte sie, »ich war ja so froh, wie ich ghörd hab, daß der Brofessor Bouvier ihn in sei eigenes Dokdorandenkolloquium eingladn had. Da had er doch a weng a Ansprach.«

»Und der Herr Kränzlein ist selten am Institut?«

»Ned so ofd«, bestätigte die Sekretärin. »Der hoggd immer daham an seiner Disserdazion …«

»… oder im Dschungel von Costa Rica«, ergänzte eine männliche Stimme. »Wenn er wieder jemandem ein Forschungsstipendium abgeschwatzt hat.«

»Herr Kafka! Ich hab gedacht, sie sinn selber scho abgreist.«

»Wäre ich auch, Frau Fuchs, wäre ich auch. Wenn dieser, dieser«, er suchte nach einem Euphemismus für Mord und fand keinen, »Fall nicht dazwischengekommen wäre. Wenn die DFG unsereinem schon mal ein paar Gelder bewilligt …«

Das war also Hans-Heiner Kafka, der arme Herr Kafka, wie offenbar alle hier zu sagen pflegten. Sabine Peters hatte die Wendung ebenso gebraucht wie Frau Fuchs. Allein an der Weinerlichkeit seiner Stimme, die bei dem bulligen Mann überraschte, konnte es ja wohl kaum liegen. Jeannette beschloß nachzufragen. Professor Bouviers zweiter Assistent hatte derweil das Häuflein Akten bemerkt, das Frau Fuchs nebenbei begonnen hatte, vor Jeannette Dürer aufzuhäufen.

»Frau Fuchs«, fragte er streng und irritiert, »was treiben Sie da mit den Ausschuß-Unterlagen? Sie wissen doch, daß …«

»Was, Herr Kafka …«, fiel Jeannette ihm da ins Wort. Sie genoß es unsinnig, seinen Namen auszusprechen. »… macht ihr Verhältnis zu Professor Bouvier eigentlich so herausragend schlecht?«

Hans-Heiner Kafkas Gesicht lief rot an, was zu seinen karottenroten Kraushaaren einen unangenehmen Effekt gab. Ein schneller Blick auf Fuchs verriet, daß er in ihr die Klatschbase vermutete. Die Sekretärin zog prompt den Kopf ein und wieselte aus dem Zimmer, um, wie sie vage verkündete, erst mal einen Kaffee für alle zu kochen.

»So.« Kafka öffnete den obersten Knopf seines Hemdes, den er, obwohl er keine Krawatte trug, bis dahin geschlossen hatte, und fuhr sich mit dem Finger unter den Kragen. Rauh pigmentierte Haut und ein kräftiges Büschel Haare wurden sichtbar. Der Mann erinnerte Jeannette immer mehr an einen Seebären. Wenn, dann hätte sie nicht den grazilen, überschlanken Kränzlein sondern ihn als Feldforscher eingeordnet. Nur seine Stimme paßte nicht zu dem handfesten Erscheinungsbild, die hohe, weinerliche Stimme eines beleidigten Kindes. »Man hat ihnen also davon erzählt.«

»Man«, erwiderte Jeannette und wiederholte seine überdeutliche Betonung des Wortes, »war allgemein der Auffassung, daß ich es von Ihnen erfahren sollte.«

»Ja dann.« Hans-Heiner Kafka blickte so starr auf die Tischplatte, daß Jeannette schon dachte, er wollte die Aussage verweigern. Nur seine Finger hielten nicht still, spielten nervös um die Kanten des Aktenordners. »Die Sache ist im

Grunde ganz einfach«, begann er schließlich. Er hob den Kopf, und ein mühsam erkämpftes Lächeln balancierte auf seinen Mundwinkeln.

»Nach der Promotion wollte ich ursprünglich in den höheren Bibliotheksdienst; es gibt da eine Ausbildung an der Staatsbibliothek in München. Aufnahmebedingung ist neben dem Doktorgrad die Altersbegrenzung von zweiunddreißig Jahren. Als ich absah, daß es bei mir knapp werden würde, bat ich Herrn Professor Bouvier, die Korrektur meiner Arbeit zu beschleunigen und das Rigorosum, das ist die mündliche Prüfung, vorzuziehen, damit ich die Bewerbungsfristen einhalten konnte. Bei einem Projekt von vier Jahren Dauer sollte es doch am Ende nicht an ein paar Wochen scheitern. Er lehnte ab; die Fristen seien so streng nicht, meinte er, und seine Beziehungen in München würden mich auf jeden Fall in das Programm bringen, wenn es das sei, was ich wollte. Ich vertraute ihm, absolvierte alle Prüfungen zu den von ihm vorgegebenen Zeiten und bewarb mich schließlich für den höheren Bibliotheksdienst im Alter von zweiunddreißig Jahren und fünf Wochen.« Er mußte hart schlucken.

»Meine Unterlagen wurden mir zurückgeschickt mit dem Vermerk, ich erfüllte die formalen Kriterien leider nicht. Als ich damit zu Professor Bouvier ging, meinte er, jetzt, wo ich mir eine offizielle Absage eingehandelt hätte, könne er leider auch nichts mehr machen. Nicht«, fügte Kafka bitter hinzu, »daß er zuvor in irgendeiner Weise für mich interveniert hätte. Und bei so einer offensichtlichen Eselei – oder sagte er Schlamperei – von meiner Seite zögere er, offen gesagt« – der Assistent verzog den Mund, als er an die Worte seines Doktorvaters dachte –, »seinen guten Ruf für mich in die Waagschale zu werfen.«

Hans-Heiner Kafkas Finger konnten noch immer nicht von der Ecke des Aktenordners lassen. Ihr nervöses Tasten straften die nonchalante Geste der freien Hand Lügen. »Man hielt es allgemein für meinen Fehler. Dann kam der Professor von sich aus auf mich zu und bot mir die Assistenz an, um ›unsere gute Zusammenarbeit fortzusetzen‹. Ich nahm an. Ich meine«, suchte er sich zu rechtfertigen, »er hätte das ja nicht zu tun brauchen.«

»Sie haben sich weiter in die Abhängigkeit von diesem Mann begeben?« Jeannette konnte es nicht recht glauben.

»Eine ganze Menge Leute hätte sich die Finger geleckt nach dem Job.« Hans-Heiner Kafka sah sie kurz an, drehte dann den Kopf aber wieder weg. »Eine Professur ist am Ende nicht die übelste Notlösung.«

»Wenn er Sie nicht wieder hätte aufsitzen lassen.«

»Was sollte ich denn Ihrer Ansicht nach machen?«

Da war er wieder, dieser weinerliche, selbstmitleidige Ton. Jeannette verzichtete auf eine Antwort und erwiderte nur seinen Blick.

»Ihn umbringen, meinen Sie? Wollen Sie mir das jetzt auch noch anhängen? Genügt es nicht, daß sich hier Hinz und Kunz das Maul über mich zerreißen? ›Der arme Kafka‹«, imitierte er den mutmaßlich mitleidigen Ton seiner Umwelt. »Meinen Sie, ich weiß nicht, was für eine Lästerrunde die Universität ist? Nirgendwo wird mehr geklatscht.« Noch einmal probte er das überlegene Lächeln des Märtyrers. »Aber glauben Sie mir, das belastet mich nicht.« Kafka richtete sich ein wenig gerader auf. »Ich habe mich für diese Assistenz sehr bewußt entschieden, trotz der erwartbaren Unannehmlichkeiten. Und der Erfolg gibt mir Recht. Der Herr Professor und ich, wir haben einen Modus des Umgangs miteinander gefunden, der beiderseits befriedigend war. Glauben Sie mir, ich habe nichts davon, daß er nun tot ist und mein Habilitationsprojekt damit in Frage gestellt.«

Du armes Schwein, dachte Jeannette. Wenn es das wert war. Laut fragte sie. »Sie benötigen einen neuen Betreuer für ihre Arbeit, richtig?« Er nickte, und sie fuhr leichthin fort:

»Vielleicht ist hier ja einer dabei.« Sie streckte die Hand nach den Akten aus, die er noch immer mit der Rechten umklammert hielt. Unwillkürlich zog er den Ordner näher zu sich her. »Natürlich nur, falls Professor Bouviers Untersuchungen ihn entlasten konnten.«

»Sie wissen von dem Ausschuß?« Seine Stimme wurde noch etwas höher. »Frau Fuchs hätte Ihnen auf keinen Fall die Unterlagen aushändigen dürfen.« Erschrocken über die eigene Courage und Jeannettes zusammengezogene Augenbrauen, setzte er beflissen nach: »Die Namen der zu überprüfenden Wissenschaftler sind streng geheim. Sie haben ja sicher über die Medien mitbekommen, was für einen Skandal es gab, als herauskam, daß dieser Mediziner seine Forschungsergebnisse schlicht gefälscht hatte. Die Deutsche Forschungsgesellschaft hat daraufhin sofort reagiert und eine Überprüfung aller von ihr geförderten Projekte angeordnet, aber in aller Stille.« Er sprach unwillkürlich leiser. »Man muß doch nur den Namen eines hochrangigen Forschers aussprechen, und die Presse stürzt sich darauf. Verleumdungen, Unterstellungen, Privatestes im Licht der Öffentlichkeit.« Seine flatternde Linke unterstrich all das Gräßliche, das da drohte. Die Rechte blieb, wo sie war. »Wenn sich später nach sorgfältiger Prüfung herausstellt, daß es nur falscher Alarm war, kräht kein Hahn mehr danach. Der Betreffende ist ruiniert.« Hans-Heiner Kafka seufzte ölig. »Daher haben der Professor und ich die Unterlagen immer streng vertraulich behandelt. Sie wissen ja, wie an Universitäten geklatscht wird. Nur die Betroffenen selbst ...«

Jeannette zeigte keine Regung. Als das erwartete verständnisvolle Nicken oder Zurücktreten ausblieb, fügte er hinzu: »Also, da müßte ich mit der Forschungsgesellschaft Verbindung aufnehmen und eine Sondergenehmigung für Sie erwirken, wenn der Rat das nächste Mal zusammentritt, und dann ...« Gott, was für eine Arbeit, machte seine Stimme klar. Was für eine Belastung. Und das mir!

»Herr Kafka?« Jeannettes Stimme war durchaus freundlich.

»Ja?« Er blinzelte irritiert.

»Gehen Sie doch zu Frau Fuchs, und trinken Sie einen Kaffee.«

»Wie? Was meinen Sie?« Dann holte er Luft. Aber Jeannette sprach weiter, nicht eine Spur lauter.

»Sonst müßte ich Sie mit aufs Revier nehmen, um Sie in der Mordsache Bouvier zu verhören. Ich denke, ich könnte Sie lange genug dabehalten, um Ihre Chancen, einen neuen Betreuer für Ihre Habilitation zu finden, gründlich zu erschweren.« Sie lächelte verbindlich. »Sie wissen doch, wie an den Universitäten geklatscht wird.«

Er starrte sie an, erst voller Entsetzen. Dann verwandelte sich sein Gesicht in eine Maske der Resignation und zeigte den wissenden Ausdruck desjenigen, der es schon gewohnt ist, daß die Welt auf ihm herumtrampelt. Beleidigt und mißbilligend kniff er die Lippen zusammen und verließ ohne ein weiteres Wort das Büro.

Das war das Schöne an der Hochschulausbildung, dachte Jeannette, während sie den Aktendeckel aufschlug und einen Blick auf die Liste der Wissenschaftler warf, deren Arbeit die renommierteste deutsche Forschungseinrichtung für dringend überprüfenswert hielt. Sie macht so wunderbar leidensfähig.

Hans-Heiner Kafka sprach nicht wieder mit ihr, als sie ebenfalls in den Sozialraum vorging, um sich die Liste zu kopieren. Als sie den Knopf betätigte und der Kopierschlitten anfuhr, stellte er seine Kaffeetasse hart ab und verließ den Raum.

Jeannette wandte den Kopf von dem grellgrünen Licht ab und sah Martin mit seinem Delinquenten wieder auf den Gang treten. Mit einem Kopfschütteln signalisierte er ihr schon beim Eintreten, daß sich nichts ergeben hatte. Jeannette drückte Martin die Kopien und Frau Fuchs dem widerstrebenden Cornelius Kränzlein einen Kaffeebecher in die Hand.

»Im Gegenteil«, antwortete der gerade auf eine vorangegangene Frage Martins, »die Fledermaus hat stammesgeschichtlich mit den Mäusen wenig zu tun. Sie ist eher mit den Primaten verwandt, ja, man kann sagen, abgesehen von den paar von England gesponserten Affen auf Gibraltar, ist die Fledermaus in Europa unsere nächste Verwandte, und das bedeutet ...«

»... daß wir sehr einsam sind«, ergänzte Jeannette spontan seinen Satz. Cornelius Kränzlein wandte sich überrascht zu ihr um und musterte sie intensiv. Erst nach einer Weile lächelte er leise.

»Das ist richtig«, sagte er.

Martin seufzte. Frau Fuchs folgte mit ihren Suppentelleraugen interessiert jeder Regung im Raum.

»Wenn Sie sich so gut mit Evolutionstheorie auskennen, könnten Sie mir eventuell bei diesen Aufsätzen helfen«, fragte Jeannette förmlich. »Es sind die letzten Arbeiten, an denen Professor Bouvier gesessen hat. Eine grobe Einordnung in den Forschungskontext würde mich schon weiterbringen.«

Cornelius Kränzlein neigte sich kurz von der Seite über die Blätter und schüttelte dann den Kopf. »Nicht mein Gebiet. Das ist Evolutionsgenetik. Und sehen Sie hier«, er fuhr mit dem Finger vage über einige chemische Formeln, »sobald es an die Aminosäuren geht, klinke ich mich aus. Wenn Sie was über Verhalten wissen wollen ...« Er beendete den Satz nicht und begann statt dessen, seinen Rucksack wieder zuzuzurren.

Frau Fuchs hantierte aufgeregt mit ihrer Brille und schien kurz davor einzugreifen. Martin glaubte förmlich zu hören, wie sie dem jungen Doktoranden Vorhaltungen machte, daß er die hübsche Polizistin so hatte abfahren lassen. Vermutlich wieselte sie jetzt nur hinaus, um dem jungen Paar in aller Eile die Karten zu legen.

»Aber das vorhin ...«, Kränzlein drehte sich noch einmal um, ehe er aufbrach, »... das war ein wirklich außergewöhnlicher Gedanke.« Er machte eine Pause. »Haben Sie schon einmal geträumt, daß Sie fliegen können?«

Jeannette konterte mit einer Gegenfrage. »Haben Sie schon mal geträumt, morgens als Käfer aufzuwachen?«

Cornelius Kränzlein lächelte wieder sein stilles, aufstrahlendes Lächeln. »Fast so oft, wie ich träume, ein Mensch zu sein.«

Als er weg war, fuhr Martin sich mit allen zehn Fingern durch die Stoppeln und schnaufte hörbar aus. »Ganz schön kompliziert, die akademischen Balzrituale! Hast du das bei Josef auch so gemacht?«

»Wie bitte? Bitte, du meinst, daß ich ...? Also, das ist doch ... Glaubst du, er hätte mich angemacht?« regte Jeannette sich auf und wurde ein bißchen rot.

»Nein, du hast ihn angemacht.«

»So ein Blödsinn! Hab ich nicht!«

»Hast du doch.« Martin grinste. »Zweimal hintereinander.«

»Ach komm.« Jeannette wand sich und schaltete verlegen auf Friedenspfeife um. »Ich hab doch schon einen Mann am Hals. Heiße ich Regine?« Und sie nahm ihn freundschaftlich am Arm, um ihn aus dem Institut zu ziehen. »Zeit für unseren Film. Trägst du das hier?« Damit drückte sie ihm die Aldi-Plastiktüte in die Hand, die Frau Fuchs ihr für die Kopien gegeben hatte und die beinahe von Papier platzte.

Martin nahm die Last gehorsam an. »Trotzdem war's 1A-Anbaggerei.«

»War es nicht«, widersprach sie lebhaft, »es war keine Anmache, es war nur ...«

»Gedankenübertragung!« ertönte es hinter ihnen. »Als hätte ich gewußt, daß ich Sie heute hier treffe.«

»Oh, die Insekten, ich meine, Professor Pauly. Guten Tag.« Jeannette kam ins Stottern, als der benachbarte Lehrstuhlinhaber so unvermittelt und begeistert auf sie zutrat. In der Hand hielt er ein Buch. »Ich bin leider noch nicht dazu gekommen ...«, fuhr sie fort.

Aber der Insektologe überging ihr Stottern. »Als hätte ich geahnt, daß wir uns just hier und jetzt begegnen würden. Habe ich doch prompt das Buch dabei. Bitte sehr.« Damit drückte er ihr den Titel mit dem bunten Schutzumschlag in die Hand.

Jeannette hatte etwas Wissenschaftliches erwartet, aber ein kurzer Blick auf das Cover belehrte sie eines Besseren. Erstaunt las sie sich am Werbetext auf der Rückseite fest. »Schonungslos offen bis ins letzte Detail« stand da in Großbuchstaben. »Ein mutiger Schlüsselroman.«

»Meine Frau hat es geschrieben«, merkte der Professor dazu an. »Sehr einfühlsam und mutig, wie ich finde. Das ist sie.« Er wippte erwartungsvoll und verlegen zugleich auf den Zehen. »Eine lohnende Lektüre, möchte ich meinen. Und Frau Peters sagte, Sie seien ja vom Fach ...« Er wippte noch einmal und straffte sich dann. »Vielleicht sagen Sie mir bei Gelegenheit, wie Sie es finden.« Fort war er.

»Soviel zum Thema akademische Anmache«, meinte Jeannette und reichte Martin das Buch. Der las laut vor: »Psychogramm einer Wissenschaftler-Ehe, offen, frei, im Geiste der Achtundsechziger geboren. Als seine Untreue ihr Glück gefährdet, nimmt sie den Kampf um die gemeinsame Zukunft auf. Roswita Pauly gelang mit dem Roman über die Geschichte des Ehepaares Paulus, die ihre eigene Geschichte ist, ein eindringliches Porträt ihrer Generation ...«

Kopfschüttelnd schlug er den Roman an einer beliebigen Stelle auf. »Und wir liebten uns wund in unserem toskanischen Weingut.« Martin pfiff überrascht. »Paulus heißen die. Meinst du …?«

Jeannette nickte nur.

»Und das drückt er dir in die Hand, die Enthüllungen seiner Frau darüber, wie er sie betrügt?«

»Jeder wirbt, so gut er kann«, meinte Jeannette. »Oder hat über dich schon mal jemand ein Buch geschrieben?«

Martin knurrte.

»Außerdem ist es doch sehr auf den Punkt.«

»Hah! Wir liebten uns wund in unserem toskanischen Weingut.« Angeekelt schlug er das Buch zu. »Komm, wir gehen in den ›Gladiator‹. Da prügeln sie sich wund in ihrer römischen Arena. Das sagt mir mehr zu.« Jeannette hakte sich kichernd bei ihm ein.

Kapitel 10

Martins Handy klingelte, noch bevor sie ihre Wagen erreichten.

»Ja?« meldete er sich und hörte dann eine ganze Weile zu, unterbrochen nur von weiteren Jas. Jeannette betrachtete derweil die Gänsehaut auf ihren nackten Armen, da ein kühler Abendwind begonnen hatte, Gewitterwolken über den violetten Himmel zu jagen. Es wurde merklich dunkler, und die Luft roch nach Regen.

»Was heißt das, keine Verletzungen und Anhaftungen an den Füßen?« Er lauschte. »Das können wir nicht in der theoretischen Diskussion klären, Dotzler. Ziehen Sie Schuhe und Strümpfe aus.«

Jeannette beobachtete die ersten Tropfen, die auf dem blauen Lack von Martins Wagen aufschlugen. Ein Kranz kleiner Spritzerchen umgab den runden Fleck in der Mitte, wie Blütenblätter aus Wasser.

»Ja, ausziehen«, kommandierte Martin etwas lauter, wandte sich ab und stützte den Ellenbogen aufs Autodach. Konzentriert starrte er auf das Pflaster, als könnte er sehen, was vor sich ging. »Und jetzt legen sie den mutmaßlichen Weg zum Ufer zurück. Vom Fundort der Kleider aus.« Eine lange Pause entstand. »Stehen Sie im Wasser? Na, rein, Mann.« Er zwinkerte Jeannette zu und deutete mit Gesten an, daß sie sich ins trockene Wageninnere setzen könnte. Sie schüttelte lächelnd den Kopf. Sich die Arme reibend, begann sie am Randstein entlang auf und ab zu gehen.

»Und jetzt? Sauber und unverletzt? Na bitte, sie kann

selber reingegangen sein. Das paßt zu den fehlenden Schleifspuren und den ordentlich ausgezogenen Kleidern. Oder hast du schon mal einen Lustmörder gesehen, der sich die Zeit nimmt, seinem Opfer die Socken auszuziehen?« Energisch trommelte er mit den Fingern der Linken aufs Wagendach. »Was? Ja, ich weiß, daß sie aussah, als hätte man sie totgeprügelt. Aber der Gerichtsmediziner sagt, ertrunken. Und den Rest kann nur der Hämatologe ... Der ist schon da? Warum sagt mir das keiner?«

Der Regen hatte es sich überlegt, die Wolken zogen weiter. Durchsichtig türkis stand der Abendhimmel über dem Fichtenwäldchen, in dem trotz der relativen Helligkeit schon die Lichter des Biologikums schimmerten, so verführerisch traut wie die Straßenlaterne auf einem Gemälde Magrittes, die ein nächtliches Haus bescheint unter einem blauen Schäfchenwolkenhimmel. Jeannette hatte sich die Reproduktion gekauft, lange bevor sie bemerkt hatte, was an dem Bild so überaus irritierend war.

»Tut mir leid«, unterbrach Martin ihre Überlegungen. »Ein alter Fall; der medizinische Experte hat endlich Zeit für uns. Hast du gewußt, daß Alkoholiker spontan die übelsten Hämatome ausbilden können?« Er hielt inne, die neuen Probleme schon vor Augen. »Es ist ›Berg‹, da lernt man immer dazu. Ich muß los«, meinte er schließlich. »Schaffen wir die zweite Vorstellung?«

Jeannette nickte und winkte ihm zu. Als er fort war, drehte sie sich um und blickte unschlüssig auf die Lichter hinter den Bäumen.

»Hast du einen Moment Zeit?« Hans-Heiner Kafkas Stimme klang überaus freundlich, als er den Kopf ins Zimmer seiner Kollegin steckte. »Es geht um deinen Beitrag für unsere Schriftenreihe.«

Sabine Peters runzelte die Stirn. Sie hatte das Manuskript

erst vor einer Stunde in die entsprechende Ablage im Sekretariat gelegt. Hektisch strich sie sich die Haare aus der Stirn und hieß ihn mit einem Winken eintreten. Doch Hans-Heiner Kafka stand schon im Zimmer. Zerstreut musterte er ihr Bücherbord und drehte das einzige private Stück zwischen seinen großen Händen, ein gerahmtes Bild von Sabine Peters' Lieblingsschwester mit ihrem Mann und den Kindern.

»Wie du vielleicht schon weißt, habe ich kommissarisch die Herausgabe der nächsten Nummer übernommen, da Professor Bouvier leider von uns gegangen ist«, begann er salbungsvoll. Vorsichtig stellte er das Bild zurück und drehte sich zu ihr um.

»Warum ...?« Warum *du*, hatte Sabine Peters fragen wollen. Warum hatte man ihr nichts davon mitgeteilt? Und warum zum Teufel hatte man sie übergangen? Sie hatte mehr Stunden als irgend jemand sonst damit verbracht, die Manuskripte Korrektur zu lesen, mit den Beiträgern zu korrespondieren, die Register zu erstellen und die Druckfahnen zu verteilen. Aber nein, Hans-Heiner erhielt die Leitung. Wer hatte das überhaupt entschieden? Doch es blieb bei ihrem schüchternen Warum.

»Ich habe dem Institut kurzfristig angeboten, einzuspringen«, erhielt sie die Antwort auf ihre unausgesprochene Frage. »Und man war recht erleichtert, eine schnelle Lösung zu finden. Natürlich nur, bis ein Nachfolger für den Professor gefunden ist. Ich weiß doch«, schob er in einem weniger triumphierenden, fast werbenden Ton nach, »wie sehr du die lästigen Korrekturen immer gehaßt hast.«

»Heißt das, daß ich ab jetzt nicht mehr diejenige sein werde, die sie alleine ausführen darf?« Diese kleine Spitze konnte sie sich doch nicht verkneifen. Sabine Peters war enttäuscht, enttäuscht und stinksauer. Er hatte sich bei der Institutsleitung angedient, ohne sich mit ihr abzusprechen. Schön blöd, schalt sie sich zugleich, daß sie nicht selber auf diese Idee gekommen war. Niemand hätte sie daran gehindert, dasselbe zu tun. Aber ihr fehlte eben die Kaltblütigkeit, den Verantwortlichen in so einer Sache am Samstag vormittag zu Hause anzurufen. Erstaunlich, daß Hans-Heiner, der arme Hans-Heiner, sie offensichtlich besaß.

Sabine Peters war so damit beschäftigt, ihre Enttäuschung über diesen Verrat und die eigene Unzulänglichkeit hinunterzukauen, daß sie die nächsten Sätze fast überhörte.

»Was …?« fragte sie ungläubig nach. Was sagte er da? Ihr wurde schwindelig. Mit zitternden Fingern suchte sie wieder und wieder die Strähnen aus ihrem Gesicht zu streichen. Wie ein geprügelter Hund schaute sie, unwillkürlich über den Schreibtisch geduckt, für einen Moment zu ihm auf, bis sie das gespielte Bedauern sah, mit dem er den Kopf schüttelte. Wie billig das doch war. So leicht wollte sie es ihm nicht machen, sie zu bedauern. Mühsam straffte sie sich, nahm einen Stift zwischen beide Hände und lehnte sich mit übergeschlagenen Beinen in ihrem Sessel zurück. Wenn sie das jetzt nicht durchziehen konnte, hätte sie es eben nicht anfangen dürfen. Der Stift vibrierte heftig, und sie legte ihn, wie sie hoffte, ohne Hast, auf ihren Schreibtisch zurück.

»Was ist das für ein Unfug?« fragte sie ruhig. Gut so. Genau die richtige Dosis Souveränität, fast ein nachsichtiges Lachen als Unterton. Doch als sie seinen Blick sah, hätte sie am liebsten geweint.

»Kein Unfug, meine Liebe. Du hast ein paar neue Graphiken eingefügt …«

»Ja«, fiel sie ihm hastig ins Wort, »ich habe die entsprechenden Versuche letzte Woche erst vorgenommen und dachte, es wäre interessant, sie schon einmal vorab zu präsentieren, mit ein paar Andeutungen, in welche Richtung sich das Projekt entwickeln wird.« Nur nicht zu eilig, ermahnte sie sich. Du hast es nicht nötig, dich zu rechtfertigen. »Die detaillierten Schlußfolgerungen wollte ich dann …«

»… und diese Graphiken sind von mir«, vollendete er seinen Satz laut. Sie verstummte sofort. Die Klimaanlage im Gang draußen summte.

»Phhr.« Sabine Peters versuchte ein ungläubiges Prusten. »Das ist doch völlig absurd. Ich habe niemals …« Sie wedelte mit den Armen. Und je zappeliger sie wurde, desto unbeweglicher schien ihr Kollege dazusitzen. »Willst du damit behaupten, ich hätte mich an deinen Unterlagen vergriffen?« Falsch, ganz falsch, beschimpfte sie sich, ihm mit einer Frage den Ball auch noch zuzuspielen. »Ich war nie auch nur in der Nähe deines Büros.«

»Es waren Graphiken, die ich für den Professor angefertigt habe. Er brauchte sie für das Symposion in London und kam nicht dazu, die Versuchsreihe selbst vorzunehmen.«

»Zufall«, keuchte Sabine Peters in wachsender Furcht, »purer Zufall. Ein paar übereinstimmende Linien …«

»Ich hatte auch nicht die Zeit, nebenbei bemerkt«, fuhr Hans-Heiner Kafka fort. »Deshalb habe ich mich bei einem Kollegen bedient, der im Chemistry Journal veröffentlicht hat. Hier!« Er warf ein schweres Hochglanzheft auf den Tisch. »Jahrgang 7, Heft 2, Seite dreiundzwanzig, wenn du es nachschlagen willst.« Er lächelte, beugte sich vor und blätterte für sie, als sie nur fassungslos die Zeitschrift anstarrte. »Das Chemistry Journal ist trotz seines polyglotten Namens ein albanisches Hochschulblatt«, führte er jovial aus. »Der Verfasser ist über achtzig und wurde nicht in London erwartet. Er schrieb in seiner Muttersprache, siehst du.« Er hatte den Artikel aufgeschlagen und legte ihn vor sie hin, ihr Manuskript daneben. Liebevoll fuhr er mit dem Finger über die Graphiken. »Dieselbe Typographie bei der Leistenbeschriftung, dieselbe Hintergrundgestaltung …« Er legte ihr Manuskript daneben. »Du hättest sie nicht einfach kopieren sollen. Mein Fehler«, sagte er nach einer Pause. »Ich war auch zu faul, sie in mein eigenes Programm einzugeben. Ups, und hier habe wohl ich einen Fehler gemacht.« Er deutete auf den unteren Rand der Legende. »Da habe ich schlecht ausgeschnitten und den Beginn des nächsten Absatzes mitgenommen.« Interessiert legte er den Kopf schief. »Ljeb steht jetzt da in deinem Aufsatz. Was das wohl heißen mag?« Er lächelte sie an. »Na egal, ich habe aus meinen Dateien ohnehin alles gelöscht.«

»Du …«, begann Sabine Peters. Doch er schnitt ihr wiederum das Wort ab. »Hoffentlich warst du so schlau, keine Fingerabdrücke zu hinterlassen, als …« – er machte eine kaum merkliche Pause – »du die Sachen aus seinem Büro genommen hast.«

Die junge Assistentin hielt es nicht mehr in ihrem Sessel. Unwillkürlich stand Hans-Heiner Kafka ebenfalls auf und wich einen Schritt zurück. »Du glaubst doch nicht, daß ich …«, stammelte sie. Ihre Knie schlotterten so, daß sie sich an der Schreibtischplatte festhalten mußte.

Ihr Kollege ging noch einen weiteren Schritt zur Tür und legte die Hand auf die Klinke. Er antwortete nicht, und eine Weile lauschten sie den Schritten von irgend jemandem, der über den langen Korridor Richtung Bibliothek ging. »Du hast doch die Daten deiner Feldforschung aus Kolumbien?« erkundigte sich Kafka schließlich.

Sabine Peters nickte. Sie verwahrte die Disketten zu Hause, die unwiederholbaren Ergebnisse eines halben Jahres Arbeit auf der Forschungsstation im Dschungel, das Herzstück ihrer wachsenden Habilitationsarbeit.

»Gib sie mir.« Er sprach das »Oder« nicht aus. Doch es stand unüberhörbar im Raum wie ein Gongschlag. Oder er würde ihr Wissenschaftsbetrug anhängen und ein gutes Motiv für den Mord an Professor Bouvier als Zugabe.

»Ich war das nicht«, schrie sie gequält. »Ich war das doch nicht. Er war … da war …« Sie versuchte, Luft zu holen. »Es war noch jemand da, im Labor.« Sie bettelte. »Ich hab seine

Sachen gesehen, eine Chinakladde und einen goldenen Füller, da war …« Ihre Stimme erstarb.

»Einfach als Diskette genügt«, meinte Hans-Heiner Kafka. »Das wird meinen Vortrag in London aufpolieren. Du reist wohl besser nicht mit, Sabine«, fuhr er mit einem Blick auf ihr zerstörtes Gesicht fort. »Du bist im Moment eine Gefahr für andere und für dich selbst.« Seine Stimme wurde plötzlich gefühlvoll. »Du darfst nicht glauben, daß ich über dich urteile. Ich habe dich immer als Kollegin geschätzt. Geh nach Hause«, drängte er gönnerhaft, »denk eine Weile nach. Und ich bin sicher, daß wir auch in Zukunft wunderbar zusammenarbeiten werden.«

Als er fort war, sank Sabine Peters zurück auf ihren Stuhl. Sie legte ihre Stirn auf die kalte Schreibtischplatte. Die Auflage roch nach Tinte und Gummi. Sie hatte ihr Leben zerstört, buchstabierte ihr Gehirn langsam. In einem Augenblick. Sie war zu einer Sklavin geworden. Sabine Peters begann zu würgen. Sie hatte ihr Leben vollständig zerstört.

Unschlüssig stand Jeannette Dürer auf dem Gang vor der Bibliothek, als Hans-Heiner Kafka auf den Flur trat. Er blieb vor der Tür stehen, die er sofort hinter sich schloß, wendete den Kopf und musterte sie angespannt aus den Augenwinkeln. Weiß er eigentlich, daß er einem nie direkt ins Gesicht sieht? dachte Jeannette, während sie um seine Hilfe ersuchte. Doch Kafka wehrte ab.

Frau Peters sei schon gegangen, beschied er sie knapp, und auch er selbst wäre schon so gut wie weg. Der Assistent genoß es sichtlich, ihr etwas abschlagen zu können. Schließlich erklärte er sich bereit, ihr den Bibliotheksraum zumindest aufzuschließen, ging die letzten paar Schritte voraus und zückte den Schlüssel. Doch die Tür öffnete sich von selbst, das Licht im Raum war an. Von einem Tisch in der Ecke schaute Cornelius Kränzlein auf.

»Na, dann kann ich ja mal ....« Kafka zog sich zurück.

»Hi«, grüßte Jeannette mit einem vagen Lächeln und wedelte einmal kurz in Richtung der Regale. »Mir fiel plötzlich ein, daß ich mich hier noch etwas ins Thema einarbeiten könnte. Wenn ich schon mal da bin.« Sie atmete tief aus.

»Ging mir praktisch genauso«, erwiderte der Doktorand. Dann herrschte einen Moment Stille.

»Wissen Sie, es ist fast unglaublich, wie sehr Sie ihm ähneln, ich meine ...« Jeannette verstummte erneut.

»Was wissen Sie denn über Fledermäuse?« fragte er im Ton, in dem man ein aufgeregtes Kind beruhigt.

»Wie? Fledermäuse? Ach, nichts, um genau zu sein. Nachtaktiv, häßlich. Immer auf der Schattenseite des Lebens sozusagen. Hautflügel, zu Unrecht verschrien als Blutsauger.« Sie dachte nach.

»Nicht völlig zu Unrecht«, kommentierte Kränzlein ihr erstes Brainstorming. »Es gibt Blutsauger, daneben aber vor allem Insektenfresser, Nektartrinker. Manche mögen Früchte, andere Fisch – praktisch für jede Nahrungsnische gibt es eine Fledermausart. Sie sind ungemein vielseitig.«

»Fisch?« Jeannette zog erstaunt die Brauen hoch.

»Wir haben hier verschiedene nektartrinkende Arten.« Er überlegte. »Möchten Sie sie mal sehen?«

»Lebende?«

Er lachte. »Wir erforschen sie schließlich. Ein früherer Vorgänger von Professor Bouvier forschte über Känguruhs, da hatten wir Känguruhs im Tierhaus. Wenn Sie etwas über diese Tiere lernen wollen, dann sollten Sie sie ansehen. Bücher helfen da nicht.«

Jeannette hob die Hände. »Warum nicht?«

Sie warf einen kurzen Blick auf ihre Uhr und folgte ihm dann durch das kühle Labyrinth aus Glas und Beton. Jeannette hatte erwartet, daß es abwärts gehen würde, doch Cornelius führte sie auf das Dach des Gebäudeflügels. Die Rohrleitungsbündel, die über ihren Köpfen und an den Wänden entlangführten, wurden dicker, Hähne, Ventile und Schaltkästen reihten sich aneinander, und Jeannette hatte schon fast den Verdacht, daß er sie in den Heizungsraum locken wollte, da hielt er ihr eine schwere Glastür auf, und plötzlich umgab sie intensive Finsternis und Treibhausgeruch. Ein kurzer Moment der Panik, dann wurde alles in helles Neonlicht getaucht.

Einzelne Blütenpflanzen standen, in Töpfen verteilt, zwischen Palmen und Gummibäumen. Einige kannte Jeannette von der Fensterbank, andere aus dem Botanischen Garten. Orchideen waren dabei und ein paar wunderbar leuchtende Kathleya, Bromelien und Kolumneen. Dennoch konnte die Pracht die nackten Wände mit dem Röhrensystem nicht verdecken. Gartenschläuche wanden sich auf dem feuchten Boden zwischen den Pflanzschalen. Eine Batterie Limonadeflaschen hing an einem selbstgebastelten Ständer, die Öffnung nach unten gekehrt wie Likörflaschen an einer Bar. Ihre offenen Hälse dippten in Überlaufschälchen.

»Wir füttern sie mit Honigwasser«, erklärte Cornelius Kränzlein den Aufbau, »angereichert mit Pollen, wegen der Aminosäuren. Wahlweise auch mit Kolibrifutter.« Er kramte in einer offenen Kommode nach einer Pappdose und bot Jeannette von dem darin befindlichen Pulver an. Zögernd ging sie neben ihm in die Knie, befeuchtete mit der Zungenspitze ihren Finger und stippte ihn in die lose weiße Masse.

»Mh, Kokos.« Sie riß erstaunt die Augen auf. »Honig. Und Mango. Das ist köstlich.« Sie strahlte ihn an. »Kolibri müßte man sein.« Jeannette dachte an seine Frage, ob sie schon einmal geträumt hatte, fliegen zu können. Doch er wiederholte sie bei dieser Gelegenheit nicht; er schaute sie nur an. Verlegen ließ sie ihren Blick schweifen. »Was ist das für ein Objekt?«

Cornelius Kränzlein stand auf, rüttelte an dem Weidenkorb, der den Fledermäusen als Behausung diente, und fing routiniert ein ausfliegendes Exemplar mit dem Kescher. Fasziniert betrachtete Jeannette das kleine Wesen aus der Nähe. Obwohl sie die Haut des für sie von Cornelius' kundigen Fingern abgespreizten Flügels mit aller Vorsicht berührte, fürchtete sie noch, sie zu durchstoßen, so fein war sie. Das ganze Tier wog nur wenige Gramm und wirkte, mit seinem flaumweichen Pelz, überaus zerbrechlich. Die lebhaften Augen, die großen Ohren und die aufgestülpte Schnauze – Jeannette war hingerissen. Als der junge Biologe das Tier an die Schälchen der Futterbar hielt, fuhr eine unglaublich lange Zunge aus und tauchte in die gelbe Flüssigkeit.

Erdrücken Sie sie nicht, wollte sie ausrufen, unterließ es aber. Es war offensichtlich, daß er genau wußte, was er tat. Seine Hände hielten das kleine Tier behutsam und sicher. Sie waren groß, knochig und ungewöhnlich langfingrig. Zögernde, nachdenkliche, behutsame Hände. Einsame Hände, dachte sie.

»Jetzt mache ich das Licht aus, damit sie fliegen. Keine Angst, sie geraten nicht in die Haare.«

»Ich habe keine Angst«, murmelte Jeannette.

Dann wurde es dunkel. Schlagartig wurde ihr bewußt, wie laut das Grillengezirp um sie herum war. Es hüllte sie ein und sperrte die Welt aus. Dazwischen war das Zigg-Zigg der Fledermäuse zu hören, Sozialrufe, wie er über ihre Schulter murmelte, ehe er verstummte. Jeannette sah die Umrisse der tropischen Pflanzen und dazwischen die Schatten der nächtlichen Flieger, groß, leicht und leise. Die Luft war heiß und tropisch feucht. Unwillkürlich schob Jeannette den Kragen ihrer Bluse vom Hals zurück. Fast war ihr, als könnte sie ihn dabei berühren, so dicht stand er hinter ihr. Als wäre es seine Körperwärme, die ihre Haut zum Glühen brachte. Die Orchideen dufteten betäubend. Und die schweigende Spannung zwischen ihnen brachte die Schwärze ringsum zum Vibrieren. Jeannette fühlte, wie sie sich auflöste in dieser Dunkelheit.

»Da«, murmelte sie schwach, als ihre Augen sich langsam an die Nacht gewöhnt hatten. Nun sah sie die schwarzen Flieger, leicht, lautlos, tatsächlich fast wie Schmetterlinge, die von Blüte zu Blüte gaukeln. »Da fliegen sie.«

Cornelius Kränzlein antwortete nicht. Doch er war da. Sie war sich dessen so bewußt, wie sie nur sein konnte. Die Spannung zwischen ihnen beiden machte jede Bewegung unmöglich, und doch glaubte sie, seine Hände auf ihrem Körper zu fühlen; sie spürte sie. Festgebannt stand sie in der zikadenflirrenden tropischen Finsternis.

Martin begrüßte sie vor dem Kinosaal mit Bier und einer extra großen Tüte Popcorn.

»Fall gelöst«, verkündete er, während er sie auf ihre Plätze bugsierte. »Sie hat sich selbst ausgezogen und ging ins Wasser.« Er bot ihr großzügig an. »Was tut man nicht alles mit 2,9 Promille.« Kopfschüttelnd machte er es sich in seinem Sitz gemütlich. »Und was hast du so getrieben?«

»Recherchen.« Jeannette schloß die Augen vor der grellen Lasershow im Kinosaal, die das wohlige Fledermaus-Dunkel des Kinosaals zerriß und jegliches Schwelgen in Erinnerungen verhinderte.

»Wo ist nur die Kinowerbung meiner Kindheit geblieben«, klagte sie, »wo in begeisterten Reimen zu einem Standfoto der örtliche Pizzabäcker gepriesen wurde. ›Und nach dem Kino, nicht vergessen, geht's zum Filipo, Pizza essen. Die schmeckt so gut und ist so fein …‹ O Gott, ich werde langsam alt.« Trockeneisnebel wallte zischend auf. »Glasperlen für die Eingeborenen!« protestierte Jeannette laut. Martin hielt ihr wortlos die Popcorntüte hin.

»Wahnsinn«, murmelte sie später, als der Film sie schließlich gepackt hatte. »Einfach unglaublich, diese Kulisse. Fast schon eine Unverschämtheit.«

»Ja«, stimmte er zu. »So kann sich nur ein New-Yorker das alte Rom vorstellen. Das Kolosseum als Wolkenkratzer.«

»Ach ja, euer Italienurlaub«, erinnerte sie sich. »Wie war's denn so in Rom?«

»Klein«, meinte er, »wenn man das hier sieht. Meine Güte, was haben die nur alle mit dieser Kaisertochter?«

»Was bleibt ihnen übrig. Es ist die einzige Frau im ganzen Film.« Joaquim Phoenix seinerseits hatte in ihren Augen eine beunruhigende Ähnlichkeit mit Franz Kafka, einem dämonisierten Kafka allerdings. Alarmiert wechselte sie wieder zu einem unverfänglichen Thema. »Habt ihr es auch bis Pompeji geschafft?«

Martin schüttelte im Dunkeln den Kopf. »Nein.« Popcorn krachte. »Wir waren bei einem Freund von Josef in seinem Landhaus in den römischen ...« – er überlegte –, »den Dingsbumsbergen.«

»Und? Habt ihr euch da wundgeliebt? Au!«

»Sie haben stundenlang gekocht, diese Italiener. Und dann wurde stundenlang gegessen und dabei geplaudert.« Martin klang dabei völlig gelassen. »Ich hab nie ein Wort verstanden und kam mir blöd vor.«

»Josef kann natürlich Italienisch?«

»Josef kann natürlich. Ich hatte schwer den Verdacht, daß das, was er und sein Freund aus Rom da zu bereden hatten, etwa auf der Linie von deiner Konversation mit dem Fledermausmann lag. Und dann hieß es immer, Josef sollte für einen Gastvortrag kommen.«

»Oh!« Jeannette schwieg. »Und was hast du gemacht?« erkundigte sie sich dann vorsichtig.

Martin klang noch immer entspannt. »Ich hab' Josef gesagt, wenn er je einen Fuß an die römische Universität setzt, lasse ich mich scheiden. Da, die Szene ist auch geil. Mittendrauf.« Das letzte Popcorn zermahlte zwischen seinen Kiefern.

»Regine würde sagen, daß so was nicht funktioniert«, gab Jeannette vorsichtig zu bedenken.

»Du weißt, was ich von Regine halte.« Martin schien in dieser Sache unerschütterlich sicher. »Aber bei mir ist zweigleisig nicht drin.«

Schuldbewußt rutschte Jeannette tiefer in ihren Plüschsessel. War bei ihr ja im Grunde auch nicht drin, dachte sie. Nein, wirklich, der ganze Markt der freien Liebe war viel zu kompliziert. So libidogesteuert war sie nicht. Was sie bei einem Mann suchte, war die Wärme und Zuverlässigkeit einer festen Beziehung, jawohl.

»Wie läuft's denn so bei dir?« erkundigte sich Martin, der kein Auge von der Leinwand ließ, auf der gerade eine golden beharnischte Amazone von den rotierenden Messern an einer Streitwagennabe in zwei Teile geschnitten wurde. »Mit diesem Sanitäter, diesem …«

»Mauro.« Jeannettes Mund war trocken. »Prima«, krächzte sie, »ganz prima.« Nein, sie glaubte nicht an gnadenlose Anziehungskraft, an den Kampf der Geschlechter, an Liebe auf den ersten Blick, an …

»Zack!« kommentierte Martin das Filmgeschehen, ein unübersichtliches Blutvergießen im Sand der Arena. »Hat ihn. Ich frage nur, weil du bei Josef angerufen hast«, meinte er beiläufig, »und wissen wolltest, ob bei uns das Sofa frei wäre.« Martin klopfte vielsagend auf sein Handy.

»Ach weißt du …« Jeannette suchte nach Argumenten. Sie konnte ihm unmöglich gestehen, daß sie Mauro jetzt nicht in die Augen würde sehen können. Oder war es so, daß sie sich ihre wirren, aber süßen Gedanken nicht durch seine lästige Nähe vertreiben lassen wollte? »Mitten in einem Fall ist mir abends irgendwie nicht nach Schaumbädern und Menüs.«

Martin rutschte in seinem Sitz tiefer und grinste in die Öffnung seiner Bierflasche. »Ich kann nicht behaupten, daß ich dich verstehe.«

Jeannette seufzte leise. »Wieso wußte ich, daß du das sagen würdest?«

Kapitel 11

ein dubioser typ hatte uns das lokal empfohlen. und da standen wir auf dieser landstrasse in voelliger finsternis. etwas schwaerzeres habe ich noch nie gesehen. dabei feuchtwarm, wie mitten im dschungel. und in dieser schwaerze regte es sich ueberall. sein arm um mich, und ich zitterte. fledermaeuse floegen da, sagte er. mich durchrieselte es. es flimmerte vor meinen augen, ich klebte an ihm. ach, sein duft! irgendwann tauchten dann die lichter auf, die bambusveranda und das aroma von curry- und kokos-sossen. wir assen im freien, langsam und schweigend, und schauten uns dabei in die augen. und jeder blick war das versprechen darauf, dass noch viel mehr kommen sollte ...

Jeannette las Tanjas zweite Urlaubsbotschaft mit einer gewissen Fassungslosigkeit. Gab es solche Zufälle? Hatten sie und ihre Schwester gestern tatsächlich zur gleichen Zeit in einem Urwald zwischen Fledermäusen gestanden und mit zitternden Nüstern den Duft des Mannes an ihrer Seite eingesogen? Es war unglaublich, es war phantastisch, es war beängstigend. Und neu.

Zum ersten Mal in ihrer Geschichte hatte sie das Gefühl, Tanja zu verstehen und möglicherweise von ihr verstanden werden zu können. Normalerweise herrschten zwischen ihr und der Schwester mit dem ordentlich bürgerlichen Lebenslauf gespannte Verhältnisse. Die um vieles ältere Tanja war ihr lange mehr wie eine Zweitmutter vorgekommen, ihr Vorstadtfamiliendasein wie ein lebender Vorwurf gegen Jeannettes eigene ungefestigte Existenz, ihr Single-Dasein, die vielen abgebrochenen Studiengänge, ihre runtergekommene Altbau-Wohnung in Johannis, die noch immer voller Überbleibsel ihrer einstmals dort hausenden WG war, und den unerfreulichen Beruf, der sie mit Leichen und Verbrechern in Kontakt brachte.

Auch Gespräche unter Frauen waren selten fruchtbar verlaufen. Jeannette sehnte sich insgeheim nach der Leidenschaft ihres Leben, Tanja danach, daß ihr Gatte abends pünktlich aus der Praxis kam. Jeannette klagte über frauenfeindliches Mobbing auf dem Schießstand, Tanja über die Schlafprobleme ihres Babys. Jeannette bewegte das Problem einer zuverlässigen Todeszeitbestimmung, Tanja das der schmerzfreien Geburt. Jetzt zum ersten Mal schien es, als teilten sie eine wichtige Erfahrung.

Mit klopfendem Herzen zog Jeannette die Tastatur heran, um spontan eine Antwort nach Jamaika zu senden, dann fiel ihr ein, daß Tanja hier von ihren zweiten Flitterwochen berichtete. Jeannette ließ ihre Finger wieder sinken. So erotisch die Gefühle waren, die Tanja schilderte, es war immer noch ihr Ehemann, der sie in ihr auslöste. Und ihrer beider Erziehung war, was den Punkt Monogamie anging, eindeutig gewesen. Jenseits davon lauerten Chaos, Reue und gerechte Strafe. Es war lächerlich, aber Jeannette hatte keine Lust, von ihrer älteren Schwester daran erinnert zu werden.

Mit schlechtem Gewissen versenkte sie die intimen Bekenntnisse unter gelesene E-Mails. Doch die Erregung blieb.

Vielleicht lag es auch daran, daß ihre Wohnung in dieser Nacht eventuell der Schauplatz wüster Orgien gewesen war. Als Jeannette am Morgen hereingekommen war, hatte sie vorsichtshalber laut »Hallo!« gerufen und sich dann ganz langsam in ihre eigenen vier Wände vorgetastet. Was, wenn er noch da wäre? Aber die Wohnung war leer. Ihr Heim erwies sich Zimmer für Zimmer als verlassen; keine Spur eines Benutzers zeigte sich, kein Schaumrest im Abfluß der Dusche, kein Rasierwasseraroma in feuchter Badezimmerluft, noch nicht einmal ein ungemachtes Bett.

Aufatmend hatte Jeannette die Tüten mit Professor Bouviers gesammelten Werken auf ihren Schreibtisch gehievt, sich Tee und Toast gemacht und ihren sonntäglichen Arbeitstag mit dem Abrufen der Mails begonnen. Die Sonne malte helle warme Flecken auf den Boden; Jeannette stellte ihre Füße hinein und war dankbar dafür wie im frühen Frühling. Ihre Zehen erwärmten sich und schickten einen kleinen Schauer ihre Beine hoch, nicht dschungelhaft, allenfalls ein Fichtenwäldchenschauer.

Die zweite Mail war von Doktor Greif, dem Nürnberger Gerichtsmediziner, der fragte, warum sie bei dem Selbstmörder vom Wöhrder See keine Obduktion angeordnet habe. Sie mailte zurück, das sei Zametzers Fall, und schüttelte den Kopf. Greif, dachte sie, war doch jedes Mittel recht, Kontakt zu ihr aufzunehmen. Jetzt war der Bildschirm leer. Schweren Herzens nahm Jeannette einen weiteren Schluck Tee und griff nach den Kopien in der Plastiktüte. Jetzt kam der unangenehmere Teil.

Obenauf lag ein Aufsatz über Lautanalysen. Eine Unzahl von Graphiken mit kleinen Zickzacklinien, die wie Herztonschreiber aussahen, dazu Farbbilder wie Infrarotaufnahmen von Kleinstlebewesen, aber mit Anmerkungen über Lautbeginn, -ende, Anfangs- und Endfrequenz, und das Raster einer sogenannten relativen Amplitude verfremdeten den abschreckenden Eindruck. Jeannette verstand nur Bahnhof.

Nach einer Weile des unwilligen Sichversenkens begriff sie wenigstens, daß die dauernd wiederkehrende Abkürzung dB SPL für Dezibel Schalldruckpegel stand und die Lautstärke wahrgenommener Töne beschrieb. Die bunten Bildchen waren Sonargramme, erzeugt von einem Computer, der aufgenommene Fledermausrufe digitalisiert und darstellt. Sie konnte einigermaßen nachvollziehen, daß Frequenz und Dauer der Rufe so darstellbar wurden; es war quasi sichtbar gemachte Sprache. Aber für sie war es eine Fremdsprache. Heimisch in einer naturwissenschaftsabstinenten Bildungswelt, die sie schon bei einfachsten physikalischen Formeln nervös werden ließ, hatten Begriffe wie »Frequenz« keinen klaren Inhalt. Vage war da was mit Radio – man stellte es an, und auf 97,9 kam Bayern 3. Trotzdem bekam Jeannette beim Lesen langsam eine Vorstellung davon, daß es darum ging zu beschreiben, wie eine Fransenfledermaus durch das Aussenden einer bestimmten Art von Ruf, nämlich »steil frequenzmoduliert«, ein Echo bekam, das ihr erlaubte, fein zwischen Vorder- und Hintergrund zu unterscheiden. So konnte der nächtliche Jäger zum Beispiel eine Spinne, die an ihrem Faden vor dem Blätterwald hing, einzeln wahrnehmen, als ein abgegrenztes Signal, das Beute verhieß, bevor das irritierende Echowirrwarr des dahinterliegenden Grünzeugs bei ihm eintraf.

Jeannette verstand. Aber war das nun brisantes Material? Waren es solche Sonargramme, die als wertvolle Versuchsreihen entstanden, um damit auf Symposien zu glänzen, wie die Peters das vorhatte? Wurde man um der Fransenfledermaus willen ermordet? Oder war das hier Einführung für Erstsemester? Jeannette fühlte sich außerordentlich hilflos.

Der nächste Aufsatz war der mit den chemischen Formeln. Nicht sein Gebiet, hatte er gesagt, Jeannette konnte es ihm nachfühlen. Vor Chemie hatte es sie in der Schule noch ein wenig mehr gegraust als vor Physik. Trotzdem hätte sie gerne einen kompetenten Rat gehabt. Die Hand schon am Telefonhörer, nahm sie doch wieder davon Abstand. Sie unterstellte sich zweifelhafte Motive bei ihrem Wunsch, Cornelius Kränzlein anzurufen. Andererseits ... Das Telefon klingelte.

»Jeannette Dürer.« Ihre Stimme klang atemlos. »Ach, Jochen, hi, was gibt's?« Sie lauschte einen Moment. »Was heißt das?« fragte sie, »Micha hat Probleme? Aber ich hab' mich doch schon entschuldigt. Quasi. Hab' ihm doch extra den Tatort überlassen. Was? Darum geht's auch? War das jetzt falsch oder was? Moment mal.«

Sie hob den Kopf und lauschte. Die Schritte auf dem Hausflur näherten sich ihrer Tür. Ein Schlüssel klackte im Schloß.

»Du Jochen, gleich platzen hier meine Freunde rein, ich muß Schluß machen. Wenn Micha was von mir will, soll er mich halt anrufen.« Sie überlegte kurz. »Und sag ihm, es tut mir leid. Echt. Jaja, ich sag es ihm selbst. Aber er soll anrufen. Tschüß.« Sie drückte den Knopf, ehe er antworten konnte, und keine Sekunde zu früh.

»Huhu! Wir sind's!« schallte es aus dem Flur.

»Halloho«, rief sie halbherzig zurück, da riß Regine bereits die Zimmertür auf.

»Schau, was wir dir mitgebracht haben!« Der Mann hinter ihr war – Jeannette registrierte es zugleich erleichtert und erschrocken – Mauro, fast versteckt hinter einem riesigen Pappkarton, den er freudestrahlend abstellte und auspackte.

»Einen Fernseher!« Regine jubelte es zeitgleich mit Jeannette, die eher fassungslos ächzte.

»Mit Videorecorder. Das Richtige für einen Kinofan«, fügte Mauro liebevoll hinzu.

»Aber, aber«, stammelte Jeannette überrumpelt, »aber das ist ja ein Monster!«

»Geil, was?« Regine war bester Stimmung und wühlte im Styropor. »Da ist die Gebrauchsanweisung.«

Jeannette antwortete reserviert. »Aber ich bin mit meinem kleinen Tragbaren bisher sehr gut ausgekommen.«

Regine schaute nicht einmal auf. »Du mit deinem Hach-Fernsehen-ist-mir-gar-nicht-so-wichtig-Apparätchen für verkrampfte Intellektuelle. Dabei schaust du jeden Abend.«

Gekränkt preßte Jeannette die Lippen zusammen.

Regine ließ sich nicht irritieren »Kriegst du das mit dem Receiver hin, Mauro? Fein.« Zu Jeannette gewandt, fuhr sie fort: »Wir haben nämlich gleich ein paar Kassetten mitgebracht, alles Sonderangebote, der volle Konsum. Wahnsinn.« Sie schien völlig begeistert von ihrer Idee. Im Hintergrund tippte Mauro frohgemut auf der Fernbedienung von etwas herum, was der erwähnte Receiver sein mußte. Es sah gefährlich kompliziert aus. Jeannette wünschte, es gäbe keinen Receiver in ihrem Leben.

»Da, das wäre doch was«, meinte ihre Freundin, »›Fargo‹. Dann könnt ihr euch, wenn ich weg bin, genauso auf der Couch zusammenkuscheln wie das süße Redneck-Ehepaar im Film. Die haben immer schweigend gemeinsam Fernsehen geschaut. Hej, und sie war auch Polizistin, glaube ich!«

Mauro warf ihr eine Kußhand zu. Jeannette griente verzweifelt.

Regine wühlte weiter. »Oder vielleicht ist das ja was für dich, mehr was Intellektuelles, ›Kafka‹.«

Verstört zuckte sie zusammen.

»Ich will hier keine Monstermattscheibe«, verkündete Jeannette kategorisch. »Heh, hör mir zu.« Regine hatte sich bereits wieder den Wundern ihres Videovorrates zugewendet und ignorierte sie.

»Regine«, rief Mauro. »Hast du die Antennenkabel?« Regine warf sie ihm zu und erntete eine weitere Kußhand.

Jeannette wurde wütend. »Stell das Teil doch in dein Hamburger Loft, zu deinem Designersofa. Und nimm deine Bettgeschichten künftig auch dahin mit, wenn's geht.« Sie verschränkte angriffslustig die Arme.

Endlich richtete Regine sich auf. »Worum geht's hier?« erkundigte sie sich gelassen. »Geht's hier um einen Fernseher, oder geht's um mein Gefühlsleben?«

»Gefühlsleben«, schnaubte Jeannette, »ist ja wohl ein bißchen zu hoch gegriffen.«

»Ach, bin ich jetzt die Miß Verruchtheit für dich.« Regine wurde langsam ebenfalls sauer. »Es kann nicht jeder deine Maßstäbe haben.« Sie zuckte wegwerfend die Schultern. »Nur weil du hier die Miß Zölibat zu geben versuchst, brauchst du dich nicht aufzuspielen.«

»Miß Zölibat!« Jeannette sah, wie Mauro, unbeholfen geduckt hinter seine technischen Gerätschaften, ihnen aufmerksam zuhörte. Eben tauschte er einen schnellen Blick mit Regine.

»Ihr habt euch wohl über mich unterhalten?« schwante es Jeannette. »Kleiner Plausch unter Freunden, was? Dann laßt es euch gesagt sein, ich bin nicht ... Ich bin ... Ich bin ...« O Gott, was war sie doch gleich?

Regine hatte die Hände in die Hüften gestemmt, doch Mauro zwinkerte schuldbewußt. Ein kleines schwarzes Kästchen wie ein Friedensangebot vor sich haltend, kam er näher. »Vielleicht sollte ich dir erst einmal die Fernbedienung erklären?«

Regine verdrehte die Augen. »Ich liebe das männliche Konfliktbewältigungspotential.«

Jeannette tat einen tiefen Blick in Mauros blaue Augen, dann auf die kleinen bunten Knöpfchen der Fernbedienung. Sie betete. So etwas taten Atheisten manchmal. Und siehe, das Telefon klingelte, und sie hob ab, und es war jemand daran, der sprach.

»Was?« rief Jeannette verblüfft. Denn es war ein Wunder.

Kapitel 12

»Eine Obduktion, am Sonntag?« Sie konnte es immer noch nicht glauben. Noch nicht einmal, als sie im Keller des gerichtsmedizinischen Instituts neben Martin stand und sie sich gegenseitig die grünen Kittel im Rücken zubinden halfen. Jeannette mochte die Kurbad-Atmosphäre aus Kacheln und Chrom, die Idee absoluter Sauberkeit, die sie ausstrahlten, das überhelle Neonlicht und die Traurigkeit, in die es diese Szenerie tauchte. Die Arbeit mit den Toten verstörte sie nicht; sobald die Kühlschranklade erst einmal geöffnet und das verbergende Laken zurückgezogen war, gab es für Jeannette nichts Erschreckendes mehr. Sie hatte einmal einen Film über eine Nekrophile gesehen, in dem die Autorin ihre Heldin sagen ließ, die Toten strahlten eine unglaubliche Energie aus, sie gleißten wie Sterne. Nun, Jeannette empfand es eher umgekehrt. Selbst wenn die Körper fast unversehrt waren, unterschieden sie sich für sie von den Lebenden auf eine Weise, wie sich Glas und Milchglas unterschieden. Während der kurzen Phase ihres Lebens, in der sie geglaubt hatte, Medizin studieren zu müssen – einer der vielen Irrwege, auf denen sie gewandelt war –, hatte sie Pathologin werden wollen. Sie erinnerte sich noch gut an ihren ersten Sezierkurs, das Erschrecken über den Fuß, der unter dem weißen Tuch hervorsah, und wie sie gedacht hatte: »Er hat eingewachsene Nägel.« Aber dann, zwischen dem ganzen Körper und ihrem Werkzeug, hatte sich nur eine Art professioneller Intimität entwickelt.

»Na, dann wollen wir den Kollegen mal aufschneiden!«

Die Gerichtsmedizinerin hatte das Labor betreten, ihre Assistentin im Schlepptau, und schritt mit wehendem Kittel auf sie zu. Die bereits in Handschuhen steckenden Hände zu den Schultern erhoben, nickte sie ihnen knapp und energisch zu und ließ sich die Leiche von ihrer Helferin aus der Kühlung holen.

»Sie kannten Professor Bouvier?« fragte Jeannette interessiert.

»Wir haben auf dem letzten Schloßgartenfest miteinander getanzt. Er war ein miserabler Tangotänzer. Becker«, wandte sich die Pathologin nach einem Blick auf ihre Werkzeuge an die Assistentin, »das große Sägeblatt fehlt.«

Jeannette versuchte sich die Szene vorzustellen, den Sternenhimmel, die Lichterketten zwischen den Bäumen. Der Schloßpark mitten in Erlangens barocker Altstadt war ebenso wie das Schloß selbst Besitz der Universität, ein Vermächtnis der letzten Markgräfin. Einmal im Jahr wurden dort unter den hohen Bäumen und zwischen den Blumenrabatten am Springbrunnen Tanzböden und Buffets aufgebaut. Und nachdem der Parkwächter um sechs mit der Glocke den Park wie üblich geleert und die schmiedeeisernen Tore verschlossen hatte, wurden sie wieder geöffnet, um die Erlanger Hautevolee einzulassen. Jedes Institut der Universität erhielt ein gewisses Kartenkontingent, Normalsterbliche und einfache Studenten wie Jeannette mußten zum Vorverkaufsbeginn vor dem Schloß zelten, um morgens die Chance zu haben, ein Eintrittsbillett zu erwerben. Sie hatte nie den Drang dazu verspürt und kannte den Park nur vom Tage, wenn im Sommer die Studentenhorden in proletarischen Scharen dort im Gras lagerten, um die Sonne zwischen zwei Vorlesungen zu genießen, Frisbee zu spielen, zu jonglieren oder an ihren Hunden antiautoritäre Erziehung zu erproben.

»Sonst hatten sie keinen weiteren Kontakt?« kehrte sie aus ihren Erinnerungen zurück.

Die Medizinerin verneinte. Es folgte eine lange Phase des Schweigens, in der sie mit ihrem Diktiergerät um den Professor herumschritt und alle äußeren Details der Leiche akribisch beschrieb. Bouvier wurde gewendet, und die Charakteristika des Einstichs in seinem Rücken wurden festgehalten, bevor man den Leichnam wieder in eine würdevolle Rückenlage brachte. Wenig Neues, fand Jeannette, bis auf ein kleines Hämatom auf der Stirn, halb vom Haaransatz verborgen. Doch als sie den Befund mit Martin diskutieren wollte, bannte ein strafender Blick der Pathologin sie wieder in ihr Schweigen zurück. Dösig vor Langeweile betrachtete Jeannette die Frau im weißen Kittel. Ihr klarer Teint, das stille Profil und die glatt um die hohe Stirn gelegten aschblonden Haare erweckten einen Eindruck von Ruhe und Hingebung, der sie unwillkürlich »Nachtschwester Ingeborg« denken ließ, eine der verfehlten Lektüren ihrer Jugend. Sie umschritt den Toten ruhig und bedacht, sprechend, deutend, Jeannette einschläfernd. Wie die Priesterin eines mystischen Hygienekultes, dachte Jeannette. Aber das mochte auch an der Mischung aus zuviel Bier im Kino und zuwenig Schlaf liegen, die auch diese Nacht geprägt hatte.

Das Diktiergerät ging klickend aus, und alle räkelten sich. »Wir sind Ihnen wirklich sehr dankbar«, nahm Jeannette, tatsächlich dankbar, die Konversation wieder auf, »daß Sie sich an einem Sonntag bereit erklären …«

»Ich tue das vor allem für mich selbst«, unterbrach die blonde Medizinerin sie und griff zum Skalpell.

»Äh, ach, ja?« fragte Jeannette verwirrt. Die Augen der Assistentin starrten hilflos über den Mundschutz zu Jeannette herüber, doch die vermochte die kummervolle, aber stumme Warnung nicht zu enträtseln.

»So hat mein Mann ausgiebig Gelegenheit, sein Verhalten auf Dienstreisen zu analysieren und zu überdenken, wie sich der Verlust häuslicher Zweisamkeit auf ihn auswirken würde.«

»Sie meinen«, erkundigte sich Martin vorsichtig, »das hier kann länger dauern?«

Jeannettes strafender Blick kam zu spät. Sie wußte nicht, ob sie als Lächeln deuten sollte, was den Mund von Nachtschwester Ingeborg verzog. »Stellen Sie sich darauf ein«, sagte die und setzte zum ersten Schnitt an, der Brust- und Bauchhöhle öffnete. In ihrer stillen Wut strahlte sie wie ein Stern; die Energie ging über in ihre Hand und ließ sie schneiden wie mit dem Laser. Es war wieder still geworden, niemand übertönte das feuchte Krachen des Gewebes. Dann klaffte es scharlachfarben und schillernd. Jeannette hob den Kopf, Martin senkte den Blick zu dem runden Gulli zwischen seinen plastiküberzogenen Schuhen.

Organ für Organ wurde aus seiner Hülle gehoben, vermessen und gewogen und für nähere Untersuchungen bereitgestellt. Der Strom medizinischer Fachausdrücke floß an Jeannette und Martin vorbei.

»Aha«, wies die Medizinerin ihrer Assistentin schließlich eine bestimmte Stelle. »Sehen Sie das?« Die beiden Kommissare reckten den Hals. Die Frau mit dem Mundschutz nickte. Martin räusperte sich. »Schauen Sie es sich ruhig an«, forderte die Medizinerin sie auf, doch nur Jeannette trat näher.

»Wenn ich diesen Muskel hier wegnehme, sehen Sie? Dann habe ich hier ...«

»Den Stichkanal?« mutmaßte Jeannette.

»Genau. Und das heißt?«

»...?«

»Daß kein lebenswichtiges Organ verletzt wurde«, beantwortete die Pathologin selbst ihre Frage. »Der Befund bestätigt sich im übrigen an Lunge und Herz, die keinerlei traumatische Verletzungen aufweisen.« Sie richtete sich auf. »Ihr Toter wurde nicht erstochen.«

»Was soll das heißen?« fragte Martin, doch das war eher rhetorisch gemeint. Er erhielt auch keine Antwort. Im

Schutz des Lärms der Knochensäge, mit der die Gerichtsmedizinerin Bouviers Schädel öffnete, diskutierten sie die Fülle der Fragen, die sich nun vor ihnen auftat. Wenn Bouvier nicht an dem Stich gestorben war, woran dann? War es ein natürlicher oder ein nichtnatürlicher Tod gewesen? Und war er eingetreten bevor oder nachdem der Unbekannte zugestochen hatte? Und schließlich, aber das war pure Spekulation: Falls es ein nichtnatürlicher Tod gewesen sein sollte: Hatten sie einen oder zwei Mörder vor sich?

»Herzversagen«, lautete schließlich die Diagnose. Jeannette taten die Füße weh, und sie mutmaßte, daß draußen der Mond hinter jagenden Gewitterwolken hervorgrinste.

»Herzversagen!« Die Nachricht wurde nicht gnädig aufgenommen. »Das schreibt doch jeder Hausarzt bei der Leichenschau auf den Schein. Geht's nicht genauer?«

»Gern«, kam die kühle Antwort, »aber Sie würden wenig davon verstehen. Haben Sie übrigens den Bericht des Hausarztes? Ich erinnere mich, daß der Kollege damals auf dem Schloßgartenfest Tabletten bei sich hatte. Und beim Walzer führte er mich zurück an den Tisch. Vielleicht liegt da eine längere Erkrankung vor?« Damit wandte sie sich wieder dem Mikroskop zu.

Jeannette schaute Martin an, der schaute zurück. »Natürlich nicht«, beantwortete er ihre unausgesprochene Frage. »Herrgott im Himmel, der Mann hatte einen Dolch im Rücken.«

Es dauerte eine halbe Stunde, bis er aus dem Flur zurückkam, wo er mittels seines Handys die Dienststelle aufgemischt und den Hausarzt ausfindig gemacht hatte. Schließlich konnte er die Assistentin zum Faxgerät schicken, das Bouviers Patientenakte mit den Details seines chronischen Herzleidens ausspuckte.

»Ah!« Die Gerichtsmedizinerin schien zufrieden und wurde nun auch wieder gesprächiger. Einvernehmlich beugten sie sich über das Organ, das einmal Professor Bouviers Blutkreislauf am Laufen gehalten, und ließen sich erklären, wie es versagt hatte. »Ein im Grunde«, so das Resümee, »ebenso erwartbarer wie dann doch wieder überraschender Tod.« Die Pathologin grübelte laut. »Er war stabil, er war medikamentös gut eingestellt. Warum sollte es ausgerechnet jetzt geschehen?« Sie konsultierte ihre Armbanduhr. »Es ist elf, mein Mann beginnt vermutlich gerade daran zu zweifeln, daß es heute noch ein Abendessen geben wird. Ich denke, ich sollte mich jetzt dem Mageninhalt des Kollegen widmen. Wenn Sie nicht warten wollen ...«

Martin winkte ab. Sein aufkeimender Appetit war bei der Erwähnung von Bouviers Magen sofort wieder vergangen. Ekelhaft, fand er, wie diese Frau darauf bestand, einen Körper, dessen Eingeweide sie gerade zerschnippelte, Kollege zu nennen. Unauffällig lehnte er sich an die Wand, verlagerte das Gewicht vom einen Bein aufs andere, guckte Löcher in die Luft und begann leise zu pfeifen, bis die schiefen Töne unter der allgemeinen Nichtbeachtung qualvoll verstarben. Schwester Ingeborg kratzte, schabte und schnitt, füllte und schüttelte Reagenzgläser, brachte Zentrifugen zum Summen. Droben lag die Universitätsstraße, breit und ausgetreten zwischen den imposanten alten Sandsteingebäuden in der Nacht. Über dem Bahnhof am westlichen Ende hing, von jagenden Gewitterwolken verdeckt, ein schädelbleicher Mond.

Stunden später wurde ihnen schmerzhaft klar, wie schwierig es doch war, in Erlangen weit nach Mitternacht noch etwas zu essen zu bekommen. Schließlich saßen sie wieder in Martins Küche, auf dem Tisch eine Plastiktüte mit zwei traurig toten Hähnchenhälften und einem Plastikbecher voll roter, süßsaurer Soße, die leider ausgelaufen war. Jeannette dachte voller Wehmut an den türkischen Imbiß am Ebertplatz, den sie zu Hause um diese Uhrzeit aufgesucht hätte, und die duftenden Fladen dort, aber es war gar nicht daran zu denken, nach Nürnberg zu fahren oder im eigenen Bett zu liegen, zu viel gab es zu besprechen, und die Runde der Ermittler im Fall Bouvier war für morgen früh um acht angesetzt. Für heute früh, verbesserte sie sich.

Josef bezog ohne weiteren Kommentar wieder die Couch, stellte Cola auf den Tisch und zauberte ihnen aus ein paar welken Resten einen akzeptablen Salat. Dann sah er zu, wie sie sich mit klebrigen Fingern über den vorläufigen Autopsiebericht hermachten.

»Frühestens morgen, sagte sie.«

»Scheiße, wir haben alle für acht Uhr bestellt.« Jeannette wischte sich die Fettfinger ab und suchte nach dem Kuli. »Wir haben nicht den Schimmer einer Idee, wonach wir suchen müssen, wenn sie sich nicht zügig meldet.«

»Möglicherweise vergiftet«, kaute Martin, »du wirst noch mal zu seiner Frau müssen.«

Jeannette nickte. »Und ihr Alibi überprüfen.« Sie kramte nach der Liste der Deutschen Akademikerinnen.

»So was riecht immer nach Ehefrau, hm?«

Das Telefon klingelte. »Ich geh' schon ran«, murmelte Josef. Niemand schien ihn oder den Apparat zu hören.

»Der Teufel weiß, wonach das riecht.« Martin gähnte. »Wer steckt schon einen Dolch in ein Giftopfer.«

»Martin?«

»Sag, ich bin nicht da.« Martin wedelte Josefs Stimme beiseite. »Am Leben war er noch, als der Stich erfolgte, sagt sie.« Er grübelte. »Komische Sache.«

Jeannette sah besorgt zu Josef, der immer noch hinter Martin stand und seltsam verkrampft aussah. Sie versuchte ihm zuzulächeln.

Doch er fixierte nur Martins Nacken: »Es war für mich.«

»Hmpf.« Der junge Kommissar nahm es kaum zur Kenntnis. Noch einmal ging er sein Gespräch mit der Gerichtsmedizinerin durch. »Plausibler wär' tatsächlich der Herzinfarkt. Warum sollte ich jemanden erstechen, den ich vergiftet habe?«

»Vielleicht waren es zwei?« warf Jeannette ein.

»Spekulationen!«

»Gianni war dran«, warf Josef dazwischen. »Er hat einen Vortrag für mich am Historischen Seminar der Universität von Rom organisiert. Pavese und di Stefano werden da sein. Es ist eine Chance.«

»Und, wirst du hingehen?« Martin drehte sich noch immer nicht um.

»Ich fliege morgen früh.«

Jeannette hielt die Luft an. Aber Martin zeigte keine erkennbare Regung. So, als befände Josef sich gar nicht im Raum, kramte er konzentriert in seinen Unterlagen.

Mit einem Knall klappte Jeannette ihren Notizblock zu. »Spät geworden«, meinte sie überflüssigerweise. »Ich werd' dann mal.«

»Aber wir wollten doch ...«, suchte Martin einzuwerfen.

Jeannette war in Rekordgeschwindigkeit an der Tür. »Wir sind alle müde, Martin. Und die Arbeit ist nicht das einzige, was zählt.« Sie winkte Josef, der ihr dankbar zulächelte, ein Bye-bye.

Draußen im Auto drehte sich alles in ihrem Kopf. Zwei Männer, zwei Mörder, wieso ereignete sich zur Zeit alles doppelt? fragte sie sich verzweifelt. Mauro und Cornelius, Gianni und Josef, ein Gift- und ein Dolchtäter. Dazu Regine und Micha, die beide beleidigt waren. Regine mit ihren zwei Männern. Alles doppelt. Zum Verrücktwerden. Und dazu noch kam sie keine Nacht ins Bett, war es da ein Wunder, wenn sie sich unruhig und überfordert fühlte? War das gerecht?

Sie quälte die Kupplung und bemerkte erst kurz vor dem Werner-von-Siemens-Ring, daß sie die Scheinwerfer nicht eingeschaltet hatte. Zwei Assistenten für Bouvier, fiel ihr ein, zwei E-Mails ihrer Schwester. Und zwei halbe Hähnchen, die nicht annähernd in der Lage gewesen waren, ihren Hunger zu stillen.

Mit knurrendem Magen fuhr sie die zersiedelte Strecke nach Nürnberg-Nord, an gleißenden Tankstellen und den überlebensgroßen Eisplakaten von Schöller vorbei. Am Friedrich-Ebert-Platz hielt sie an, Kreuzkümmel in der Nase und Picknick-Pide im Sinn. Der Blätterteig schmeckte köstlich. Cornelius, dachte sie, während sie aß und mit den Augen die türkischen Wörter auf den Lebensmittelverpackungen entlangglitt, war ihr ebenfalls zweimal begegnet. Übrigens hatte er sein Zuhause hier ganz in der Nähe. Aber so unprofessionell würde sie nicht sein.

Cornelius Kränzlein wohnte im zweiten Stock eines Rückgebäudes. Als Jeannette Dürer über den Hof ging, sah sie Licht in einem Fenster im Erdgeschoß. Eine alte Frau im geblümten Polyesterkittel saß dort am blankgescheuerten Küchentisch, eine Lesebrille auf der Nase, den Bleistift zwischen den Zähnen und in ein Kreuzworträtselheft vertieft. Ein Kissen auf der Fensterbank verriet, daß sie des öfteren hier ihre Ellenbogen aufstützte, um ein wenig die Nachbarschaft zu inspizieren. Jeannette klopfte an die Scheibe und hielt ihre Polizeimarke hoch. Die freundliche Dame wirkte nicht einmal erschrocken, als sie öffnete.

»In meim Alder brauchd ma nemma aso viel Schlaf«, erklärte sie auf Jeannettes Frage, ob sie des öfteren so lange auf sei. »Und wenn mei Rudi ja ned da is under der Woch, gell.«

»Der Herr Kränzlein ist Ihnen ein Begriff?«

»Der junge Studend? Freili. Der is auch ofd lang draußn, zwengs seiner Fledermäus, die wo er beobachdn dud, gell. Den seh ich ofd.«

Jeannette tastete sich vorsichtig weiter. »Können Sie sich erinnern, wann er diesen Freitag nach Hause gekommen ist?«

»Freili!« war die verblüffend unkomplizierte Antwort. »Am Freidag kemmd mei Rudi nämlich immer ham, vom Bund, gell, da hogg ich ned hier rum, da wird gscheid kochd und dann midnanna fernsehgschaud. Abba der Herr Kränzlein, der war scho kurz vor meim Rudi daham, der wo um siem kemmd. Mid sein Foorod kemmd er ja immä, gell.«

Das Fahrrad. Jeannette nickte. Wenn Cornelius Kränzlein Freitag abend um sieben mit dem Rad hier angekommen war, konnte er die Universität in Erlangen nicht später als sechs Uhr verlassen haben. Damit schied er als Dolchtäter aus.

Jeannette seufzte. Es war zu spät, um ihm zu erzählen, daß sie rein zufällig vorbeigekommen sei, und ein wenig Konversation zu treiben. Alles in ihr bebte, als sie die Klingel drückte, doch äußerlich war sie ganz ruhig.

»Hallo«, sagte sie, als die Tür sich nach langem Warten öffnete. »Ich habe schon oft geträumt, daß ich fliegen kann.«

Kapitel 13

Vier Männer saßen um den Tisch des Besprechungszimmers, als Jeannette Dürer am anderen Morgen bei der Erlanger Mordkommission erschien. »Du kommst spät«, kommentierte Martin und schob ihr einen Becher Tee zu. Jeannette nahm ihn dankbar, überging den Tadel und nickte den Anwesenden zu, dem jungen Dotzler, dem älteren Beamten von der Spurensicherung, dem sie am Tatort bereits Anweisungen gegeben hatte und der sich als Regenfuß vorstellte, sowie einem weiteren Kollegen, den sie an jenem Freitag abend flüchtig gesehen hatte, Frühauf, wie er knapp erklärte. Sein Kraushaar und der gesträubte Schnauzer waren silbergrau, was einen ungewöhnlichen Kontrast zu dem noch jugendlichen, braungebrannten Bergsteigergesicht gab.

Auf der weiten grünen Resopalfläche des Tisches zwischen ihnen hatten sich die feuchten Ränder einiger Kaffeetassen abgestempelt; ein verkleckertes Milchkännchen und ein Unterteller voller Zuckerpäckchen duckten sich einsam in der Mitte. Jemand hatte eine Beck-Tüte mit Hörnchen mitgebracht, die aufgerissen und reihum geschoben wurde.

Jeannette orientierte sich in dem ungewohnten Raum. Das Fenster bot Aussicht auf die Hochspannungsleitungen der Bahn, über denen eine graue Wolkenfront für den nächsten Sommerregen probte. Die Wände waren nackt, zwei verschlierte Tafeln und Flipcharts warteten auf ihren Einsatz. Ihr gegenüber an einer Korkwand waren Vergrößerungen der Tatortfotos angepinnt, daneben war Raum für die Daten der Obduktion gelassen. Jeannette nickte. Sie versuchte ihren

Geist so leer zu machen wie die Wandtafeln. Alles andere hatte jetzt zu warten. Es roch nach Kaffee, Kreidestaub und feuchtem Schwamm.

»Ist der Autopsie-Befund schon da?« Wortlos schob man ihr eine Mappe hin. Jeannettes Stuhl erzeugte ein Gänsehautgeräusch auf dem Linoleum, als sie ihn mit eingehakten Fersen näher an den Tisch zog.

»Halten Sie sich fest«, prustete Dotzler, was seine Vorgesetzten mit strengen Mienen ignorierten.

Martin trommelte mit den Fingernägeln auf der rosafarbenen Pappe seiner Berichtsmappe herum. Mit dumpfem Rauschen brauste ein Zug vorbei. Es knackte in der Isolierung der Fenster. Schließlich hatte Jeannette sich durch das medizinische Kauderwelsch des Dokuments gearbeitet.

»Okay«, verkündete Martin energisch, als sie aufschaute, und alle ließen synchron die Gummis ihrer Dokumentmappen schnalzen. »Laßt uns schauen, was wir haben.« Er machte eine Kunstpause. »Wir werden den Fall in zwei unterschiedliche Aspekte aufteilen müssen.« Alle schwiegen erwartungsvoll. »Zum einen in das, was ich jetzt vorgreifend einen versuchten Mord nennen werde: die Verletzung des Opfers mit einem Brieföffner, ausgeführt am Abend des Freitag im Arbeitszimmer mit dort vorgefundener Waffe. Tatzeit vermutlich zwischen acht und zehn Uhr.«

Dotzler war unaufgefordert aufgestanden und hatte begonnen, die Basisfakten für alle sichtbar an der Tafel zu notieren. Als Überschrift notierte er »Bouvier 1: Brieföffner«. Eine zweite Rubrik eröffnete er gegenüber und wandte sich Martin erwartungsvoll zu.

»Zweitens«, fuhr dieser mit einem Kopfnicken zu Dotzler fort, um dann jedem von ihnen in die Augen zu blicken, »haben wir da den Tod durch Herzversagen, hervorgerufen durch das Potenzmittel Viagra in einer Dosis, die sich das Opfer nicht selbst beigebracht haben kann.«

Jeannette, die wieder zu blättern begonnen hatte, hob ob dieser apodiktischen Feststellung eine Augenbraue.

»Nicht einmal der geilste ...« Frühauf stockte und errötete.

»Bock«, ergänzte Jeannette, freundlich lächelnd, für ihn. Sie formte das Wort so sorgfältig wie einen Rauchring. Frühaufs stotternde Rechtfertigungen gingen in einem Hustenanfall unter.

»Kein Mensch nimmt zehn davon auf einmal«, führte Martin an seiner Stelle aus. Er räusperte sich und kehrte zurück zu seiner Aufzählung: »Verabreichungszeitpunkt: zwischen sechs Uhr nachmittags und zehn Uhr abends. Verabreichungsort: unbekannt. Verabreichungsform: unbekannt, möglicherweise in einem Glas Whisky. Bezugsquelle: unbekannt.«

»Der Hausarzt?« warf Regenfuß brummelnd ein.

Martin griente: »Liebt mich inzwischen. Schwor aber zwischen Rasur und Frühstück, daß er kein Rezept ausgestellt hätte. Und daß sein Patient sich des Risikos der Einnahme auch nur der üblichen Dosis bewußt gewesen wäre.«

Sie eröffneten ihre Liste der anstehenden Pflichten mit der Notiz, die Ärzte der Stadt durchzutelefonieren, um zu hören, ob einer von ihnen ein entsprechendes Rezept ausgeschrieben hatte. Dotzler warf ein, im *Spiegel* gelesen zu haben, daß Viagra rezeptfrei übers Internet bestellt werden könne, Kreditkartennummer genüge, also wurde auch eine Überprüfung der Anbieterfirmen erwogen, die allerdings sämtlich im Ausland residierten, sowie ein Check der zugänglichen Terminals in der Universität.

»Und bei Bouvier zu Hause«, warf Jeannette ein.

»Die Ehefrau?« Martin zog die Brauen zusammen.

»So was riecht immer nach der Ehefrau, nicht wahr?« warf Frühauf ein. »Aber da kommen wir so ohne weiteres nicht ran.«

»Du hast dich doch schon mit ihr angefreundet, Jeannette.«

Sie erwiderte sein zähnefletschendes Grinsen, nickte aber und machte sich eine entsprechende Notiz.

»Womit wir beim Thema Alibis wären.« Sie trugen zusammen, was sie bisher hatten in Erfahrung bringen können. »Den Brieföffner zu führen, hatte keiner der bisher Befragten Gelegenheit, mit Ausnahme von Sabine Peters. Hans-Heiner Kafka war laut Aussage auf der obligatorischen freitäglichen Probe seines Chores, der Präparator, der Techniker und der Putzmann scheiden ebenfalls aus. Die Sekretärin war im Tierheim zugange und führte Hunde spazieren ...«

»Lange Spaziergänge?« erkundigte Jeannette sich.

»Klär ich.« Das war Frühauf.

»... dieser Doktorand, Kränzlein«, fuhr Martin mit Blick auf Jeannette fort, »hat einen Vortrag über Fledermäuse für Kinder gehalten im Freizeitzentrum Frankenhof. Mit anschließendem Bastelkurs. Hat von vier bis sechs Uhr gedauert.«

Und ab sieben war er zu Hause. Jeannette atmete auf.

»Danach ist sein Verbleib unüberprüft. Jeannette, du wohnst doch in Nürnberg ...«

Sie lächelte nur, während sie den Kopf senkte, um die Sache in ihrem Notizbuch als erledigt abzuhaken. »Erledige ich.« Ankunft neunzehn Uhr, schrieb sie derweil, bezeugt durch die Nachbarin im Erdgeschoß. Sie unterstrich den Absatz.

Blieben noch die zahlreichen Unbekannten, Institutsangehörige und andere, die sich am Freitag abend unbemerkt in Bouviers Büro begeben haben konnten. Das Biologikum war offen, die meisten Räume zugänglich. Es waren gerade genug Personen unterwegs gewesen, um nicht aufzufallen, wenn man ebenfalls dort herumlief, und gerade wenig genug, um die Chance zu haben, ihnen auszuweichen, falls man Wert darauf legte.

»Was kann uns denn die Spurensicherung dazu sagen?«

In Regenfuß kam ein wenig Leben, aber nicht viel. Ohne sich von der Lehne seines Stuhls zu lösen, blätterte er seine Unterlagen auf und zählte mit monotoner, schwach fränkischer Stimme auf, was er hatte sicherstellen können. Demnach harrte eine endlose Reihe von Fuß- und Reifenspuren darauf, möglichen Verdächtigen zugeordnet zu werden. Auch Fingerabdrücke im Zimmer gab es genügend, auf dem Tisch wie am Rechner »... und auch auf'm Bildschirm«, wandte er sich, ohne hörbar die Stimme zu heben, an Jeannette. »Wie unsere Kollegin aus Nemberch des angeregt had. Vo der Butzfrau.« Er räusperte sich. »Sinn Sie etz eigentlich mit dem wissenschaftlichn Babierkram scho weider?« Seine Bifokal-Brille blitzte, als er ihr den Kopf zuwandte.

Auf Jeannette wirkte es wie ein schadenfrohes Blinzeln. »Ich bin dran«, antwortete sie nur knapp. Sie dachte ungern an den Riesenstapel Kopien, an dem sie gestern vormittag im ersten Anlauf gescheitert war. »Ich bin dran«, wiederholte sie.

Regenfuß kommentierte das mit einem schwachen Grinsen. »Dann hab ich noch Haare, zweierlei.« Er machte eine Pause. »Von der Beders und dem andern Assisdenden, da wett' ich. Aber was hilft's.« Er blickte sie der Reihe nach mit seinem Dackelblick an. »Die ham sich da eh die ganze Zeid rumgetrieben. Des war zu erwardn.« Er hob entschuldigend eine Hand und legte sie wieder auf den Tisch.

»Danke, Hans.« Martin faßte das Gehörte für alle zusammen. »Das läßt uns im Fall eins momentan die Wahl zwischen Peters und unbekannt, wobei wir noch die Geschichte der Peters über die angeblich rumliegenden Utensilien im Labor einordnen müssen. Im Fall zwei können wir bisher eigentlich nur Kränzlein ausschließen, wegen der Zeiten. Alles andere ist ein ganz großes Fragezeichen.«

»Da sagst du was Wahres.« Jeannette schüttelte den Kopf.

»Wir haben noch nicht den Schimmer einer Idee, was für Motive dahinterstehen könnten. Was war Bouvier für ein Mensch? Was sagt die Tatortsituation aus?«

Dotzler schaute auf. »Waren Sie auch in dem Vortrag von diesem Profiler aus Wien?«

Sie verneinte. »Aber die Situation ist doch zu seltsam. Wie hat man sich das vorzustellen?« Sie stand auf und begann, auf und ab zu gehen. Das Linoleum unter ihren Füßen quietschte. »Der Mann hat also irgendwann und irgendwo eine für sein angegriffenes Herz tödliche Dosis Viagra verabreicht bekommen. Ergo:« Sie blieb stehen, hob den ersten Finger und umfaßte ihn kräftig mit der anderen Hand. »Jemand wußte von seiner Herzkrankheit.« Der zweite Finger folgte. »Jemand wollte den perfekten Mord begehen: Herzversagen bei entsprechender Vorgeschichte. Ohne den Brieföffner wäre der Mann vermutlich nie obduziert worden. Und wenn, hätte man nach dem Herzbefund wohl nicht mehr groß im Magen nachgesehen.«

Die drei Männer hörten ihr zu. Martin und Dotzler auf die Ellenbogen gestützt, die beiden anderen zurückgelehnt und mit verschränkten Armen. Unbeirrt setzte sie ihren Gang fort. »Drittens: Der Täter kannte sich nicht genug mit diesem Zeugs aus, um eine diskrete Dosis zu wählen. Er ging auf Nummer sicher und nahm gleich die ganze Packung.«

Frühauf scharrte mit den Füßen und beugte sich vor. »Wohl kein Mediziner«, meinte er interessiert. Jeannette drehte sich zu ihm um. »Wohl nicht«, bestätigte sie freundlich.

Selbst Regenfuß nickte mittlerweile. »Der hat sich vermudlich werklich drauf verlassen, daß ned aufgschniddn werd.«

Sein fränkischer Akzent wurde stärker, was Jeannette als gutes Zeichen wertete. Sie lächelte ihm zu. »Und genau deshalb können wir auch sicher sein, daß es zwei verschiedene Täter waren.«

Das plötzlich eintretende Schweigen gab ihr in vollem Umfang recht.

»Der Giftmörder war auf Diskretion angewiesen, auf das harmlose Bild eines Herztodes nach langer Krankheit. Der Dolch hatte ihm sein schönes Szenario aber verdorben – und uns eine Chance gegeben.« Alle Aufmerksamkeit galt nun ihr.

»Und was dann?« fuhr sie fort. »Er geht also in die Uni ... Oder ist er schon da?« Fragend schaute sie zu Martin hinüber, doch der grunzte nur.

»Wir haben keine Ahnung. Das Haus verließ er um zehn. Seine Frau will ihn danach nicht mehr gesehen haben. Die Sekretärin an der Universität war ab zwölf Uhr mittags weg und hat ihn vorher nicht gesehen. Das erste gesicherte Zeugnis für seine Anwesenheit«, er blätterte, »gibt Professor Pauly, der um sechs mit ihm auf dem Flur geplaudert haben will. Angeblich ging es um eine Konferenz zur Vergabe der Universitätsstipendien.« Er schlug seinen Ordner wieder zu. »Dann die Aussage der Peters, wonach er zwischen neun und elf gestorben sein muß.«

»Mager«, gab Regenfuß zu. Und Dotzler stand wieder auf, um mit großen Buchstaben an die Tafel zu schreiben: Wo war Bouvier zwischen zehn und achtzehn Uhr?

»Er sitzt also da«, nahm Jeannette den Faden wieder auf. »Und jemand kommt herein. Beginnt ein Gespräch? Stürzt er sich auf ihn?«

»Ein Gespräch«, warf Dotzler sofort ein. »Die Peters meinte, der Brieföffner hätte mit einer Menge Stifte zusammen in einem Onyxbecher gesteckt. Den entdeckt man nicht sofort, wenn man reinstürmt. Außerdem: Er muß den Täter gekannt haben, denn er ist sitzen geblieben.«

»Wenn er nicht schon lag.« Es war Martin, der das einwarf. »Denkt an das Hämatom auf der Stirn.«

Alle blätterten raschelnd in ihrer Kopie des Obduktionsbefundes.

»Zu irgendeinem Zeitpunkt«, rief Martin ihnen ins Gedächtnis, »ist er mit der Stirn auf den Tisch geknallt. Wir sind davon ausgegangen, daß das nach dem Stich geschah. Wie aber, wenn es vorher passierte: Das Mittel wirkt, ihm wird schwindelig«, Martin verdrehte die Augen und begann zu wanken, »dann fällt er in Ohnmacht.« Er knallte seine Unterarme auf den Tisch, daß Dotzler zusammenzuckte. Regenfuß schob seine Brille höher. »Das würde auch den seltsam lotrechten Stichkanal erklären.«

»Den könnte auch ein sehr großer Täter erklären, der wo gestanden ist«, wandte Frühauf ein.

Jeannette stimmte ihm zu. »Wer sticht schon auf einen Ohnmächtigen ein, ich meine, so dilettantisch? Wenn er wirklich vor meinen Augen zusammenklappt, und ich will sicher sein, daß er stirbt, dann hab' ich doch jetzt alle Zeit und Gelegenheit, das gründlich zu erledigen.«

»Nicht, wenn es eine Affekttat war.« Martin unterbrach das allgemeine nachdenkliche Murmeln. »Ich stimme mit Dieter«, er nickte Dotzler zu, »darin überein: Es muß jemand sein, den Bouvier kannte oder nicht für gefährlich hielt; er bleibt sitzen, es entspinnt sich ein Gespräch, man erregt sich, der andere starrt wütend vor sich hin, entdeckt den Brieföffner, greift zu und springt auf, sticht zu – vielleicht waren Bouviers Reaktionen ja schon verlangsamt.« Martin hielt mit erhobener Stichhand in seiner pantomimischen Rekonstruktion der Tat inne. »Oder er starb in dem Moment.«

Er setzte sich wieder, und das nachdenkliche Schweigen lastete eine Weile über dem Tisch.

»Irgend etwas«, murmelte Dotzler schließlich, »hat ihn jedenfalls glauben lassen, er hätte es richtig gemacht.«

»Spekulationen«, knurrte Regenfuß.

»Stimmt«, gab Jeannette ihm recht und genoß es, ihn zu überraschen.

»Sicher wissen wir nur, daß auch dieser Täter kein Arzt war.« Dotzler grinste.

Martin kratzte sich unwohl den Kopf. »Kommen wir zu den Motiven.«

»Peters, Kafka: Unterdrückung«, antwortete Jeannette wie aus der Pistole geschossen. »Sie waren wie alle Doktoranden und Habilitanden völlig von ihrem ›Vater‹ abhängig. Eine Doktorarbeit oder Habilitationsschrift verfaßt man nicht an einer Universität«, dozierte sie, als sie die skeptischen Gesichter der Erlanger sah, »sondern bei einem Doktorvater, der zustimmt, die Arbeit zu betreuen und gemeinsam mit einem Zweitkorrektor zu bewerten. Es ist eine persönliche Beziehung mehr als eine institutionelle. Wenn es zu Unstimmigkeiten kommt, kann man letztlich nur den Mund halten oder gehen – was schwierig ist, da man einen anderen Professor finden muß, der einen annimmt. Und die haben meist ihre eigenen Schüler und Protegés, in die sie ihre Arbeitszeit und Beziehungen investieren. Daß dich einer, ohne daß du bei ihm studiert hättest, nur über das Thema als Doktorand annimmt, ist selten, als Habilitand kannst du es völlig vergessen, schätze ich. Es ist ein im Grunde prämoderner Zustand …« Sie sah in die Gesichter ihrer Kollegen und brach an dieser Stelle ab.

»Mir kumma die Dränen«, murmelte Regenfuß.

»Also die Assistenten wegen Quälerei im Amt.« Martins Ton war abschließend.

»Andererseits«, schränkte Jeannette ihr eigenes Argument ein, »haben sie nichts davon, ihn zu verlieren. Wie gesagt, sie hängen von ihm ab. Ist er tot, sind sie Waisen im Wissenschaftsbetrieb. Das ist kein guter Stand.«

Martin nickte ungeduldig.

»Seine Kollegen schätzen ihn«, meinte Frühauf skeptisch. »Ich hab' von Pauly und zwei anderen, die alle noch da waren an dem Abend, die Zeugenaussagen aufgenommen und gleich ein bißchen gebohrt.« Er zog seine Notizen zu Rate.

»Hervorragender Experte, intellektuelle Schärfe, Brillanz. Sie überschlagen sich fast.« Er schaute in die Runde.

»Der offizielle Nekrolog«, schnaubte Jeannette.

»Stimmt!« rief Dotzler dazwischen. »Der Ausstopfer hat g'sagt, er hat den Pauly mal in der Cafeteria sagen hör'n, dem Bouvier gehörten die Eier abgeschnitten.«

Alle erröteten stellvertretend. »Es heißt Präparator«, seufzte Martin.

Frühauf fuhr fort: »Anscheinend war er der Vorsitzende von so einem wichtigen Ausschuß ...«

»Der Ausschuß der Deutschen Forschungsgesellschaft zur Überprüfung der Qualität der Forschung«, fiel Martin ein und hievte einen weiteren Ordner auf den Tisch.

»Nach den Skandalen der letzten Jahre will die Gesellschaft wissen, wofür sie ihre Fördermittel eigentlich ausgibt«, warf Jeannette ein.

»Richtig, da hat was im *Spiegel* gestanden«, erinnerte sich Dotzler, »dieser Doktor, so ein Krebsforscher.«

Jeannette nickte ihm zu. »Und das war nicht der einzige Fall. Laborversuchsreihen können enorm teuer und langwierig sein, man überprüft sie also nicht noch mal, wenn sie vorliegen, das wäre wirtschaftlich nicht sinnvoll, oder es fehlt schlicht die Zeit, eine über Jahre hinweg geführte Studie zu wiederholen. Man akzeptiert die Daten einfach, die der Kollege vorlegt. Es bürgt der gute Name.«

Martin klopfte auf den Aktendeckel. »Hier ist eine ganze Reihe guter Namen versammelt.« Er blätterte. »Nicht, daß sie mir etwas sagen, aber die Titel und Ämter.« Er pfiff anerkennend.

»Die haben also was zu verlieren.« Frühaufs Zusammenfassung war ebenso kurz wie korrekt.

»Geldverlust, Gesichtsverlust«, imitierte Jeannette seinen knappen Stil.

»Zeitverlust«, jammerte Martin und ließ die Blätter der

Akte unter seinem Daumen vorbeirauschen. »Ich werde tagelang telefonieren. Heh«, er hielt an. »Einige sind offenbar schon überprüft worden. Hier gibt es eine Rubrik Befund.«

»Laß sehen!« Neugierig beugte Jeannette sich zu ihm hinüber, doch er ließ das Konvolut mit einem Knall zuklappen.

»Datenschutz, meine Liebe.«

Sie machten eine Pause. Dotzler erbot sich, mehr Kaffee zu holen, Regenfuß putzte seine Brille. Martin beklagte die Fülle der Verdächtigen und sein hartes Schicksal als Telefonist. Jeannette, der ein weiterer Besuch im Hause Bouvier bevorstand, ehe es darum ging, das Umfeld von Sabine Peters zu überprüfen, hatte keinerlei Mitleid mit ihm.

»Die Frau ist mir unangenehm, arrogant und dabei irgendwie unausgeglichen«, meinte sie.

»Ach«, warf Dotzler ein, der eben eine volle Kanne hereinbalancierte. »Der Pauly meinte etwas Ähnliches. Der Bouvier hat wohl überlegt, ob er sie in eine Anstalt stecken soll.«

»Na, da gehört wohl eher die Tochter hin«, überlegte Jeannette. »Nach allem, was ich gesehen habe, ist die mehr als seltsam. Mit Trauer über den Tod ihres Vaters ist ihr Verhalten kaum zu erklären.« Sie grübelte schweigend weiter. Die Szene, deren Zeugin sie geworden war, konnte gut und gern ein versuchter …

»Und Selbstmord?« fragte Regenfuß und setzte seine Brille wieder auf. Jeannette starrte direkt in seine vergrößerten Augen. »Ich meine: a komischa Frau, a spinnerde Dochter, Assisdendn, die ihn hassen, Kollechen«, er wies auf die Ausschußakte, »die ihn a ned grad lieben wern. Herzkrank dazu.« Es war eine lange Rede für Regenfuß' Verhältnisse. »Da kanns der an Vogel scho naushaun. Had no kaner überlegt, daß der Moo allen Grund ghabt had, sich umzubringen?«

Die Männer standen mit einer Abschluß-Zigarette auf dem Gang und unterhielten sich, als Jeannettes Handy einen Anruf ihrer Mutter anzeigte. Sie war drauf und dran, ihn anzunehmen, da sprach Frühauf sie an.

»Sie erinnern sich wahrscheinlich nicht mehr, aber wir waren zusammen in Sulzbach auf der Polizeischule.«

Jeannette musterte ihn, das freundliche Gesicht mit der kurzen silbernen, im Nacken lang getragenen Lockenkappe, die einen Tick zu tiefe Bräune, die an Alpengletscher oder Solariumssonnenbrand denken ließ, das Goldkettchen im offenen Hemdausschnitt, das sich in den Löckchen seiner ebenso grauen Brustbehaarung verfing. Nein, dachte sie mitleidig, netter Kollege, aber kein Mann, den sie damals auch nur lange genug angesehen hätte, um sich heute an ihn zu erinnern. Frühauf nickte und griente ergeben, als sie höflich bedauerte.

»Hab' ich mir schon gedacht. Aber Sie waren damals unübersehbar. Auch mit den Gedichten am Spind und so.«

Jeannette verzog das Gesicht zu einem müden Lächeln, als sie daran dachte. Die Idee, Polizistin zu werden, war ihr als Lehramtsstudentin gekommen. Sie hatte gerade, ihr Schulpraktikum absolvierend, in der letzten Bankreihe einer elften Klasse gesessen und mit ihrem Schicksal gehadert. Zu diesem Zeitpunkt hatte sie schon eine wirre Studienlaufbahn hinter sich, während der sie nicht nur laufend die Fächer gewechselt, sondern auch ständig gegen sich selbst gekämpft hatte. Während der Anatomievorlesungen in Medizin hatte sie Rollen für ihr Theaterpraktikum auswendig gelernt, in Germanistik hatte sie immer den Anatomieatlas mitgeschleppt und ihre Kommilitonen mit den Abbildungen der sezierten Menschen erschreckt, in Theaterwissenschaften löste sie Statistikaufgaben, und ihr kurzes Journalismusstudium hindurch vertiefte sie sich demonstrativ in die Lektüre griechischer Philosophen.

Es war, als wollte sie um jeden Preis verhindern, sich festzulegen oder von ihrer Umwelt festgelegt zu werden. »Schaut her«, rief sie dauernd mit ihrem Verhalten, »eigentlich bin ich ganz anders, ich mache das nicht eigentlich.« Und dann drohte sie doch tatsächlich Lehrerin zu werden.

Ein Beamter kam damals in die Klasse, ein Schulberater, der für die Polizeilaufbahn warb. Und Jeannette nutzte die Gelegenheit, um das Ruder wieder einmal dramatisch herumzuwerfen. Auf der Polizeischule in Sulzbach-Rosenberg erhielt sie zunächst einmal einen Kulturschock. Hier wollte keiner über Bücher reden, und in Arnold-Schwarzenegger-Filme gingen ihr Mitschüler einfach so, weil das die Art Filme war, die sie mochten, und nicht, weil es so prickelnd provokant war, als Intellektueller mit dem Mainstream zu flirten und hinterher über die Regeln des Aktion-Genres zu diskutieren. Jeannette verlor die Lust an Arnie und begann, vergrößerte Kopien von Gedichten an ihren Spind zu heften und sich einzureden, daß sie ja eigentlich ganz etwas anderes war als eine Polizistin. Bis zu ihrem ersten Großeinsatz bei einer Demonstration.

In voller Rüstung mit Plastikschild und Knüppel war den Randalierern einfach nicht zu erklären gewesen, daß sie eigentlich so ganz anders war als die anderen. Jeannette warf sich erschöpft und frustriert auf ihr Bett und starrte ihr Gedichtplakat an. Und sie machte sich folgendes klar: 1. Sie wollte nicht länger mit irgendwelchen Lebensentwürfen herumjonglieren, sondern ihr eigenes reales Leben anfangen. 2. Sie wollte nicht länger davon abhängig sein, wie andere sie dabei wahrnahmen. 3. Sie würde jetzt herausfinden, was sie wollte, warum sie es wollte und es dann tun, ohne sich darum zu kümmern, daß jeder das auch ja richtig verstand. Jeannette rieb sich ihre blauen Flecken. Die Zeit des uneigentlichen Seins war vorbei.

Eine lange Weile lag sie da. Dann schob sie den Koffer, den

sie schon unter dem Bett hervorgezogen hatte, mit einem Fußkick wieder zurück, ging zu ihrem Schrank und nahm sorgfältig den Text ab, der dort hing. Er war von Gottfried Benn, *Astern*, eines ihrer Lieblingsgedichte. Und das würde es auch bleiben.

»Frau Dürer?« Frühauf weckte sie aus ihren Gedanken. »An Ihrer Zimmertür war sogar ein Riesenposter von einem Gesicht. Ein Schriftsteller, wenn ich mich richtig erinnere. Jaja, so was bleibt im Gedächtnis. Richtig exotisch war das ja damals, ich fand's ja toll. Aber den Namen …« Er grübelte demonstrativ.

»Kafka«, sagte Jeannette mit kühler Stimme. »Es war Kafka. Aber ich kann Ihnen versichern, Herr Frühauf, damit ist es vorbei.« Ihr unverbindliches Lächeln kostete sie einige Kalorien.

Kapitel 14

Jeannette Dürers Überlegungen, wie sie Frau Bouvier dazu bringen könnte, sie an ihr Computerterminal zu lassen, um die dort aufgerufenen Internetseiten zu überprüfen, wurden abrupt unterbrochen, als sie in die Villenstraße am Burgberg einbog und vor der nunmehr vertrauten Villa das Blaulicht der Ambulanz rotieren sah.

Hastig parkte sie in der ersten sich bietenden Lücke und schob sich zwischen den Regenschirmen der versammelten Passanten hindurch. Es gelang ihr gerade noch, einen Blick auf die Tochter Bouviers zu werfen, die, an mehrere Infusionen angeschlossen und offenbar bewußtlos, samt Trage ins offenstehende Maul des Rettungswagens geschoben wurde. Frau Bouvier entdeckte sie schließlich weiter oben an der Straße, wo sie in diesem Augenblick eine Reistasche in ihren parkenden Wagen stemmte, einstieg und den Motor anließ. Sie ignorierte Jeannettes Winken und bog mit quietschenden Reifen hinter dem Krankenwagen ein.

Die Kommissarin schob sich durch das Gedränge zum nunmehr verlassenen Zugang des Bouvierschen Hauses und drückte unauffällig gegen die Haustür. Doch sie gab heute nicht nach; Frau Bouvier und ihre unsichtbare Perle Gertrud schienen sich des Problems mittlerweile angenommen zu haben. Als Jeannette noch einmal am Türgriff drehte, wurde er ihr aus der Hand gerissen. Ein Mann trat eilig und gesenkten Kopfes aus dem Haus und fast in sie hinein, hüllte Jeannette dabei in eine Wolke aus medizinischen Gerüchen und Nikotin.

Mißtrauischen Blickes zog er die Tür hinter sich wieder ins Schloß und trat auf die Straße. Dort stellte er seine schwarze Arzttasche an den Stamm einer Kastanie. Der Regen hatte wieder aufgehört, doch von den Blättern der alten Bäume tropfte es noch immer kalt und schwer, was den Notarzt nicht zu stören schien, der sich nach der Hektik des Einsatzes eine weitere Zigarette gönnte. Jeannette klappte den Kragen ihrer schwarzen Lederjacke hoch, gesellte sich zu ihm und zückte ihre Marke.

»Ein Selbstmordversuch?« erkundigte sie sich ohne weitere Einleitung, um ihm keine Gelegenheit zu geben, sie ein zweites Mal zu ignorieren. Daß das Mädchen einen Suizid unternommen hatte, war dabei nur eine Vermutung, doch Jeannette war sich ziemlich sicher, daß sie richtig lag. Ihr Gesprächspartner nickte auch prompt, während er langsam den Rauch aus der Nase quellen ließ. »Es war nicht das erste Mal, schätze ich?« setzte sie zufrieden nach.

Es war kaum eine Frage gewesen, und die Antwort erfolgte wieder als ein bedächtiges Nicken, untermalt von einem Strom Rauch, der in die ersten Sonnenstrahlen entschwebte, die sich nun wieder zwischen den blauen Wolken durchzwängten. Irgendwo, dachte Jeannette, mußte es jetzt einen Regenbogen geben. Ein großer Tropfen fiel ihr in den Kragen, und sie fröstelte.

»So etwas muß eine schreckliche Belastung für die Familie sein«, versuchte sie es einfühlsam. Eine Spaziergängerin mit Yorkshire-Terrier kam vorbei und starrte sie an, bis sie den Kopf nicht mehr weiter drehten konnte, als warte auch sie auf die Antwort. Die bestand aus blauem Dunst.

»Ist das nicht schrecklich ungesund?« fragte Jeannette unschuldig. Jetzt schaute er sie wenigstens an. Er hatte unglaublich müde Augen, dieser Notarzt, eingebettet in Tränensäcke, so blau und pickelig wie die Brüste gerupfter Enten.

»Wenn Sie damit die ständigen Suizide meinen ...« Seine Stimme paßte zu seinem Laster, rasselnd, tief und rauh.

»Sagen Sie, kann so etwas erblich sein?« Jeannette dachte an die Debatte, die sie eben mit den Kollegen geführt hatte. Zu ihrer Überraschung lachte der Arzt laut auf, hustete und lachte böse weiter. Jeannette wartete nervös, bis das rasselnde Keuchen und Prusten neben ihr abebbte.

»In manchen Familien könnte man das meinen, nicht wahr?« Seine Stimme klang sarkastisch. »Erst der Bruder, dann die Schwester ...«

»Der Sohn der Bouviers hat sich auch umgebracht?«

Er nickte, nahm den letzten Zug und blies einen abschließenden Strom hinauf in die Laubdächer, die jetzt durchscheinend grün vor dem aufgewühlten Himmel standen. »Ist gar nicht so lange her.« Dann nahm er den Stummel und schnippte ihn gegen die Baumwurzeln, wo er sich qualmend mit weggeworfenen Eispapierchen und einer zerbrochenen Flasche »Feigling« vereinte, den Resten des kaum vergangenen »Berg«. Der Notarzt nahm seinen Koffer auf, straffte sich und schien das als Abschiedsgruß zu betrachten.

»Moment«, meinte Jeannette. »Die Mutter galt auch als labil. Haben Sie jemals ...«

Das Klacken, mit dem er seine Autotür aufschloß, unterbrach sie. Ihr Handy klingelte. Schwungvoll landete sein Koffer auf dem Beifahrersitz.

»Ist Ihnen bekannt, ob Frau Bouvier ...«, setzte sie erneut an.

Er stieg ein. »*Sie* fuhr jedenfalls immer mit ins Krankenhaus«, knurrte er. Dann knallte die Autotür. Jeannettes Handy meldete sich erneut, während sie dem röhrenden Auto nachsah. So ein unverschämter ...

Klingelingelingeling. Verdammt.

»Jeannette Dürer?« meldete sich eine unsichere Stimme.

»Ja?« Er hatte das »sie« betont, überlegte sie. Offenbar

kein Fan des toten Professors, was sein familiäres Engagement betraf.

»Die Kommissarin mit der Pistole?« kam es zaghaft.

Sollte das ein Scherz sein? Sie holte Luft, um verärgert in den Hörer zu bellen.

»Udo Segmüller hier. Sie sagten doch, wir sollten Sie anrufen, wenn ... Das heißt, Ihr Kollege hat ...« Er stockte. Einen Augenblick lang hüpfte Jeannettes Herz. Vor ihrem geistigen Auge entstand das Bild einer tropfenden Höhle, umherliegenden Schrotts, den ein tanzender Taschenlampenkegel einfing, eines Skelettes in Uniform und Stiefeln, dessen Kiefer zu ihnen emporgrinsten, die Blitzrunen auf den verschimmelten Aufschlägen ...

»Sie haben eine Leiche?« krächzte sie. Die zurückkehrende Yorkshire-Besitzerin zog erschreckt ihr Hündchen von Jeannettes Hosenbein zurück.

»Ja. Und ich würde Sie nicht anrufen, ich meine, die Erlanger Polizei ist schon hier. Aber ich kenne die Frau«, stotterte Segmüller.

»Es ist eine Frau.« Jeannettes Traumbild zerbarst. »Frisch?« erkundigte sie sich sicherheitshalber.

»Wie? Ja, ja, natürlich. Entschuldigen Sie.« Udo Segmüller schien ganz durcheinander. Vermutlich war es kein Vergnügen, in den dunklen Tunneln herumzukriechen und dann plötzlich im Lampenlicht vom Anblick einer Leiche angesprungen zu werden.

»Und Sie haben die Polizei vorschriftsmäßig informiert?« fragte sie ruhig und sachlich weiter. Die Routine hatte sie wieder.

»Ja, das heißt, ja, haben wir.«

»Dann verstehe ich nicht ganz, warum Sie mich noch anrufen?« erkundigte Jeannette sich sanft. »Nicht, daß ich Ihnen nicht helfen möchte ...« Sie überlegte. »Sie sagten, Sie kennen die Frau?«

Kapitel 15

Die Tunnel unter dem Burgberg waren so feucht und kalt wie alles an diesem Sommer. Der malerische Eingang aus Sandstein und Efeu mit dem schmiedeeisernen Tor wie aus dem Märchen wurde allerdings grell von Scheinwerfern erleuchtet und durch rotweißes Absperrband verunstaltet. Davor Wagen an Wagen, Polizei, soviel der kleine Parkplatz fassen konnte. Erste Gestalten ganz in weißem Plastik verließen den Berg, als hätten sie in unterirdischen Geheimlabors an einem Virus gearbeitet. Der Weg hinein war dann prosaischer. Grobkörniger Sandstein, auf den ersten Metern sogar weiß gekalkt, Moos dann, so weit das Licht hineinreichte, festgetretener Lehmboden mit Pfützen, in denen die unvermeidlichen Müllfragmente der Wohlstandsgesellschaft trieben, die ihren Weg überallhin zu finden schienen.

Sperrmüll und Rost allerorten, von den Besitzern sorgfältig längs der Gänge gestapelt, schwarze Regale aus den Achtzigern, Plüschsofas aus den Siebzigern, Stehlampen aus den Sechzigern, pastellfarbene Küchenbuffets aus den Fünfzigern, eine Reise durch die Zeiten und Stile. Und ein Betrieb herrschte, wie in der Cheops-Pyramide.

Nickend drängte Jeannette sich durch die Masse der aus- und einströmenden Kollegen im Licht der eilig verlegten Notbeleuchtung. Schon wenige Meter weiter war sie an dem Ort angekommen, dem all diese Betriebsamkeit gewidmet war.

Der Täter hatte seinem Opfer weit weniger Aufmerksamkeit zukommen lassen. Einer ihrer Gummistiefel fehlte, die

Stoffhose war schlammverschmiert und ihr, als sie über den Boden an diesen Ort gezerrt wurde, bis über die Unterhose heruntergerutscht. Sie lag da, wo er sie fallen gelassen hatte, ein Arm über den Oberkörper geworfen, einer zur Seite geschleudert. Regenfuß hob gerade die große Brille mit dem goldenen Flitter auf, von der ein Bügel abgefallen war.

Sie mußte sich vor kurzem die Haare frisch gefärbt haben, der rote Hennarand auf der Stirn war deutlich zu sehen, ihre Augen schienen verdreht in dem Bemühen, ihn anzuschielen. Doch die sonst so sorgsam toupierten Haare waren zerdrückt, standen ab oder waren verklebt von etwas anderem als Haarspray. Der Hinterkopf mit dem Dutt, bemerkte Jeannette, als sie einen Schritt näher trat, fehlte nun.

»Eingeschlagen«, kommentierte Frühauf und lächelte ihr traurig und wie entschuldigend zu.

Jeannette betrachtete nachdenklich, was von Frau Fuchs übriggeblieben war. Was immer ihr in diesem Gang begegnet war, es hatte wohl nicht in ihren Karten gestanden.

Aber irgend etwas mußte Frau Fuchs gewußt haben. Jeannette Dürer glaubte nicht daran, daß die Sekretärin des ermordeten Professors durch einen Zufall just jetzt zu Tode gekommen war. Frühauf, der hinter sie getreten war, schien derselben Ansicht zu sein. »Ihre Börse steckte noch in der Hosentasche.« Er flüsterte beinahe. »Mit hundertzweiunddreißig Mark achtzig drin.« Jeannette nickte. Ein Räuber hätte das nicht liegenlassen. Nein, Frau Fuchs war aus ganz persönlichen Gründen gestorben. Und sie würden herausfinden, warum, verdammt, sie hätten es vermutlich schon längst wissen können. Was hatte Frau Fuchs gesehen, das ihnen entgangen war?

»Die Hunde sind im Tierheim«, meldete eine Stimme von weiter draußen. »Sie sagen, sie hätten sie heute morgen vor der Tür gefunden, Leinen noch um. Eine Nachbarin hat sie gestern nacht bellen hören, sich aber nicht rausgetraut.«

»Ab wann hat sie sie bellen hören?« brüllte Jeannette zurück. Gott, tat es in manchen Momenten gut zu brüllen.

»Arbeit«, meinte Frühauf betont leise, rieb sich aufmunternd die Hände und brach auf, die Frage des Hundegebells zu klären.

»Arbeit«, wiederholte Jeannette tonlos. Die Lampe an ihrer Wange strahlte spürbar warm in der Kälte des Tunnels.

»Frau Dürer?« Udo Segmüller trug auch diesmal seine buntgestrickte Lamakappe. Verwirrt blickte er darunter hervor, seinerseits offenbar so froh, sie zu sehen, wie ein verirrter Hund, der sein Frauchen wiedergefunden hat. Jeannette nahm ihn am Arm und zog ihn energisch nach draußen.

»Meine Freundin, wissen Sie«, erklärte er ihr wenig später auf dem Parkplatz, die Hände um einen Pappbecher Kaffee geklammert, »sie studiert in Erlangen. Biologie. Ich hab' sie öfter mal am Freitag abend da abgeholt, in diesem Kasten draußen an dem Autobahnzubringer, oder was das ist. Die Sekretärin war immer sehr nett zu mir, wenn ich nach ihr gefragt hab. Hat mir einmal die Karten gelegt, ungefragt natürlich, ist ja alles Quatsch.« Wieder machte er eine Pause, nicht sicher, ob es statthaft war, jetzt am Verhalten von Frau Fuchs Kritik zu üben. Er holte tief Luft. »Und dann hab' ich mich erinnert, daß Sie und Ihr Kollege über sie gesprochen haben, neulich. Nicht, daß ich lauschen wollte.« Er schwieg eine Weile. »Irgendwie fühle ich mich schuldig«, meinte er dann. »Hätten wir das Türchen, nachdem das Schloß kaputt war, nicht einfach offengelassen ...« Ihr Blick brachte ihn zum Schweigen.

»Er hätte die Leiche hier oder woanders abgelegt«, meinte sie schließlich tröstend. »Gestorben ist sie weiter oben an der Straße, vermutlich noch ehe er diesen Eingang hier entdeckt hat.« Udo Segmüller nickte vage und unglücklich. Sie schwiegen beide. Die Nachmittagssonne, die sich nur hier und da durch die schnell ziehenden Regenwolken drängte, schaffte es nicht, ihnen mehr als ein paar gelegentliche warme Schauer über die ausgekühlte Haut zu jagen.

Jeannette hing ihren Gedanken nach. Der Tod von Bouviers Sekretärin machte es in ihren Augen mehr als wahrscheinlich, daß der Mörder des Professors im Umfeld der Universität zu suchen war. Andererseits, dachte sie und ließ den Blick müßig über das tropfende, sattgrüne Laub der Bäume schweifen, andererseits: Wer hatte sich eigentlich die Mühe gemacht zu überprüfen, ob Frau Fuchs die Familie ihres Arbeitgebers näher gekannt hatte? Und schloß ihre lächerliche Frisur und der Tiertick eigentlich aus, daß sie Bouviers Vertraute gewesen sein könnte? Vielleicht sogar seine Geliebte? Sie wußte so gut wie nichts über diese Menschen und das, was sie neben ihrer Arbeit umtrieb und möglicherweise miteinander verband. Nichts als dürre Fakten und Standardfloskeln, wie die Bouvier sie von sich gab. Ein tiefer Seufzer des Geographen brachte sie wieder in die Gegenwart zurück.

»Haben Sie Professor Bouvier auch gekannt?« fragte Jeannette Udo Segmüller schließlich, um ihn abzulenken.

»Ich nicht«, wehrte er ab, »aber Nele. Das ist meine Freundin«, erklärte er auf ihren fragenden Blick hin. »Die kannte ihn ziemlich gut sogar.« Erstaunt bemerkte die Kommissarin seine plötzlich gar nicht mehr melancholische Miene. Udo Segmüller feixte.

Jeannette hob die Augenbrauen, und er duckte sich nach einem schuldbewußten Blick Richtung Tunneleingang wieder über seinen Kaffee. »Na ja ...« Wie lange hielt schon die Betroffenheit über den Tod eines Menschen, den man kaum kannte.

»Ja?« fragte sie streng.

»Sie wohnt nämlich mit seiner Freundin zusammen.« Als er ihr Gesicht sah, mußte er doch noch einmal grinsen.

Jeannette starrte ihn an. »Würden Sie das bitte wiederholen?«

Kapitel 16

»Guten Tag, Kommissar Martin Knauer von der Kriminalpolizei Erlangen. Spreche ich mit Professor Müller? Herr Professor Müller, es geht um die Arbeit des Untersuchungsausschusses der DFG zur Sicherung der Qualität der Forschung. Sie ...« Weiter kam er nicht. Was Professor Müller dazu zu sagen hatte, wehte Martin fast den Hörer aus der Hand, und so hielt er ihn zum Schutz seiner Trommelfelle auf Armlänge von sich. Mit der Linken blätterte er im Untersuchungsbericht Müller auf die Seite mit der Rubrik »Ergebnis«, und der dortige Eintrag gab ihm seine Energie zurück. »Professor Müller«, brüllte er gegen den Lärm im Hörer an, um sich verständlich zu machen. »Wo waren Sie am Freitag zwischen sechs und zehn Uhr abends?«

Die WG, in der Udo Segmüllers Freundin Nele mit ihrer Kommilitonin lebte, sah Jeannettes eigener Behausung so ähnlich, daß sie ernsthaft ins Grübeln geriet. Die zusammengestückelten Küchenmöbel, die Stapel mit alten Zeitschriften neben den überquellenden Bananenkisten mit Altglas auf dem Balkon, die Nonsenssprüche und Witzobjekte auf dem Klo. Sogar die Wandkalender im Flur waren dieselben, nur waren sie hier aktuell, keine Staubschicht lag über dem Papier, und die eingezeichneten Prüfungstermine lagen nicht Jahre zurück, sondern in der Zukunft.

Am runden Küchentisch voller schmutzigem Geschirr saßen zwei junge Frauen und blickten ihr nervös entgegen.

»Anja Heinlein?« Spontan ging Jeannette Dürer auf die

Dunkelhaarige zu. Ein armdicker Zopf hing ihr über die Schulter, aus dem sich überall kleine kräuselnde Locken zu drängen suchten, die auch das energische herzförmige Gesicht umstanden. Der üppige Mund über dem Grübchenkinn, vor allem aber die großen, unerwartet hellen Augen machten es überaus anziehend und so lebendig, daß noch die blassen Sommersprossen auf dem flachen Sattel ihrer Stupsnase zu tanzen schienen. Selbstbewußt lachend stand sie auf, um Jeannette die Hand zu reichen, grazile, braungebrannte Hände. Sie war kleiner, als man erwartete, doch ihre Ausstrahlung machte das mehr als wett. So stellte Jeannette sich eine Frau vor, die Männer zu allem bringen konnte.

»Nein.« Die Angesprochene lachte noch immer. »Ich bin Nele. Das hier ist Anja.«

Erstaunt wandte Jeannette erst jetzt ihre Aufmerksamkeit Neles Wohngefährtin zu. Sie sah ein junges Mädchen mit unauffälliger Glatthaarfrisur und Goldrandbrille. Braune Haare, beige Bluse, brauner Faltenrock. Für den gebotenen Farbfleck sorgte ein sorgfältig gebundener Seidenschal in gedämpftem Türkis mit Braun. Ihr Gesicht war, bei näherem Hinsehen, ebenmäßig, sogar recht hübsch, die Schuhe vernünftig, der Scheitel gerade, die Finger fest ineinander verschränkt. Hätte sie einen Dutt getragen, wäre sie der Typ Schreibkraft gewesen, zu dem in Filmen die Helden früher oder später sagten: Öffnen Sie ihr Haar für mich. Jeannette grübelte, ob es die Folge ihrer Beziehung zu einem älteren Mann war, daß Anja Heinlein sich so viel älter machte, als sie war, oder ob darin die Ursache für diese Partnerschaft lag.

Als die junge Frau nach kurzem Zögern ihrerseits aufstand, die Kommissarin zu begrüßen, flatterte der Seidenschal im Zug und enthüllte die nächste Überraschung. Anja Heinlein war schwanger.

»... der Ausschuß, ja.« Martin lauschte. »In diesem Zusammenhang hätte ich ein paar Fragen an ... Nein.« Ungeduldig trommelte er mit den Fingern auf die Tischplatte. »Natürlich, ich ... Nein. Herr Professor Maier, Herr Maier, ich ...« Verdammt. »Das interessiert uns doch gar nicht, Herr Professor. Nein, nein. NEIN.« Martin brüllte es fast, doch das half ihm ebensowenig. Die Sekretärin kam herein, stellte ihm einen neuen Kaffee hin und gönnte ihm einen mitleidigen Blick. »Selbstverständlich wird Ihr Ruf ... zweifle nicht ... niemand kann glauben ...«, versuchte er sich durch Wiederholung des Gehörten wieder ins Gespräch einzubringen wie jemand, der sich an einem fahrenden Wagen festklammert. Martin holte tief Luft. »Ist mir doch gottverdammtnochmal egal, daß Sie beschissen haben.«

»Und Sie geben also zu, daß das Kind von ihm ist?« hakte Jeannette nach.

»Was gibt's da zuzugeben?« Anja Heinlein sprach sehr leise, aber bestimmt. »Ich habe es schließlich nie verheimlicht. Es ist sein Kind, deshalb habe ich mich ja von ihm getrennt.

»*Deshalb*?« wiederholte Jeannette irritiert. »Das müssen Sie mir aber bitte genauer erklären.«

»... der Ausschuß, ja.« Martin nahm einen Schluck Kaffee. »Und in diesem Zusammenhang hätte ich da ein paar Fragen. Hallo?« Er lauschte. »Halloo? Professor Huber? Sind Sie noch dran?«

»Ich war auf der ... im Badezimmer«, erklärte Anja Heinlein auf Drängen ihrer Gefährtin. »Unser Bad ist fensterlos. Mit einer Lüftungsklappe. Und der Lichtschalter sitzt außen. Plötzlich also geht das Licht aus. Nur er war im Haus. Also rief ich: ›Laß die Scherze.‹ Aber denken Sie, er hätte geantwortet?« Langsam kam Röte in ihr blasses Gesicht. Nele lehnte sich zu ihr hinüber und nahm sie demonstrativ in den Arm. Anja lehnte verschämt kurz den Kopf an ihre Schulter und erzählte danach mit mehr Temperament weiter: »Dann begann er, an der Tür zu kratzen.« Sie fuhr mit den Fingernägeln über die Tischplatte, um es zu demonstrieren. »Und dabei gab er leise Geräusche von sich, ächzte und stöhnte.« Sie lächelte entschuldigend. »Dumm, wie ich bin, habe ich eine Gänsehaut bekommen.«

»Dumm!« echauffierte sich ihre Freundin. »Was ist daran dumm? Er wollte dir doch Angst machen, also warum wundert er sich, wenn du welche kriegst?« Kampflustig schob sie das Kinn vor und ließ den Arm ihrer schwangeren Gefährtin nicht mehr los, den sie nun unverwandt streichelte.

»Er hat nicht auf meine Bitten reagiert, sondern immer weitergemacht. Bis ich am Ende ... o Gott, ist das peinlich.« Anja Heinleins Augen wanderten. »Ich verlor jedenfalls vollkommen die Fassung. Als ich schließlich herauskam, meinte er nur, ich solle mich mal fragen, warum ich so überreagiere. Keinen Bezug zur Sachebene, sagte er. Es hätte doch objektiv überhaupt kein Grund zur Furcht bestanden. Und ich habe mich so geschämt. Er hat ja recht, dachte ich. Ich hätte einfach nur die Tür aufmachen ...«

»... und ihm eine überbraten sollen«, mischte sich ihre Nachbarin ein.

Anja warf ihr einen tadelnden Blick zu. »Ich bin den halben Tag herumgelaufen und hab mich gefragt, warum ich psychisch so instabil bin. Ich meine, er hat gesagt, daß ich es sei, und ich solle mir Gedanken machen ... Bis Nele kam.«

»Und ich hab' gesagt, die Frage wäre doch vielmehr, warum ein erwachsener Mann versucht, seine Freundin zum Weinen zu bringen«, nahm diese den Faden energisch auf. »Ich meine, warum treibt der Kerl solche Spielchen?« Sie nahm die Hand ihrer Wohngenossin und tätschelte sie. Anja lächelte sie zaghaft an. Dann fiel ihr Blick wieder auf Jeannette, und sie runzelte die Stirn. »Es war nicht der erste Vorfall dieser Art. Aber da wurde mir klar, daß ich am besten nichts mehr mit ihm zu tun habe.«

»Interessant, Professor Wagner, hochinteressant, ich ... Leider verstehe ich nicht das geringste von anionischen Tensiden.« Verzweifelt angelte Martin mit seiner freien Hand nach der Zigarettenpackung. »Wenn Sie vielleicht ... Nein?«

»Und auf Unterhalt wollten Sie auch nicht klagen?« Anja Heinlein preßte nur die Lippen zusammen und schüttelte den Kopf.

Ihre Freundin knetete ihr die Schultern und warf Udo einen vorwurfsvollen Blick zu. »Sie ist schwanger. Merken Sie nicht, daß ihr das alles zuviel wird. Sie hat den Mistkerl gehaßt, jetzt ist sie ihn los.«

»Und das endgültig«, meinte Jeannette trocken. Alle starrten sie entsetzt an. »Darf ich mal Ihre Toilette benutzen?«

»Nein, ja, nein, ich kann mir auch nicht vorstellen, daß es der Wissenschaft dient, wenn Ihr guter Name willkürlich ruiniert wird. Hören Sie, Professor äh ...« Angespannt warf Martin einen Blick auf seine Liste. Er war bei Nummer neun. Zwei hatten sich von ihren Sekretärinnen verleugnen lassen. Sieben weitere warteten auf die Behandlung. Ergeben räusperte er sich. »Professor Dobler?« Seine Stimme wurde ganz zuckersüße Dienstleistungsbereitschaft. »Es geht hier immerhin um Mord.«

Jeannette schaltete das Licht ein und schloß die Tür hinter sich. Hier also hatte Anja Heinlein ihr bewußtseinsklärendes Horrorerlebnis gehabt. Erleichtert um den Tee eines langen Vormittags, nahm sie sich das Spiegelschränkchen der jungen

Frau vor. Es dominierten Apothekenprodukte für empfindliche Haut und Allergiker, eine halbleere Packung Tampons, die bereits zu verstauben begann, ein Lippgloss, Johanniskrautkapseln, ein schweres Schlafmittel mit abgelaufenem Verfallsdatum, eine Tages- und eine Nachtcreme in Zwillingsdosen, Zahnseide, Diorissima von Dior, schon halbleer. Konsequent konservativ, der Geschmack von Frau Heinlein, dachte Jeannette. Sie schraubte den Deckel ab und schnupperte interessiert.

Ganz hinten, hinter den Ohrenstäbchen dann fand Jeannette, was sie durch die Zähne pfeifen ließ.

Zurück in der Küche, warf sie ein leeres Medikamentenbriefchen auf den Tisch. »Können Sie mir erklären, wie das in Ihr Badezimmer kommt?«

»... und deshalb muß ich Sie jetzt fragen, wo sie am Abend dieses Freitags gewesen sind.« Martin machte eine Kunstpause. »Professor Schmitt?« Er hörte noch das leise Klack, mit dem ganz behutsam der Hörer zurück auf die Gabel gelegt wurde. Lange studierte Martin danach die Akte des Mediziners und nickte schließlich. Man mußte auch einmal Glück haben. Auf seinem Notizzettel, der über und über mit Krakeleien bedeckt war, unterstrich er dreimal energisch den jüngsten Eintrag. Professor Schmitt.

Es war das erste Mal, daß Jeannette eine Schwangere verhaftete, und angesichts der Vorhaltungen, die ihr von Udo und Nele deshalb gemacht wurden, war es auch kein Vergnügen. Udo betrachtete sie plötzlich wie jemanden, der sein Vertrauen ausgenutzt und bitter enttäuscht hatte. Die energische Nele eher wie jemanden, dem sie gleich die Augen auskratzen würde. Jeannette vermutete, daß nach ihrem Abzug Udo als Ersatzobjekt für ihren Zorn würde herhalten müssen. Vielleicht war es nicht zuletzt das, was er ihr vorwarf.

Als sie aus dem Siedlerhäuschen traten, das Anja und Nele bewohnten, fiel ihr Blick auf die geplättelte Einfahrt seitlich des Hauses, die zu einer Wellblechgarage im rückwärtigen Garten führte. Alte Rohre und andere Relikte einer Jahre zurückliegenden Renovierung stapelten sich da, weitere Kisten mit Altglas, Dosen und Plastikverpackungen, eine Badewanne mit Füßen und Kartons mit überzähligen Kacheln. Dazwischen aber stand, unpassend wie ein Kühlschrank in der Wüste, ein fabrikneuer, funkelnder Mercedes A-Klasse. Die finanzielle Lage ihrer Verdächtigen schien tatsächlich so zu sein, daß sie auf Alimente verzichten konnte. Allerdings war etwas an dem Auto, was ihre Aufmerksamkeit erregte.

Es dauerte eine Weile, bis es in Jeannettes Kopf »Klick« machte und sie wußte, wo der Wagen und der mattgraue Kratzer auf der Stoßstange einzuordnen war. Aufgeregt den Blick auf das Nummernschild geheftet, blätterte sie in Rekordgeschwindigkeit ihren Notizblock zurück. Da war es, befriedigt ging sie in die Knie. Zwischen hochwüchsigem Löwenzahn kauernd, fuhr sie, fast andächtig, über die kleine zerschrammte Stelle im Metall und den Lackschaden am Kotflügel dicht daneben. Kein Zweifel, die Laboranalyse würde ergeben, daß die winzigen Farbpartikel dort von ihrem eigenen Wagen stammten. Es war dieses Auto, das sie am Freitag nachmittag angefahren hatte, als sie in aller Eile den Hochhaus-Parkplatz am Wöhrder See hatte verlassen wollen. Was hatte die Geliebte Professor Bouviers am Schauplatz eines Suizids zu suchen gehabt? Und warum hatte sie sich nicht auf die Notiz hin gemeldet, die Jeannette in ihrer Eile unterm Scheibenwischer des geschädigten Fahrzeugs hinterlassen hatte?

Fragend drehte sie sich zu Anja Heinlein um, die verstockt schweigend vor der Haustür stehenblieb. An ihrer Stelle antwortete ihre Freundin: »Der Wagen gehört dem Arsch, dem Professor, meine ich. Anja wollte ihn nicht, aber er hat ihn nach ihrer letzten Aussprache einfach als Geschenk hier stehen lassen. Typisch für ihn, einem so seinen Willen aufzuzwingen. Mehr ein Hohn als ein Geschenk, würde ich sagen.« Voller Verachtung musterte sie den geschmacklichen Fehlgriff vor ihrem alternativen Heim. »Wir haben ihn kein einziges Mal benutzt«, setzte sie voller Entschiedenheit hinzu.

Jeannette schlug wiederum in ihren Notizen nach. »Haben Sie nicht gesagt, dieser letzte Streit zwischen dem Professor und Ihnen fand am Freitag nachmittag statt? So von drei bis fünf?«

Nele nickte an Anjas Stelle. »Da hat sie dem Kerl den Laufpaß gegeben.«

Jeannette wiegte den Kopf. »Wie erklären Sie sich dann, daß dieses Auto um vier Uhr in Nürnberg auf einem Parkplatz stand?«

»Hat es nicht.« Anja Heinlein schien ihre Sprache wiedergefunden zu haben.

Jeannette Dürer sparte sich das »Hat es doch« und wartete.

»Vielleicht«, meinte die schwangere junge Frau zögernd und zupfte an ihrem seidenen Halstuch, »war es auch später, so um sechs.«

»Tut mir leid, aber um diese Zeit wurde Professor Bouvier in der Universität gesehen. Bitte, steigen Sie jetzt ein.«

»Anja!« Fassungslos schaute Nele den beiden nach.

Nachdem Jeannette ihre schwangere Mordverdächtige samt der leeren Viagra-Packung auf dem Erlanger Revier abgegeben hatte, beschloß sie, erst einmal nach Hause zu fahren. Sie wollte das Verhör den Erlanger Kollegen überlassen und konnte selber eine Pause gut gebrauchen; die zahlreichen durchwachten Nächte forderten nun, da die Anspannung der Fahndung nachließ, ihren Tribut. Sie bat noch einen Beamten der Schutzpolizei, den Mercedes sicherzustellen. Als sie sich allerdings von Martin verabschieden wollte, fand sie nur ein leeres Büro vor. Dotzler erzählte ihr zwischen Tür und Angel, daß Martin nach München unterwegs war in einem, wie er verkündet hatte, vielversprechenden Fall. Professor Schmitt, las sie in seinem vorläufigen Bericht, den sie interessiert durchblätterte, leitete einen Arbeitskreis zur Erforschung von Aids am dortigen medizinischen Institut. Einige seiner Diagramme hatten sich als identische Kopien von in früheren Aufsätzen veröffentlichten Tabellen erwiesen. Sollte sich zeigen, daß seine Versuchsergebnisse verfälscht waren, hatte er mit Ärger nicht nur von seiten der DFG zu rechnen, sondern auch mit unangenehmen Fragen seiner Industrie-Sponsoren, einem Pharma-Unternehmen, das auf neue, bald vermarktbare Medikamente gegen die Immunerkrankung hoffte. Die Akte ergab, daß Professor Schmitt bereits in der Erprobungsphase am menschlichen Patienten war. Diese Kranken würden angesichts seiner fragwürdigen Arbeitsweise wissen wollen, was sie da verabreicht bekommen hatten. Professor Schmitt stand in der Tat eine Menge Ärger ins Haus. Vor allem aber war er am fraglichen Freitag auf einer Fachtagung in Erlangen gewesen. Und er hatte mitten in der Befragung durch Martin aufgelegt.

Kapitel 17

Die Fahrt nach Hause trat Jeannette im Hochgefühl des nahen Erfolges an. Doch bereits auf der Höhe des Burger-King-Drive-In kamen ihr Zweifel an der Berechtigung der Theorien, auf denen ihre Verhaftung basierte: die schwangere Geliebte als die Mörderin. Jeannette hatte mit den Jahren als Kommissarin gelernt, daß prinzipiell jedem alles zuzutrauen war, daß man Lügner nicht erkennen konnte, vor allem dann nicht, wenn sie sich selber glaubten, und daß es dumm war, auf ein Gefühl oder eine innere Stimme zu achten. Andererseits aber hatte sie die Erfahrung gemacht, daß es genauso dumm war, ein ungutes Gefühl bei einer Sache zu mißachten. Oft war sie das ferne Echo einer vergessenen Tatsache, die beachtet sein wollte, eines aus dem Gedächtnissand ragenden Artefakts, das auf jemanden wartete, der darüber stolperte und an dieser Stelle tiefer grub.

Jeannettes innere Stimme argumentierte etwa folgendermaßen: Sicher, Anja Heinlein hatte gelogen, was den Zeitpunkt ihres Gesprächs mit Bouvier anging. Aber warum? Ein Alibi für den Mord an ihm brachte ihr das nicht ein, im Gegenteil. Wo lag also ihr Vorteil?

Jeannette räumte ein, daß da noch einiges ungereimt war und der Klärung harrte. Das Verhör würde neue Erkenntnisse bringen.

Ja, aber das Motiv, raunte die innere Stimme, das Motiv? Seelische Grausamkeit? Und das soll sie auch noch ohne Not zugegeben haben?

Sie brauchte kein Motiv, suchte Jeannette den Schlußpunkt zu setzen, sie hatte die Tatwaffe.

Was sie vielmehr interessierte, war die Frage, was eigentlich Bouvier am Wöhrder See getrieben hatte. Immer vorausgesetzt, die Heinlein hatte die Wahrheit gesagt, und das war tatsächlich sein Auto. Die innere Stimme rief etwas Unverständliches von Ferne und wurde still.

Jeannette fand schon nach einer Viertelstunde einen Parkplatz, holte zwei Tageszeitungen und jede Menge Werbung aus ihrem Briefkasten, genoß das sichere Gefühl, in eine leere Wohnung zu kommen, schmiß alles auf den Küchentisch und ging als erstes einmal unter die Dusche. Eine halbe Stunde später stand sie in Jogginghosen und mit tropfendem Pferdeschwanz wieder in ihrer Küche und wühlte mit einer Hand in der Post, während sie mit der anderen einen Vanillepudding aus dem Kühlschrank angelte. Unter all den bunten Blättchen lag ein brauner Umschlag ohne Briefmarke und Absender. Als sie ihn öffnete, fiel ihr eine Kohle-Zeichnung entgegen.

Ein surreales Wesen, halb Mensch, halb Tintenfisch, schwamm oder besser flog auf dem Papier über eine Landschaft dahin, dem eigenen Element enthoben, schwebend, fremd in der Welt und friedvoll zugleich. Sie erinnerte sich an Cornelius' Worte. Wer sich wie sie noch nirgendwo daheim fühlte, der sollte sich mit dem Absurden anfreunden und das Schöne suchen.

Er hatte die ersten Skizzen schon angefertigt, während sie redete, seine zahlreichen Fragen danach beantwortete, wie genau sie aussahen, ihre Flugträume. Er hatte gefragt wie ein Arzt, sachlich und pedantisch, als wollte er jede Einzelheit einfangen, und mit einer Eindringlichkeit, die ihr schmeichelte. Auch der Rotwein war gut gewesen, und das Kerzenlicht, die zahllosen zuckenden Teelichte auf dem alten Couchtisch mit seinen klebrigen Rändern, auf den breiten

Fensterbrettern und der umgedrehten Orangenkiste, die ihm als Nachttisch diente.

Als sie Sonntag nacht so atemlos und neben der Spur an Cornelius' Tür geklingelt hatte, hatte sie nicht geahnt, daß es so gut werden könnte. In ihrem Kopf hatte sich alles leicht gedreht, und mit ihren Gedanken trudelte über ihr der Kristallüster mit den roten Glühbirnen, in dessen geplündertem Glasschmuck überall kleine Plastikfledermäuse herumturnten - Spielzeug, wie man es in Überraschungseiern fand – und ihr zuzwinkerten. Die ganze Wohnung war so: vollgestopft mit fledermausförmigem Nippes aus Gummi, Plastik, Onyx, Holz, Kristall – und mit Büchern, Büchern, Büchern. Sie füllten die zusammengestückelten Regale bis zum Platzen und stapelten sich unter Fenstern, hinter Türen, auf Heizungen. Fachbücher waren dabei, Kinderbücher, Romane, Fantasy-Geschichten, Bram Stokers *Dracula* in einer Erstausgabe, der komplette *Batman*. Daneben stapelte sich eine ganze Sammlung mit Vampirfilmen. Von *Nosferatu* über *Dracula jagt Minimädchen* bis *Blade*, vom *Tanz der Vampire* über Wes Cravens *Dracula* bis *Irma Vep* standen Trash, Avantgarde und filmhistorische Highlights traut vereint nebeneinander.

Entzückt hatte Jeannette gestöbert, bis er den Wein brachte. Danach lagerte sie sich auf der alten Matratze, die Cornelius als Bett diente, ließ sich einschenken und begann zu fliegen. Langsam legte Jeannette das Blatt aus der Hand. Ja, das war wunderbar gewesen. Bis zu diesem Punkt. Vielleicht sollte sie doch noch einmal ins Büro gehen.

Im Revier an ihrem eigenen Schreibtisch war sie dankbar um den Berg von Aufgaben, der vor ihr lag. Die erste Frage war schnell geklärt, der kleine Mercedes, den sie geschrammt hatte, war tatsächlich auf Bouvier zugelassen bzw. auf seine Frau. Diese allerdings, das ergaben ein paar kurze Telefonate, schied als Nürnberg-Fahrerin aus; sie hatte gegen vier Uhr ein mit dem Zug angereistes Mitglied ihres Akademikerinnen-Vereins vom Bahnhof abgeholt und zu seinem Hotel begleitet.

Was hatte der Professor in Nürnberg gewollt? Sie ging noch einmal alle Aussageprotokolle durch, als plötzlich Micha in der Tür stand.

»Hi«, sagte er.

»Oh, hi«, meinte sie unsicher. Und nach einer kurzen Pause fügte sie hinzu: »Es tut mir leid, ehrlich. – Persönliche Probleme«, meinte sie noch und wurde schon wieder rot.

Micha winkte ab. »Geht mich ja nix an.« Eine Weile hing er noch in der Tür herum. »Darf ich dich was fragen?«

Jeannette hob den Kopf wieder von ihren Unterlagen. »Du, ich stecke mitten in einem Mordfall und ...« Dann unterbrach sie sich selbst, schob den Papierhaufen zusammen und versuchte ein Lächeln. »Was gibt's?«

»Es geht noch mal um den Spring..., den jungen Mann, der sich am Wöhrder See vom Hochhaus gestürzt hat.«

Jeannette nickte ungeduldig zustimmend; sie mochte die lapidaren Formulierungen auch nicht, mit denen Zametzer Verstorbene abtat.

»Na ja, du weißt doch noch, es war klassisch: Tür von innen verschlossen und so. Kein Anzeichen von Fremdverschulden.«

»Zametzer hat die Sache mit dem Staatsanwalt geregelt«, nickte Jeannette.

»Ja, aber da waren ein paar Dinge, die mir aufgefallen sind.« Micha zögerte, ehe er fortfuhr. »Also.« Er holte Luft und begann seine Darlegung, während Jeannette sich in ihrem Drehstuhl zurücklehnte. »Auf dem Tisch im Wohnzimmer standen eine Flasche Wein und ein Glas, gebraucht, es war noch Wein drin. Aber in der Küche, da hab' ich ein frisch gespültes Glas auf dem Abtropfgitter stehen sehen.«

Jeannette zog fragend die Augenbrauen hoch.

»Du wohnst doch auch alleine«, meinte Micha. »Und ich auch. Und ich mach' das so: Wenn gespültes Geschirr draußen steht, dann greife ich mir *das*, wenn ich eins brauche. Geht schneller, als erst den Schrank zu öffnen.« Er griente.

Jeannette überdachte ihr eigenes Verhalten und gab ihm recht. Auch sie nahm immer das, was griffbereit stand – ob sauber oder nicht, solange es optisch vertretbar schien. Also nickte sie vorsichtig.

»Deshalb hab ich mir gedacht«, fuhr Micha fort, »er könnte vielleicht Besuch gehabt haben, als er starb. Von jemandem, der dann sein Glas in die Küche trug und die Fingerabdrücke abwischte.« Erwartungsvoll schaute er sie an. »Es waren sogar noch ein paar feuchte Handtuchflusen dran. Das hab' ich überprüft.«

Bedächtig wiegte Jeannette den Kopf. »Das ist eine gute Beobachtung, Micha«, meinte sie behutsam. »Aber das löst noch nicht das Problem mit der verschlossenen Tür.«

»Weiß ich ja auch.« Nun wurde er eifrig. »In dem Moment hat der Zametzer mich zurückgepfiffen, deshalb war wenig Zeit. Aber im Flur hing ein Schlüsselbrett, direkt über dem Tischchen, auf dem der Schlüsselbund lag. Da waren Zweitschlüssel für alles mögliche.« Triumphierend hielt er inne. »Aber nicht für die Haustür. Warum sollte Krappmann keinen Ersatz hierfür haben.« Mit diesen Worten legte er einen Schlüssel auf den Tisch.

»Du hast ihn mitgenommen?« brauste Jeannette auf. »Wirklich, man sollte dich …« Aber der Satz verebbte, weil ein anderer Gedanke ihn verdrängte. »Krappmann?« Bei Jeannette begannen Erinnerungsglocken sacht zu läuten. Krappmann, was sagte ihr das nur?

»So hieß er. Hast du doch auch in deinen Unterlagen stehen.«

Die junge Kommissarin blätterte in ihrem Notizblock zurück und nickte. Krappmann, da stand es, von ihrer Hand geschrieben. Aber das war es nicht, was sie beunruhigte. Sie blätterte und blätterte. Es war mehr eine Ahnung von traurigen dunklen Augen und … da, Bingo: die Zulassung für den Mercedes, ausgestellt auf Hildegard Krappmann-Bouvier. Soll einer sagen, es lohnt sich nicht, auf innere Stimmen zu achten.

»Der Sohn hat sich auch umgebracht«, hörte sie den Notarzt sagen und zuckte zusammen bei der Erinnerung an seinen Raucherhusten. Der Sohn. Hastig stand sie auf. »Micha, ich muß da ein paar Sachen überprüfen.« Damit wollte sie aufstehen.

»Aber ich muß dir noch was, äh, da ist noch was.« Micha versuchte sie zurückzuhalten. Die roten Flecken auf seinen Wangen verhießen ihr nichts Gutes.

»Ja?«

»Da ist noch – die Leiche.«

Jeannette setzte sich wieder hin. »Du hast doch nicht …«

Schuldbewußt senkte er den Kopf und spielte mit einem Schubladenknopf. »Ich hab sie zu Doktor Greif bringen lassen und ihn gebeten, sie für dich aufzuheben. Du weißt doch: Für dich tut er alles.«

»Greif«, hauchte sie. Die E-Mail! Jetzt wurde ihr einiges klar. Vorsichtshalber erkundigte sie sich dennoch: »Und der arme Junge liegt jetzt seit Freitag als blinder Passagier in der Gerichtsmedizin?«

Micha nickte zaghaft.

»Und die Angehörigen?« fragte sie schwach.

Er zuckte die Schultern. »Hab' ich was von Vorschriften erzählt. Die haben eh alle Hände voll zu tun. Stell dir vor«, plauderte er lebhafter, sichtlich froh, daß sie keinen Wutausbruch bekommen hatte, »der Mutter ist nämlich außerdem der Mann gestorben. So ein Zufall, was?« Versuchsweise lächelte er sie an.

»Wohl kaum«, antwortete sie so heftig, daß er zusammenzuckte und eilig wieder den Schubladenknopf fixierte. Da sprang sie auf und ging auf ihn zu. »Guter Junge.« Damit küßte sie den entsetzt Zurückweichenden auf die Stirn. »Und jetzt wollen wir Nägel mit Köpfen machen.« Micha Braune taumelte in ihrem Windschatten den Flur hinunter.

Die Nachfrage beim Einwohnermeldeamt bestätigte, was bereits offensichtlich war: Der Tote aus Nürnberg war der Sohn von Frau Krappmann-Bouvier, Ehefrau von Professor Bouvier, gestorben in Erlangen an diesem Freitag, wenige Stunden nach seinem Sohn.

Der zweite Anruf galt dem Erlanger Revier. Jeannette atmete auf, als sie Dotzler am Apparat hatte. »Hi, Jeannette Dürer hier. Herr Dotzler, ich hätte eine persönliche Bitte.« Sie grinste, als sie den Eifer wahrnahm, mit dem der junge Kollege sich, wie gebeten, aufmachte, im Fahrzeughof den sichergestellten Mercedes aufzusuchen. Jeannette mußte ihn förmlich zurückhalten, um ihm in aller Eile zu erklären, was er dort überhaupt suchen sollte. Eine halbe Stunde später erreichten sie und Micha ein Fax mit der Umrißzeichnung eines Schlüssels.

»Dein Beweisstück«, forderte sie ihren Partner auf.

Mit zitternden Fingern legte der seinen gestohlenen Schlüssel auf den Umriß. Er paßte genau. Jeannette war bereits wieder am Hörer. »Dotzler? Ideal, danke. Und der klemmte also zwischen den Polstern des Beifahrersitzes. Einzeln mit einem Plastikanhänger, sagen Sie? Unbeschriftet.« Sie notierte alles. »Stellen Sie die Fingerabdrücke darauf fest, ja? Ich schulde Ihnen was, Dotzler.« Mit glänzenden Augen legte sie auf. »Micha. Mit deinen Instinkten wirst du es weit bringen.«

Er strahlte breit.

»Wenn wir das Disziplinarverfahren wegen Diebstahls von Schlüsseln und Leichen abwenden können. Komm.«

Folgsam und zutiefst geknickt, schlich er hinter ihr her in Doktor Greifs Leichenkeller.

Dort wartete der Hausherr, um seinen Zorn über sie auszuschütten. Jeannette ließ das Donnerwetter demütig über sich ergehen, nahm alle Schuld auf sich und bat um Nachsicht. Schließlich ließ Greif, zutiefst mißtrauisch ob dieses untypischen Verhaltens, von ihr ab. Angespannt standen sie alle um den blankgescheuerten Tisch mit dem stummen weißen Körper.

»Wollen wir den armen Jungen jetzt wirklich noch aufschneiden?« fragte Greif. »Wonach suchen Sie beide eigentlich?«

Jeannette schaute Micha an. Der meinte unsicher: »Faserproben von den Kleidern vielleicht, und, ich dachte an den Mageninhalt. Die Menge Wein im Vergleich zu dem, was in der Flasche fehlt.«

Jeannette schüttelte den Kopf. »Das Fehlende könnte er schon Tage vorher getrunken haben.« Ihr Blick wanderte über das wachsbleiche Gesicht, dessen Deformierung jetzt, wo das Blut abgewaschen war, noch deutlicher zutage trat. »Was ist das?« fragte sie plötzlich und wies auf ein winziges Hämatom knapp oberhalb des Wangenknochens. »Das hat man vorher nicht gesehen.«

Greif beugte sich darüber. »Interessant.« Micha kniff die Augen zusammen und drehte den Kopf weg, als der Gerichtsmediziner das Hautstück mit einer Plastikmasse spannte, fixierte und herausschnitt, um es unter dem Mikroskop genauer untersuchen zu können. Mitleidig rieb Jeannette ihm über den Arm.

»Das ist ein Abdruck«, kam Greifs Stimme aus seinem Labor, »wie von einer Art Siegelring. Sehen Sie selbst.« Nacheinander beugten sie sich über das Okular.

»Ein Wappen«, staunte Micha. »Gespannte Schwingen.«

Jeannette nickte. »Jemand hat ihn geschlagen«, stellte sie

knapp fest. Mit einem Seufzer richtete sie sich wieder auf. Doch als sie Michas erwartungsvollen Blick sah, mußte sie lächeln. »Danke, Doktor. Die Obduktion können wir uns dann sparen. Aber könnten Sie uns ein Bild davon ...?«

»Danke«, wiederholte sie wenig später noch einmal, als Greif ihr ein Foto der Hautstelle aushändigte, das den Ringabdruck in grobkörnigem Schwarzweiß zeigte. »Danke, daß Sie uns in dieser Sache trotz der offensichtlichen Problematik helfen.«

Greif zuckte mit den Schultern. »Im Gegensatz zu Ihnen weiß ich, was ich will.«

Schlagartig wurde Jeannette wieder rot. Wie konnte er wissen? dachte sie. Aber nein, er konnte gar nichts wissen. Langsam beruhigte sie sich. Oder war das wieder so eine Anmache von ihm? Doch sein Gesicht war hinter den Brillengläsern verschanzt, ganz sachlich und ruhig. Im Gegensatz zu ihren aufgewühlten Zügen. Wütend stapfte sie die Treppen hinauf. Warum, warum nur, zum Teufel, ging sie immer verwirrt und aufgebracht von diesem Mann weg? Micha, der selbst unter Strom stand, bemerkte nichts davon.

»Wie wär's«, fragte sie ihn. »Hast du Lust auf eine Dienstreise nach Erlangen?«

Kapitel 18

Dienstreisen waren etwas Schönes, dachte Martin Knauer, als er durch Schwabing kurvte und auf der Suche nach einem Parkplatz zum zweiten Mal auf der Leopoldstraße Richtung Siegestor glitt. Menschen in Sommerkleidern flanierten auf den Straßen, beschienen von der ersten warmen Sonne, die dieser Juni bereithielt. Martin dachte an Eisdielen und Martinis und braungebrannte Arme in locker sitzenden weißen Hemden.

Die Residenz von Professor Schmitt lag hinter dem Geschwister-Scholl-Platz in einer Seitenstraße. Ein autonomer Forschungstrakt, hypermodern hinter der Fassade einer renovierten Stuckvilla. Im Garten blühten Jasmin und später Flieder, bienendurchsummt in der zunehmenden Wärme. Drinnen, das verrieten die großen Fenster bereits, dominierten Glas und Metall und die Sterilität eines Genlabors. Drittmittel machen's möglich, dachte Martin und fragte sich, wie lange Professor Schmitt die Segnungen seines spendablen Pharmakonzerns noch würde genießen können. Ob in solchen Fällen eine Rückzahlung angemahnt wurde? Oder würde er mit einer sechsstelligen Abfindungssumme in den Ruhestand geschickt werden wie andere erfolglose Manager auch? Martin dachte von Managern nur das allerschlimmste.

Er schritt über die besonnten Marmorstufen hinauf, drückte ein großes Holzportal auf, genoß noch dessen Wärme unter seiner Hand und stand dann in einem leeren Korridor. Der futuristischen Halogenleuchtenkonstruktion bis ans Ende des Flurs folgend, fand er das Büro der Sekretärin, ein Cockpit ganz in Weiß, in dem der taubenblaue

Teppichboden der einzige Farbfleck war. Auch ihr Chef, sah Martin, als er ihr durch weitere Korridore folgte und eine glatte Doppeltür sich summend vor ihm öffnete, bevorzugte Weiß für seine Arbeitsumgebung. Er selbst, den Kopf mit den grauen Haaren über den Schreibtisch geneigt, schien gerade in eine Arbeit vertieft.

»Professor Schmitt?« fragte Martin, da dieser auf die spröde Ankündigung seiner Person durch die Sekretärin nicht reagierte. Er klang gereizt, er hatte nicht vor, sich länger ignorieren zu lassen. Da blickte der Mann auf. Für einen Moment sah Martin in seine Augen. Dann hob der andere die Hand. Und noch ehe Martin erkannte, was er darin hielt und »Nein!« schrie, löste das, was Professor Schmitts Hinterkopf gewesen war, sich auf in eine blühende Fontäne von tiefstem Rot. Die Sekretärin schrie und schrie, während es von den ehemals weißen Wänden tropfte. Erst jetzt glaubte Martin, den Schuß zu hören.

Er hörte ihn wieder und wieder. Und er sah Professor Schmitts Blick in jeder spiegelnden Fensterscheibe, als er Stunden später durch die Straßen ging und mit Jeannette telefonierte. Die Formalitäten mit den örtlichen Kollegen waren vorerst erledigt, die Fragen beantwortet, aber er fühlte sich noch nicht in der Lage, wieder in sein Auto zu steigen. Benommen schritt er an den Eisdielen, den braungebrannten Menschen und leuchtenden Hemden vorbei. Er war in der Lage gewesen, den Münchner Fahndern eine ganze Reihe von Gründen für den Selbstmord des prominenten Forschers zu nennen. Aber ob der versuchte Mord an Bouvier einer davon war, das würde möglicherweise für immer unklar bleiben. Zwar hatte man ihm zum Dank für die Amtshilfe aus München Fingerabdrücke, Haarproben, Reifenprofile und die Abdrücke sämtlicher Schuhe versprochen, die sich in Schmitts Wohnung finden würden. Wenn sich damit jedoch kein Treffer erzielen ließ, dann stand Martin vor einer offenen Frage. Und vor einer zweiten: Wer hatte Gisela Fuchs, die Sekretärin, erschlagen, wenn Schmitt zu dem Zeitpunkt, wie sein Terminkalender bestätigte, einen Vortrag in Hamburg gehalten hatte?

»Geh in ein Antiquariat«, riet ihm Jeannette. »Das mache ich immer, wenn ich deprimiert bin. Es gibt ganz wunderbare hinter der Universität.« Sie überlegte. »Geh zu Kitzinger. Wühl ein bißchen. Mehr Welten auf einem Haufen findest du nirgends. Das beruhigt und lenkt ab. Man sieht, was es noch für Möglichkeiten gibt. Du, ich muß Schluß machen«, beendete sie das Gespräch. »Wir sind gleich da. Und Micha läßt dich herzlich grüßen.«

Micha Braune! Was hatte der mit dem Fall zu tun? Aber Martin konnte nicht mehr fragen, sie hatte bereits aufgelegt. Unsicher stand er herum. Der einzige Mensch in München an diesem umwerfenden Tag, so schien es, der nicht wußte, wohin er gehen sollte. Hinter dem Siegestor ballten sich bereits wieder die vertrauten violetten Gewitterwolken, und das Sonnenlicht bekam einen fauligen Stich. Irgendwie befriedigte ihn das. Ein Antiquariat, dachte er. Warum nicht? Er konnte es ja einmal versuchen.

Jeannette und Micha fanden Frau Bouvier zu Hause, am Krankenlager ihrer Tochter.

»Ich habe auf ihre Entlassung gedrängt«, erklärte sie mit gedämpfter Stimme und strich die Zudecke der Schlafenden glatt. »Hier erholt sie sich viel besser.«

»Sie haben damit sicher Erfahrung«, meinte Jeannette, was respektvoll klang, aber Frau Bouvier so zusammenzucken ließ, wie sie es gehofft hatte. »Und ich kann mir auch vorstellen, was Ihre Tochter zu dieser Handlungsweise treibt.«

»Gar nichts können Sie!« Es war mehr ein Zischen.

Jeannette wartete, daß die Frau weitersprach. Doch nichts

geschah. Die Professorengattin erhob sich nur stumm und geleitete die beiden Beamten in die Empfangshalle, wo ein kleines chintzbezogenes Sofa bereitstand für die Besucher, wie Jeannette vermutete, die man nicht in den geweihten Räumen der Familie empfangen wollte.

Sie nahm kommentarlos mit dem Katzentisch vorlieb und stieß Micha mit dem Knie an, der vor lauter Aufregung fast die Blumenvase vom Beistelltisch gefegt hätte. Jeannette fing gerade noch die gerahmte Fotografie auf, die dabei ebenfalls umgestoßen worden war. Sie betrachtete das Bild lange und drehte es dann mit einer schnellen Bewegung zu Frau Bouvier um.

»Warum heißt Ihr Sohn eigentlich nicht wie Sie?«

Frau Bouvier spannte sich in ihrem Sessel und griff in ihre Perlenkette wie ein Bergsteiger zum Seil. »Er wurde ledig geboren und erhielt so automatisch den Namen der Mutter«, erklärte sie so sachlich distanziert, als spräche sie über jemand anderen.

»Ist Herr Professor Bouvier nicht der Vater?« erkundigte Jeannette sich höflich.

»Selbstverständlich.« Die ganze Haltung der Frau drückte Abwehr aus. »Aber da er nun einmal kurz vor der Heirat zur Welt kam, meinte mein Gatte, man solle es genau nehmen. Ein Mann könne da ja nie ganz sicher sein. Es war einer seiner Scherze.«

»Seltsamer Humor«, platzte Micha verblüfft heraus.

Frau Bouvier verschränkte abwehrend die Arme.

»Wie hat Ihr Sohn es denn aufgenommen, daß er seiner Schwester nicht gleichgestellt wurde?« bohrte Jeannette weiter. »Es ist ja nun weiß Gott kein kindgerechter Scherz, da werden Sie meinem Kollegen recht geben.«

Frau Bouvier klammerte sich an ihre Perlenkette und antwortete nicht.

»Wie war das Verhältnis zwischen Vater und Sohn, Frau Bouvier?«

»Bestens.« Die Stimme der Frau klang, als hätte sie mit aller Kraft verhindert, über dieses Wort hinaus noch einen Laut über ihre Lippen zu lassen, einen Laut, der nur ein Schrei hätte sein können und der jetzt in ihr arbeitete.

Jeannette sah die Angst in ihren Augen. Sie beugte sich vor und legte Frau Bouvier sanft die Hand auf den Arm. »Vielleicht haben Sie recht und wir können uns nicht vorstellen, was Ihre Tochter bewegt, aber wir haben eine recht klare Vorstellung von dem, was Ihren Sohn in den Selbstmord getrieben haben könnte.«

Die Frau war bereits vor der Berührung zurückgezuckt, nun sah es aus, als wollte sie in ihrem Sessel verschwinden.

»Meinen Sohn«, wiederholte sie tonlos.

»Wußten Sie«, fuhr Jeannette so unverbindlich fort, als hätte sie die Verzweiflung der anderen nicht bemerkt, »daß er unmittelbar vor seinem Tod Besuch von seinem Vater hatte? Das ist doch Ihr Wappen?« plauderte sie weiter, ehe Frau Bouvier protestieren konnte.

Ihre Gastgeberin nickte, die stummen Schreie noch immer hinter ihren Augen eingesperrt. »Ja, das ...«

»Frau Bouvier«, unterbrach Jeannette sie, »besaß Ihr Mann einen Siegelring? Ich denke, ja«, fuhr sie ohne Pause fort. »Ich denke, wenn wir uns die persönlichen Dinge ansehen, die er zum Todeszeitpunkt bei sich trug, dann werden wir dort einen Siegelring finden. Ich meine mich sogar zu erinnern, daß er golden war, richtig? Und er trug ihn rechts?«

»Links«, murmelte Frau Bouvier automatisch. Aber ihr Blick war auf das Foto gerichtet, das Jeannette nun aus ihrer Tasche zog, so gebannt, als wüßte sie schon, was darauf abgebildet sein würde. Martin machte eine Bewegung, als wollte er Jeannette abhalten, aber sie schüttelte leise den Kopf. Das hier mußte sein.

»Links also«, bestätigte sie mit kühler Freundlichkeit. »Dann hat er mit links zugeschlagen.« Sie überreichte Frau

Bouvier das Bild, die danach griff wie eine Ertrinkende nach einem Seil.

»Diesen Abdruck haben wir auf der Wange Ihres Sohnes gefunden, Frau Bouvier.«

Die Veränderung, die mit der Frau geschah, war erschreckend. Sie schien zu schrumpfen, der Rücken beugte sich, die Schultern fielen nach vorne, als zöge etwas sie in sich selbst hinein. Ihr hübsches Mädchengesicht mit den klaren Augen in dem sorgsam gepflegten Gesicht wurde aschgrau, die großen Augen trübe und rot, die Haut müde und erschlafft. Ausgesogen und wie tot hing die Frau in ihrem Stuhl, nur ihre Hände krallten sich um das Stück glänzenden Papiers in ihrem Schoß.

»Mama?« Die fragende Stimme kam von der Galerie. »Mama? Ist es Papa?«

Niemand antwortete ihr.

»Wenn Sie mich sprechen möchten, Frau Bouvier …« Jeannette beugte sich zu ihr hinunter wie zu einer Sterbenden. Dann legte sie ihre Visitenkarte auf den Tisch. Micha und sie verließen die Villa so leise wie ein Krankenhaus.

Draußen schlug ihnen ein eisiger Regen entgegen und ließ sie in Laufschritt verfallen.

»Aber«, fragte er, als sie endlich im trockenen Auto saßen, »hast du nicht gesagt, das Viagra wurde bei der anderen gefunden. Und …«

»Ich weiß«, unterbrach Jeannette ihn. Ihr Blick lag eine Weile auf der hohen Fichte, die im neu aufkommenden Wind ächzte. »Der Professor fuhr am Abend seiner Ermordung mit seinem BMW an die Uni; der Wagen wurde im Parkhaus gefunden, den Schlüssel hatte er in der Tasche. Wo also hat er den kleinen Mercedes gelassen, mit dem er in Nürnberg war.«

»Bei der Heinlein?« schlug Micha vor.

»Um dann zu Fuß quer durch die ganze Stadt zu laufen?«

Jeannette ließ den Motor an. »Nein, ich denke, er hat ihn bei sich zu Hause abgestellt. Was dann weiter passiert ist, das weiß nur Frau Bouvier. Und sie wird es uns erzählen. Verlaß dich drauf.« Jeannette griff zum Schlüssel und ließ den Motor an. »Nur als Mörderin der Fuchs kann ich sie mir nicht recht vorstellen.« Sie schüttelte den Kopf. »Da wird Martin bei seinem Professor Schmitt noch mal auf den Busch klopfen müssen.« Die Scheibenwischer setzten quietschend ein und gaben ihnen den Blick auf die verregnete Welt zurück. Wenig später entließ der Autobahnzubringer sie in die Sprühnebel des Frankenschnellwegs.

Titel um Titel zog an Martins müde werdenden Augen vorüber. Was immer es mit Antiquariaten als Seelsorgern auf sich hatte, es erschloß sich wohl nur ehemaligen Germanistikstudentinnen. Unfroh war er die Regale entlanggeschlichen, hatte schnaubend einige Rom-Bildbände mit Verachtung gestraft und sich wenig später dabei ertappt, wie er zögernd eine italienische Grammatik zwischen den Händen drehte. Energisch schob er sie zurück ins Regal. Schließlich erwarb er, um seinem Tun überhaupt einen Sinn zu geben, lustlos die angestoßene Ausgabe eines Thrillers und strich nur noch durch die Abteilungen, weil er sich noch nicht auf die Rückfahrt einstellen mochte. Seine Finger glitten spielerisch über die Buchrücken, während sein überfütterter Geist die Beschriftung kaum noch zur Kenntnis nahm.

Martin wußte erst nicht, was es war, das ihn innehalten und zurückgehen ließ. Doch etwas hatte ihn irritiert, seine müßig schlendernden Gedanken stolpern lassen. Nicht bei der Kräuterheilkunde, nein, aber hier, drei Fächer weiter zurück, da lag der geistige Stolperstein. Noch immer unsicher, zog er das schmale Heft eines Wissenschaftsverlag heraus, drehte es in Händen und überlegte, was es ihm sagen wollte. Dann fiel es ihm ein.

Jeannettes Handy, stellte er Sekunden später fest, war besetzt. Fluchend wählte er die Nummer des Reviers und stürmte zu seinem Auto. Der Buchhändler, der ihm nachstürzte und lautstark die Bezahlung des Büchleins anmahnte, hatte alle Mühe, Martins Aufmerksamkeit zu gewinnen. Er redete und redete ins Telefon, während er zwanzig Mark aus seiner Börse nestelte und nach dem wütenden Antiquar warf. Verdammt, der Himmel sah übel aus. Er rechnete mit über zwei Stunden Fahrt bei dem Wetter. Wo war bloß Frühauf?

Der Geldschein wurde von einer ersten Gewitterböe ergriffen und wirbelte über das Gehsteigpflaster, auf dem die ersten Tropfen aufschlugen.

Kapitel 19

Nachdem sie Micha wieder am Revier abgesetzt hatte, fuhr Jeannette erst einmal nach Hause. Eine Menge Berichte warteten darauf, geschrieben zu werden. Doch sie sehnte sich danach, endlich einmal wieder etwas anderes auf dem Leib zu tragen als feuchte Lederhosen. Und vielleicht ließ sich das eine oder andere ja von hier aus erledigen und mailen.

Vor ihrer Haustür, neben dem üblichen Packen Werbezeitschriften, hatte jemand etwas deponiert, das im Halbdunkel wie eine kleine Trommel Waschmittel aussah. In ihrer Wohnung stellte sie erstaunt fest, daß es sich um eine Dose Kolibrifutter handelte, signiert mit einem schwungvollen »Dein Kafka«, genau wie das Bild.

Jeannette schniefte und wischte sich die nassen Haare aus dem Gesicht.

Zeit, Regine anzurufen.

Im Schlafzimmer traf Jeannette auf die vorwurfsvoll herumliegenden Trümmer von Styroporteilen und einen verwaisten Riesenfernseher, der halb ausgepackt mitten im Raum stand. Es würde nicht leicht werden.

»Regine? Hi, Jeannette hier.« Sie holte Luft. »Es tut mir leid«, rief sie in den Hörer und übertönte damit ihre Freundin, die eben dieselben Worte sagte. Sie mußten beide lachen über diesen Zweiklang, dann mußten sie ein bißchen weinen. Jeannette turnte einhändig in eine trockene Lederhose, wanderte mit dem Telefon zurück in die Küche, setzte Teewasser auf, brühte auf, trank die Kanne, kochte neuen Tee und telefonierte noch immer. Eine gute Stunde mochte vergangen sein, als sie endlich sagte: »Du, der Grund warum ich dich anrufe …«

»Schätzchen«, meinte Regine nur, »derselbe wie immer natürlich.«

Jeannette nickte und vergoß dabei ihren Tee.

»Dein Sanitäter?« fragte Regine.

»Wenn's nur das wäre«, antwortete Jeannette schwach.

»Hah!« Regine lachte diabolisch. »Der Witz ist gut. Jeannette Dürer, du arme treue Seele. Und«, erkundigte sie sich dann versöhnlicher, »hat sich's denn wenigstens gelohnt, hm?«

»Schwer zu sagen.« Jeannette seufzte.

»Wie kann man das nicht wissen?« Regine ließ kein Zögern gelten. »Komm schon, Schätzchen, erzähl mir alles. Also: Du kamst da hin?«

»Ich hab' bei ihm geklingelt«, begann Jeannette stockend, dann erzählte sie zunehmend flüssiger ihre Geschichte.

»Du rückst den Männern um Mitternacht ungebeten aufs Haus?« unterbrach Regine sie. »Ich muß sagen, Lämmchen, in dir steckt mehr, als ich ahnte.«

»Danke«, stöhnte Jeannette und erzählte weiter. »Zuerst war's super, er hat eine tolle Bibliothek und …«

»Erspar mir den Bildungsteil. Was dann.«

»Ja, also dann …« Jeannette suchte nach Worten. »Vorspiel war nicht weiter, aber ich dachte, sagst du erst mal nichts.«

Regine seufzte. »Diesen Satz könnte man Generationen von Frauen auf den Grabstein meißeln.«

»Dann hab ich schnell bemerkt, daß er Schwierigkeiten hatte. Ich überlegte, ob ich es ansprechen sollte, aber dann dachte ich …«

»Sagst du erst mal nichts«, ergänzte Regine den Satz für sie. »Weiter.«

»Ja.« Jeannette dachte nach. »Dann bin ich mit den Gedanken etwas abgeschweift. Das hat eine Weile gedauert.

Und ich hatte nicht den Eindruck, daß er groß bemerkte, daß ich überhaupt da war. Ich überlegte, ob ich mal ›hallo‹ sagen sollte, oder ›Jemand zu Hause‹. Aber er hatte ja sowieso Probleme, und ich dachte ...«

»Verstehe«, kommentierte Regine trocken.

»Eben.«

»Und?« fragte Regine.

»Nichts und«, wehrte Jeannette ab. »Das war's. Das war's eigentlich. Und jetzt weiß ich nicht, sollte ich die Sache beenden? Er schickt mir wunderbare Geschenke, und ich wüßte auch gar nicht, wie ich es ihm sagen sollte. Andererseits hab' ich nun wirklich keine Lust ...« Sie machte eine Pause, während der Regine unheilschwanger schwieg. »Man kann einem Mann doch nicht so einfach sagen, daß ...« Sie stockte. »Oder?«

»Du kannst ihn auch heiraten, Schätzchen, und erst mal nichts sagen.«

Jeannette konnte Regine förmlich den Kopf schütteln sehen.

»Erklär ihm einfach, du seist noch nicht reif für eine feste Bindung«, riet sie schließlich und fügte sarkastisch hinzu: »Da hättest du nicht einmal total gelogen. Himmel, warum hast du dem Kerl denn nicht gleich gesagt, daß er nur ein One-night-stand ist? Je länger man damit wartet, desto schwieriger wird es.«

»Konnte ich doch da noch nicht wissen. Er ist wirklich ein interessanter Typ, weißt du, phantastisch, was der alles liest. Außerdem sieht er genau aus wie Franz Kafka.«

»Du bist die einzige Frau, die ich kenne, die sich ihre Liebhaber nach diesem Kriterium aussucht.« Regine seufzte wie eine Mutter, die sagen wollte: »Was den Kindern nur alles so einfällt.« – »Wenigstens bist du nicht über Nacht geblieben.« Regine hielt inne und überdachte das bisherige Gespräch. »Du bist doch nicht über Nacht geblieben?« fragte sie drohend.

»Weißt du.« Jeannette wand sich. »Es war praktisch ohnehin schon Morgen.«

»Na gut.« Jeannette konnte Regines Hirn förmlich rattern hören. Dann wurde die Stille mit einemmal bedrohlich. »Jeannette?«

»Regine? Du, ich muß langsam wirklich an den Rechner, wir können ja ein andermal ...«

»Jeannette Dürer, du hast doch nicht etwa – sag mir, daß du das nicht hast. Du hast doch nicht etwa einen Orgasmus vorget...« Aber Jeannette hatte bereits aufgehängt.

Hastig ging sie hinüber in ihr Arbeitszimmer und schaltete ihren PC ein. Wirklich, verteidigte sie sich, während sie eine neue Datei anlegte, was war so falsch an ein bißchen phatischer Kommunikation?

Das Formulieren ging ihr nicht so flüssig von der Hand, und sie beschloß, zunächst etwas für ihre von den letzten Tagen etwas angegriffene Kondition zu tun und ein Stück durch die Pegnitzwiesen zu joggen. Es war gar nicht gesagt, daß sie mit Cornelius groß reden mußte, vielleicht ließ es sich ja aussitzen. Herrgott, heute lief es aber gar nicht rund, ihre Ohren dröhnten schon nach wenigen hundert Metern von dem rauschenden Blut, und in ihrem Mund schmeckte es metallisch. Andererseits war er hartnäckig, und die sauberste Lösung wäre sicherlich ein klärendes Wort. Das war sie ihm vermutlich schuldig, die ganze Sache war schließlich ihre Idee gewesen.

Keuchend und mit ungewohntem Seitenstechen blieb Jeannette stehen und rang um eine gleichmäßige Atmung. Ihre Beine hatten instinktiv keineswegs den Weg zur Pegnitz hinunter eingeschlagen, sondern waren ihren Gedanken gefolgt und hinaufgelaufen zum Ebert-Platz. Jeannette fand sich, mehr beklommen als erstaunt, gegenüber dem Stadtarchiv wieder. Jetzt konnte sie den kurzen Rest des Wegs zu

Cornelius' Wohnung ebensogut zurücklegen und es hinter sich bringen.

»Ich bin nicht reif für eine feste Beziehung«, »Ich bin nicht reif für eine feste Beziehung«. Sie probte ihre Notlüge wie ein Mantra. Im Blindflug fand sie zu Cornelius' Wohnung, sprintete die Treppe hinauf und klingelte. Ihr Herz klopfte bis zum Hals. Sie klingelte erneut. Vor ihren Augen tanzten Sternchen, doch als die sich verzogen, war da noch immer nur die geschlossene Tür zu sehen. Er war nicht zu Hause! dachte Jeannette, so erleichtert, daß sie den Weg zurück fast flog. Fröhlich winkte sie der netten alten Dame aus dem Erdgeschoß zu, die, mühsam auf ihren Stock gestützt, die Wohnungstür öffnete, als sie vorbeihüpfte.

»Tag, Frau Kowalcik«, schmetterte sie und war schon über den Hof.

»Junga Fraa«, die Alte im Kittel wedelte ihren Stock, »junga Fraa. Ich wollt' doch no sog'n, ich hab' mich g'irrt mit'm Freidoch. Mei Sohn had doch Lehrgang ghob bis Samsdach die Wochn. Des wor Samsdach, fei. Fraa Komissarin!«

Aber Jeannette hörte es nicht mehr.

»Aber des kann man doch verstehn.« Dieter Dotzler hatte Mühe, den Redefluß von Anja Heinlein zu bremsen. Eben alles eine Frage der Verhörtechnik, lobte er sich selbst stolzgeschwellt. Nun, im Grunde hatte er ihr nur einen Tee vorbeigebracht, Himbeerblätter, weil er wußte, daß seine Schwester den immer getrunken hatte, wenn sie schwanger war. Die Heinlein brach in Tränen aus, und alles andere hatte sich dann von selbst ergeben. Das sollte ihm mal einer nachmachen!

»Des is doch wirklich kein Weltuntergang.« Beruhigend tätschelte er ihre Hand. Schwangere mußte man weinen lassen, das wußte er auch von seiner Schwester. »Schaun's, ist doch besser, daß Ihre Freundin schlecht von Ihnen denkt, als daß Sie eine Mordanzeige auf'm Hals ham.« Sie weinte lauter, was ihn eilig hinzufügen ließ: »Und sie wird nix Schlechtes Denken. Himmel, ein Mädel in Ihrer Lage.«

Das »Mädel« brachte ihm einen bitterbösen Seitenblick ein, den er nicht bemerkte. Froh, den Tränenfluß gestoppt zu haben, stand er auf. »Jetzt werd' ich noch Ihre Fingerabdrücke nehmen, damit wir die mit denen auf dem Viagra vergleichen können, und dann wissen wir mehr.«

»Sie war jedenfalls bei mir auf dem Klo«, wiederholte Anja Heinlein düster ihre Aussage. »Dieses Miststück. Ganz Perlenkette und Freundlichkeit. Und mir Unterstützung anbieten für das Kind. Dabei …« Vor Empörung versagte ihr die Stimme.

Es war Anja Heinlein schwergefallen zu gestehen, daß die große Abrechnung mit ihrem Peiniger Bouvier gar nicht stattgefunden hatte. Sie hatte sich das Gespräch nur im Geiste so oft ausgemalt, war ihre Taktik mit Nele durchgegangen – überhaupt Nele, die ihr so den Rücken gestärkt hatte. Unmöglich, ihr zu gestehen, daß sie sich schon am Telefon hatte abwimmeln lassen wie eine Idiotin. »Natürlich verstehe ich das, ruf mich an«, hatte sie nur gesagt, wie ein braves Huhn. Nele hätte zu Recht mit ihr geschimpft. So aber hatten ihre Augen geleuchtet. Und wie sie sie gelobt hatte. Was würde Nele machen, wenn sie erfuhr, daß sie statt dessen Besuch von der Ehefrau ihres Geliebten bekommen hatte, daß sie ihre Rivalin nicht nur hereingelassen, sondern auch noch Geld von ihr angenommen hatte? Und ein Auto? O Gott, ein Auto wäre so praktisch gewesen jetzt mit dem Kind.

Frau Bouvier hatte so vertrauenserweckend ausgesehen, wie ein ewiges junges Mädchen mit grauen Strähnen. Und dann hatte sie nach dem Badezimmer gefragt. Wieder fühlte sie Dotzlers Hand auf ihrer Schulter. Mädel, hatte er sie genannt, was für ein Idiot. Aber Anja Heinlein konnte jeden Trost brauchen, den sie kriegen konnte.

Als Dotzler sich endlich losreißen konnte, um das Protokoll abzutippen, begegnete er im Vorraum einer weiteren Frau mit verweinten Augen. Nicht, daß sie noch flossen: Frau Professor Krappmann-Bouvier hatte sich wieder vollkommen im Griff.

»Ich möchte eine Aussage machen.« Und Dotzler begriff, daß sein Teil an Frauenleid für diesen Tag noch nicht vorbei war.

Kapitel 20

»Verdammt!« Sechsundvierzig Augenpaare schauten Sabine Peters an, die sich fluchend die Hand rieb. Sechsundvierzig Erstsemester beugten sich eilig wieder über ihre Arbeitsplätze, um nicht Zeuge werden zu müssen, wie ihrer Kursleiterin die Tränen in die Augen stiegen. Und als die Dozentin in wildem Laufschritt das Labor verließ, erhoben sich hinter ihrem wehenden Kittel sechsundvierzig Stimmen zu wispernden Mutmaßungen.

Endlich im rettenden Büro angekommen, warf sich die Assistentin hemmungslos weinend über ihren Schreibtisch. Sie hatte wie ein Idiot dagestanden. Erst wollte die Reaktion zweimal nicht funktionieren, dann hatte sie den Overheadprojektor ruiniert, und schließlich war sie zu nahe an den Bunsenbrenner geraten. Sie war ein Wrack, ein Wrack! Sabine Peters wollte aufschluchzen, aber irgendwie waren ihr plötzlich die Tränen ausgegangen.

Ihr Verbleib an dieser Universität war nur eine Frage der Zeit, eine Frage der Gnade von Hans-Heiner Kafka. Wütend nagte sie an ihrer Unterlippe. Wenn sie sich nicht zusammenriß, würde sie sich selbst erledigt haben, bevor er es tat. Nein, das war kein Zustand.

Mit zitternden Beinen ging sie zum Spiegel über dem Waschbecken neben der Tür. Fahrig ordnete sie ihre Haare. Sie mußte die Initiative behalten. Jetzt.

Behutsam, wie ein unerwünschter Gast, schlich sie über den Flur des Instituts, dankbar, keiner Seele zu begegnen. Sie klopfte fast unhörbar an Kafkas Tür und steckte dann den

Kopf hinein. Er war gerade nicht da, doch seine Schreibtischlampe brannte. Vielleicht steckte er im Labor?

Sie empfand es als glücklichen Umstand, daß auch der Sozialraum verlassen dalag bis auf den üblichen Müll, und ging leise zum Genetiklabor hinüber. Ihre Hand lag schon auf der Klinke, da sah sie durch das Bullauge, was ihre Knie mit einem Schlag weich werden ließ: Da war es wieder, Notizbuch und Füller, genau so, wie es am Freitag dagelegen hatte, in der Nacht, als der Professor starb. Über ihren ganzen Sorgen hatte sie fast vergessen, daß es kein Hirngespinst gewesen war, dem sie da anhing. Jemand war in dieser Nacht mit ihr gemeinsam dort gewesen. Jemand, dem dieses Schreibzeug gehörte. Jemand, fiel es ihr siedendheiß ein, der hierhergehörte. Und er wußte vielleicht von ihr.

Sabine Peters' Atem beschlug die runde Scheibe. O Gott, dachte sie, o Gott, ich muß aufs Klo. Da riß eine unsichtbare Hand von innen die Tür auf.

»Du«, würgte sie nur hervor. Das Gesicht, in das sie starrte, war ebenso schreckverzerrt wie ihr eigenes.

Regenfuß warf sich seufzend in den Autositz zurück. Ein ganzer Tag Zeugenbefragung in Sachen Fuchs lag hinter ihm, ihre Wohnung, das Tierheim, zuletzt ihr Arbeitsplatz. Er drehte den Schlüssel halb um und schaltete die Scheinwerfer ein. Dieses Parkhaus war unangenehm. Und draußen schien die Welt unterzugehen. Regenfuß griff nach einer Zigarette. Es war eine Plage, gewissenhaft zu sein. Seine Gedanken kreisten vage um die vor ihm liegenden Aufgaben. Er kam zu keinem Ende, als der Filter bereits zu glimmen begann. Er drückte ihn aus und startete den Wagen. Losfahrend, sah er Jeannette Dürer in die Einfahrt zum Parkhaus einbiegen. Regenfuß senkte den Kopf und beobachtete sie über den Rand seiner Halbbrille hinweg. Was die eifrige Kommissarin wohl noch hier wollte? Doch als sie sich in eine andere Richtung wandte, fuhr er an, ohne sie anzusprechen. Am Ende wollte sie ihn wieder mal ein wenig herumkommandieren.

»Und dann?« fragte Dieter Dotzler.

Frau Bouvier ihm gegenüber zog den Rock ihres Dior-Kostüms über die Knie. »Dann habe ich ihm die Tabletten in einem Glas Whisky gegeben. Er sagte, er habe einen aufregenden Nachmittag gehabt und brauche eine Stärkung.« Sie hielt verzweifelt inne. »Dann ist er raus, wie er reingekommen ist: durch die Terrassentür zu seinem Büro. Er meinte, die studierten Hennen, die ich eingeladen hätte, wären das letzte, was er jetzt bräuchte. Niemand hat ihn gesehen.«

»Frau Anja Heinlein behauptet, Sie hätten das leere Briefchen anschließend bei ihr im Badezimmerschrank deponiert, um sie zu belasten.«

»Haben Sie die auch schon gefunden?« Die Frage klang nicht sehr interessiert.

»Natürlich, Frau Bouvier. Die Frage ist doch eher: Wie haben Sie sie gefunden?«

»Mein Mann hat mir von ihr erzählt.«

»Ihr Mann?« Dotzler machte so große Augen, daß die Bouvier bitter lachen mußte.

»Mein Bester, Sie haben keine Ahnung, was es alles gibt. Er hat mir von jeder seiner Affären erzählt, in allen Einzelheiten. Vor allem hat er mir klargemacht, daß ich mich nicht anstellen soll. Mit einer unglücklichen und nervenden Frau könne er es zu Hause ja erst recht nicht aushalten, und dann wäre ich selbst schuld. Logisch, oder?« Sie lachte böse. »Mein Mann war immer streng logisch. Er hat mir ihre Vorzüge geschildert und ihre Spezialitäten. Er hat mir sehr klar gemacht, daß eine Frau in meinem Alter einfach nicht mehr attraktiv genug ist. Und auch das in allen Einzelheiten. Er hat beim Frühstück auf mein Gesicht gezeigt und meine Kinder gefragt, ob sie glaubten, daß einen solche Falten sexuell erregen könnten. Die armen Kleinen. Haben Sie eine Zigarette?« Sie ließ sich Feuer geben. »Sie fühlten unbehaglich, daß ihr Vater da etwas Ungeheuerliches trieb. Aber sie wollten doch auch nicht lügen. Sie waren ihm so ausgeliefert. Aber Sebastian stand tiefer in seinem Schatten.«

Es war keine leichte Entscheidung gewesen, aber schließlich hatte es Jeannette doch zum Biologikum gezogen. Sie mußte die Sache mit Cornelius hinter sich bringen, wenn sie den Kopf für ihre Berichte frei haben wollte. Die Akten konnten auch bis morgen warten.

Sie fand Cornelius Kränzlein schneller als erwartet: Als sie aus dem Treppenhaus in den Flur des Instituts einbog, rannte er sie beinahe über den Haufen. Schnaufend stand er vor ihr und starrte sie an, um Atem ringend. »Jeannette!«

»Cornelius?« Sie legte ein amüsiertes Fragen in ihre Entgegnung. Einen Moment wurde sie unsicher. Er sah Kafka wirklich unglaublich ähnlich. Und wie aufgeregt er war, sie zu sehen! »Vorsicht, du machst deine Hose ja ganz schmutzig.« Sie wies auf die braunen Flecken an seinen Fingern und reichte ihm ein Tempo. »Da.«

»Ja. Danke.« Er rieb seine Hände nun an dem Tuch. »Verdammtes Futterzeug.« Sie schwiegen. »Hättest du Lust, mich zu begleiten?« fragte er dann plötzlich. »Ich bin auf dem Sprung zu einer Nisthöhle. Es wird phantastisch.« Seine Augen flehten sie an.

»Warum nicht.« Jeannette klang zögernd.

Auf dem Flur hinter ihnen wurden Stimmen laut. Ehe sie hinschauen konnte, packte er sie am Arm und schob sie Richtung Abgang. »Das wird ein wunderbares Abenteuer, Orpheus und Eurydike in der Unterwelt. Ich singe auch für dich.« Ganz aufgekratzt zog er sie mit sich.

»Wenn du meinst.« Sie lachte ein wenig künstlich. Gott, er war so eifrig um sie bemüht. Er tat ihr jetzt schon leid.

Das Gewitter beschleunigte die Dämmerung. Martin fuhr dicht über das Lenkrad gebeugt und spähte zwischen den Ausschlägen seiner Scheibenwischer hindurch, die Schwälle von Wasser von seiner Frontscheibe wischten. Zur Rechten erkannte er die Erdöltanks von Ingolstadt, als er endlich Frühauf erreichte.

»Mensch, Ludwig, endlich. Ich bin auf dem Weg von München. Paß auf, da ist dieser Typ.« Martin Knauer machte eine Pause, um den Wagen wieder in den Griff zu kriegen, der in einer Spurrille ins Schwimmen geraten war. Spritzwasser donnerte unheilverkündend gegen das Gehäuse.

»Dieser Typ von der Uni. Wäh!« Ein Laster hatte angesetzt zum Überholen. Das Sprühwasser, das sich daraufhin über seine Scheiben ergoß, nahm Martin jede Sicht.

»Welcher Typ?« hörte er Frühaufs Stimme im Handy quäken. Martin warf einen raschen Blick auf das Büchlein auf seinem Beifahrersitz. »Er hat gelogen. Und die Fuchs hat's mitgekriegt.« Er sprach es aus, wie es ihm einfiel. Dann schaute er wieder nach vorne. Der Laster war vorbei, Martins Frontscheibe frei. Und er sah, wie der Wohnwagen vor ihm ausscherte und gegen den Laster donnerte. »Jeannette darf auf keinen Fall …« Hart riß Martin das Lenkrad herum. Aber er konnte nicht mehr ausweichen.

»Was, zum Teufel?« fragte sich Ludwig Frühauf, als die Verbindung in ein Rauschen überging.

»Is was?« erkundigte sich Regenfuß, der eben hereingeächzt kam und Anstalten machte, seine Füße auf Frühaufs Schreibtisch abzulegen.

Verständnislos schüttelte Frühauf den Kopf und legte auf. »Martin war dran. Ein Typ von der Uni, das ist O-Ton, hätte gelogen, und die Fuchs hätte das gemerkt.«

»Welcher denn?« fragte Regenfuß mäßig interessiert.

Frühauf wühlte in den Protokollen. »Kafka oder Kränzlein. Die waren beide dabei, als Martin mit der Fuchs sprach.«

»Klingt spannend.« Regenfuß begann, sich die Ohren zu reinigen.

»Allerdings.« In Frühaufs Stimme lag weit mehr Interesse als in der seines Kollegen. »Und die Dürer soll irgendwas auf keinen Fall. Aber da brach die Verbindung ab.«

Regenfuß gähnte und schnippte das Ergebnis seiner Grabungen hinter sich. Zehn Stunden Knochenarbeit. Er wurde langsam zu alt dafür. »Was immer es ist, sie tut es vermutlich gerade. Ich hab' sie eben an der Uni gesehen.«

Als er Frühaufs Gesicht sah, seufzte er. Zehn Stunden lagen hinter ihm und zehn weitere vor ihm, wenn er Pech hatte. Er hatte doch gewußt, daß dieses Weib ihm Arbeit einhandeln würde, gleich, als er sie in der Tiefgarage sah.

»Sebastian?« kommentierte Frau Bouvier die Frage nach ihrem Sohn. »Er kämpfte auf verlorenem Posten, von Anfang an. Alles, was er tat und dachte, war verdächtig. Sogar seine bloße Existenz war in Frage gestellt.«

Dotzler schaute kurz in seine Notizen. »Ihr Mann weigerte sich, ihn anzuerkennen.«

»Ein Scherz, sagte er.« Sie lachte höhnisch. »Eine Quälerei. Der arme Junge. Er mußte alles rechtfertigen. Nichts war selbstverständlich, nichts war in Ordnung. Nichts durfte unhinterfragt geschehen. Welche Freunde er hatte, was für Musik er hörte, ob er abends ausgehen wollte, warum er das Fleisch auf seinem Teller vor dem Gemüse aß. Alles mußte verteidigt werden. Natürlich war das keine Arie aus Gemeckere und Vorwürfen, o nein, so plump war mein Mann nicht.« Sie schaute eine Weile aus dem Fenster. Doch als Dotzler schon glaubte, sie hätte den Faden verloren, fuhr sie fort. »Es war ein intellektueller Wettstreit, sagte er. Ein Turnier. Jeder konnte gewinnen.« Sie blickte ihn mitleidig lächelnd an. »Aber sagen Sie selbst: Welche Chance hat ein Kind schon in so einem Wettkampf gegen einen Erwachsenen?«

Dotzler antwortete nicht.

Frau Bouvier seufzte und drückte die fünfte Zigarette in den Aschenbecher. »Sebastian trat an und verlor, trat an und verlor. Alles, was ihm wichtig war und was er liebte, blieb auf der Strecke. Weil er den Kampf annahm, wurde er gezwungen, es mit den lieblosen Augen seines Vaters zu betrachten. Und es aufzugeben.«

Mit einem unguten Gefühl saß Jeannette in dem klapperigen alten VW-Bus, den Cornelius sich für seine Fledermaustouren vom Institut lieh, und wußte nicht, wie sie dem vor Erregung glühenden Mann neben sich diese Enttäuschung bereiten sollte. Und wann: auf der Hinfahrt, in der Höhle, auf der Rückfahrt? Vielleicht konnten sie irgendwo in der Fränkischen etwas trinken gehen. Aus den Augenwinkeln musterte sie Cornelius, der aufgekratzt und selbstsicher zugleich sein bockiges Gefährt steuerte, ganz in seinem Element. Doch der Anblick entlockte ihr keinerlei Freude mehr. Es gab keinen Zweifel, sie hatte die Sache schon viel zu weit gedeihen lassen und mußte sie schleunigst beenden. Noch immer nach den richtigen Worten ringend, schaute sie zu, wie die Tropfen an den Scheiben hinunterliefen. Die Scheibenwischer quietschten hin und her.

Cornelius lächelte breit zu ihr hinüber und tätschelte das Lenkrad. »Unser Adventure-Van.«

Schweigend sah sie die letzten Häuser der Bayreuther Straße an ihnen vorbeiziehen, den neuen Hotelkomplex an der Autobahn, das Tierheim. Dann setzte er den Blinker rechts.

»Wollten wir nicht in die Fränkische?« fragte Jeannette irritiert.

»Es ist wegen dem Detektor. Der steht hier noch in einem Keller. Da, dort drüben ist der jüdische Friedhof. Warst du schon mal da?«

»Ich wollte immer mal, aber …« Jeannette schüttelte den Kopf. Jetzt bogen sie holpernd auf einen Waldweg ein. Es war ein Fehler gewesen, mitzukommen, dachte sie. Das dauerte alles viel zu lange.

»Die nette junge Kommissarin?« Die Tierpflegerin wischte sich mit dem Ellenbogen die Nase und schwappte sich dabei beinahe den Eimer mit Essensresten ins Gesicht. »Die hab' ich vorhin im Treppenhaus gesehen, die …« Sie hielten inne, als sie ein Stöhnen hörten. Es drang aus der halbgeöffneten Tür des Genlabors, vor dem sie standen. Frühauf öffnete sie ganz und sah vorsichtig hinein. Der Kühlschrank summte sie an und blinkte rot. Eine Arbeitsleuchte brannte, Reihen leerer Eppendorfbehälter, noch in Plastik eingeschweißt, warteten auf ihren Einsatz, ein Computer schwieg mit dunklem Bildschirm. Das Stöhnen war erneut zu hören.

In der hintersten Ecke sah Frühauf schließlich zwei Beine. Mit einem Fluch stürzte er hin.

Sabine Peters war nicht bei Bewußtsein. Ein glänzender Stift ragte aus ihrem Hals, den jemand mit enormer Wucht dort hineingerammt haben mußte. Ihr Atem ging gurgelnd, und auf ihrem weißen Kittel, dort, wo ihre Hände sich über dem Bauch in den Stoff verkrampften, sah er Blut.

»Rufen Sie einen Krankenwagen«, brüllte er der Pflegerin zu, »beeilen Sie sich.«

»Ich habe immer gefürchtet, daß er Sebastian zerstören würde, daß nichts von ihm übrigbliebe. Aber der Junge war so ein Kämpfer. Und ein Genie.« Tränen traten ihr in die Augen.

»Wenn er ein Schulversager geworden wäre, ein Durchschnittstyp, ein Niemand, vielleicht hätte mein Mann dann irgendwann von ihm abgelassen. Aber Erfolg, noch dazu im selben Fach. Das konnte er nicht ertragen.«

»Im selben Fach?« hakte Dotzler nach.

»Ach bitte!« Sie hob ein Fünfmarkstück hoch. Die mitschreibende Beamtin sah auf. Dotzler nickte ihr zu, daß sie sich auf den Weg machen könne, Frau Bouvier aus dem Automaten in der Halle ein Päckchen Zigaretten zu holen. »Mein Sohn«, erklärte sie hochaufgerichtet, »erhielt vor kurzem einen Forschungspreis in Molekularbiologie.« Dann sank sie wieder in sich zusammen. »Ich mußte ihm helfen. Ich wollte ihn beschützen.« Sie verbarg das Gesicht in den Händen. »Als ob ich ...« Der Satz ging in einem Schluchzen unter. Dann war ihre Stimme plötzlich wieder klar. »Fünf Stunden zu spät«, klang es zwischen ihren Fingern durch. »Nach dreißig Jahren Quälerei. Fünf läppische Stunden. Ist das nicht lächerlich?« Dotzler glaubte zunächst, ein Weinkrampf schüttele sie, doch als sie die Hände herabfallen ließ, sah er, daß Frau Krappmann-Bouvier lachte.

»Phantastisch, nicht wahr. Ich hab's dir doch versprochen.«

Fasziniert schaute Jeannette den Tunnel entlang. Im Schein einer einzigen Taschenlampe, mit keinem anderen Geräusch als dem des rauschenden Regens vom fernen Eingang, wirkte alles ganz anders als an dem hektischen Tatort, zu dem Frau Fuchs' Tod den anderen Teil der Felsenkeller gemacht hatte.

»Phantastisch, wirklich«, hauchte sie. Die Dunkelheit schien ihre Stimme zu verschlucken. »Wie weit geht das rein?« Sie suchte am Ende des Strahls eine Rückwand zu erkennen.

»Es geht ganz durch.« In seiner Stimme schwang Stolz mit.

Sie riß die Augen auf. »Durch den Berg?«

»Bis auf die andere Seite«, bestätigte er. »Dem Institut gehört aber nur der vordere Abschnitt hier bis zur ersten Abzweigung. Willst du mal sehen?«

»Ja.« Sie sagte es, fast ohne es zu bemerken. Langsam folgte sie ihm in die Schwärze, die Schritt für Schritt vor ihrer Lampe zurückwich. Anfangs waren hier und da Graffiti an den Wänden, Spuren der Neuzeit, dann Kreidezeichen, Ruß, eine verrostete Halterung. Am Eingang hatte ein Kellerregal mit leeren Einmachgläsern und ausrangierten Werkzeugen gestanden, weiter hinten tauchten dann einzelne Gegenstände im Lichtkegel auf wie Tiefseefische, die in den Scheinwerferstrahl einer Tauchkugel gerieten, seltene fossile Lebewesen, zusammenhanglos herausgerissen aus einem Zeitstrom, der sie hier angespült hat.

Das war kein Gang, dachte Jeannette, das war eine Zeitmaschine, mit der sie nun zurückreiste in eine düstere Vergangenheit – oder eine Zukunft.

»Entschuldigung.« Sie war fast auf ihn aufgelaufen, so abrupt war er stehengeblieben.

»Siehst du?« Er schwenkte das Licht nach links und nach rechts. Auf beiden Seiten taten sich Öffnungen auf, grob gehauen und unvollendet die eine, ein sauberes Quadrat mit Spuren einer hölzernen Türfüllung die andere. »Welche willst du nehmen?«

»Die linke«, sagte sie, ohne zu zögern, und wies auf die unfertige.

Er nickte. »Der Eingang zur Unterwelt.«

Kapitel 21

Frühauf saß wie auf Kohlen, während sich die Sanitäter um Sabine Peters bemühten. Doch vergeblich, sie wachte nicht auf. Notgedrungen, da Dotzler sich für unabkömmlich erklärte, übernahm er es selbst, den Tatort zu sichern und Regenfuß mit seinen Leuten einzuweisen. Die ganze Zeit tigerte er dabei auf und ab und bemühte sich abwechselnd, Martin und Jeannette Dürer ans Telefon zu bekommen. Doch beider Handys waren wie tot.

Schließlich hielt er es nicht mehr aus und ging zu seinem Wagen. Da sah er den Fiat der Nürnberger Kollegin stehen. Er trat näher, kein Zweifel, das war Jeannette Dürers Auto. Das Holster mit der Dienstwaffe lag auf dem Beifahrersitz. Er schüttelte den Kopf über so viel Schlamperei.

»Na?« Es war Regenfuß' Stimme, die hallend zu ihm drang, während er näher kam. »Immer noch verschwunden?«

»Ihr Auto steht hier.«

»Da hadde sie's abgstellt, als ich losfuhr.« Auch Regenfuß musterte den Fiat. »So was von ana wandelnden Müllkippn.« Kopfschüttelnd nahm er den Flor aus Papierservietten, Pappbechern und Dönertüten zur Kenntnis, der Jeannettes Rückbank zierte. »Und was is des?

Regenfuß schob die Brille hoch und preßte seine Nase an die Scheibe. »Bild von 'nem fliegenden Fisch, komisches Zeugs. Und eine Futterdose. Hat die Dürer a Aquarium?« Die beiden sahen sich an. Das sah ihr gar nicht ähnlich.

Nun versuchte es Frühauf. »Ko-li-bri-fut-ter« las er bedächtig vor. »Kolibrifutter. Kann man Kolibris zu Hause halten? Du hast doch Wellensittiche.«

Regenfuß schüttelte den Kopf. Er war Vorstand im Züchterverein für Ziervögel. Aber von Kolibris hatte er noch nichts gehört. Angestrengt starrte er die Dose an. »So was hab' ich im Laden noch ned gsehn. Des is Spezialzeugs.«

»Haben wir gleich«, meinte Frühauf und langte in seine Jackentasche.

»Du wirst doch nicht«, begann Frühauf, aber sein Kollege zog keinen Dietrich heraus, sondern das Handy. Die Tierpflegerin war wenige Minuten später bei ihnen.

»Das ist für die Fledermäuse«, bestätigte sie bereitwillig nach einem Blick auf die Dose. »Spezialversand. Zoos kaufen da ein, und wir zum Beispiel. Sehen Sie?« Sie wies auf den Deckel, wo ein Etikett mit Nummerncode klebte. »Das ist eine von unseren.«

Warum sollte die Dürer Vogelfutter mitgehen lassen? Rätsel über Rätsel. »Äh, danke«, verabschiedeten sie die junge Frau, die erleichtert zu ihrem eigenen Auto stakte.

»Und wenn's ihr jemand gegeben hat?«

»Der Typ von der Uni«, fuhr es Frühauf heraus. Martin hatte etwas gesagt von einem Typen von der Uni.

»Da steht noch was.« Regenfuß wies mit dickem Finger gegen die Scheibe. Ein schwungvoller Filzstiftzug war das.

»In Liebe, Dein Kafka.« Frühauf las es laut.

Regenfuß pfiff überrascht. »Mensch, Ludwig. Der Kafka. Und der Kerl ist aus seinem Büro verschwunden.«

Vor Frühaufs innerem Auge erschien vage ein Gesicht, eine Schwarzweißzeichnung, überlebensgroß wie ein Plakat, die ihn traurig anschaute. Aber er wußte nicht, was sie ihm sagen wollte.

Jeannette kam mit einem Stöhnen zu sich. Um sie herum war Schwärze, so dick und dicht, daß sie auf ihre Augäpfel zu pressen schien. Sie riß die Augen auf, so weit sie konnte, aber da war kein Restchen Licht. Panik ergriff sie, der Boden unter ihr, auf den sie vor kurzem so schmerzhaft aufgeschlagen war, wurde ungewiß. Sie glaubte zu fallen und streckte die Hände auf.

»Ah.« Schmerzhaft schlug ihre linke Hand gegen eine Wand. Tastversuche ergaben, daß sie rauh und körnig war, uneben, wie grob aus dem Sandstein geschlagen. Wie alles hier in den Gängen. Sie war also noch in den Tunneln. Mit zusammengebissenen Zähnen versuchte sie, sich aufzurichten, aber ihre Beine gehorchten ihr nicht. Sie griff mit beiden Händen nach der Wand, von der sie sicher wußte, daß sie da war, und zog sich ein Stück hoch. Ein gleißender Blitz zog innen vor ihren Augen vorbei. Dann wurde sie wieder ohnmächtig.

Als sie erneut zu sich kam, zitterte sie vor Kälte. Kalt, es war kalt. Mit klappernden Zähnen murmelte sie sich die Fakten zu. Es war kalt, und es war naß. Sie mußte tief im Inneren des Berges stecken. Tief. Jeannette dachte nach. Sie war gefallen. Sie erinnerte sich an das Gefühl, den Boden unter den Füßen zu verlieren. So, wie man beim Einschlafen zusammenzuckte, wenn man plötzlich die Traumvision hatte, eine Treppenstufe zu verfehlen.

Cornelius! War er noch da? Holte er Hilfe? Sie lauschte, doch es war nur das Tropfen des Sickerwassers zu hören. Mühsam versuchte sie erneut, sich zu bewegen. Mit den Ellenbogen sich vorwärts stemmend wie ein Nahkämpfer, robbte sie den Boden ab, tastete vorsichtig vor sich her. Nach langer, endlos langer Zeit hatte sie jede Orientierung verloren. War sie vorangekommen? Verzweifelt schob sie sich einen ihrer Turnschuhe von der Ferse, angelte ihn sich mit der Linken und schob ihn energisch an die Wand, gegen die sie sich gerade lehnte. Dann kroch sie keuchend weiter. Sie wußte nicht, wieviel Zeit vergangen war, als ihre suchenden Finger wieder auf ihren Schuh trafen. Sie war im Kreis gerobbt.

Jeannette legte sich auf den Boden, entspannen war unmöglich. Ihr Gesicht lag fast im Schlamm. Du liegst in einem Loch, sagte sie sich. Sie wiederholte es laut. »Du liegst in einem Loch.« Rund, vielleicht sechs Meter im Durchmesser. Sie konnte es nur schätzen, ihr Zeitgefühl war miserabel, und sie bewegte sich wie eine Schnecke.

»Denk nach«, trieb sie sich an, »denk nach.« Da war seine Stimme, die erzählte. Was erzählte er? Die letzten Augenblicke waren wie ausgelöscht. Von Orpheus erzählte er. Und er hatte gesungen. Sie hatte gelacht. Von Orpheus. Und Eurydike, die nicht mehr aus der Unterwelt zurückkam.

Jeannette schloß die Augen, Schmerzfunken tanzten hinter ihren Lidern. Jetzt hörte sie es wieder. Klar und deutlich.

»Ich werde es dir leicht machen, Eurydike«, hatte er gerufen. »Ich werde nicht zurücksehen.«

Dann prallte sie auf.

Jeannette war nicht sicher, ob sie geschlafen hatte, als sie die Augen wieder öffnete. Ob offen oder geschlossen, was machte es für einen Unterschied? Sie bemerkte einen zähen Widerstand über einem Lid und fingerte daran herum. Blut, bestätigte ihr ein kurzes Lecken an der Fingerspitze. Eine dicke Kruste. Aber es war angetrocknet und floß nicht nach. Das Problem war ihr linkes Bein. Sie nahm alle Kraft zusammen, um sich aufzusetzen und gegen die Wand zu lehnen. Das rechte ließ sich bewegen, das Gelenk tat weh und schien ihr geschwollen, aber es ließ sich bewegen. Schade nur, daß ihr Schuh fort war. Jeannette glaubte nicht, daß sie die Kraft haben würde, nach ihm zu suchen. Das linke Bein allerdings. Sie wagte kaum, danach zu tasten. Auf klebrige Stofffetzen stieß sie, eine Schwellung, Schmerz, den sie mit zusammengebissenen Zähnen überwand, dann auf etwas Taubes, hart, ohne Gefühl, das da nicht sein sollte. Sie drückte kurz dagegen und schrie vor Schmerz und Verzweiflung auf. Der Schienbeinknochen ragte durch das Fleisch.

Kapitel 22

»Wenn Sie das bitte noch unterschreiben würden?« Er schob Frau Bouvier gerade ihre abgetippte Aussage zur Unterschrift hin, als ihn ein aggressives Schrillen unterbrach.

Mit wachsender Aufregung lauschte er Frühaufs Erklärungen. Seine Kommissarin verschwunden! Er hielt sich nicht lange bei dem Possessivpronomen auf, sondern beeilte sich, die Fahndung nach Hans-Heiner Kafka in die Wege zu leiten. Frau Bouvier schaute aus dem Fenster, teilnahmslos, als erwartete sie nicht, daß nach diesem Gespräch noch irgendetwas auf der Welt geschehen könnte, das sie etwas anginge.

»Zu Hause ist er nicht, sagen die Eltern«, wiederholte Dotzler atemlos und notierte die Adresse von Kafkas Eltern, bei denen der Assistent nach wie vor lebte. »Ich stell' zwei Mann in einem Streifenwagen vor die Tür, vielleicht läßt er sich ja dort blicken.« Dotzler schrieb und schrieb. »Chorprobe ausgelassen, verstehe.« Vermutlich war es eine gute Idee, jemanden dorthin zu schicken, der seine Mitsänger und Freunde befragte. Vielleicht hatte ja einer eine Idee, wo er sich möglicherweise verkroch. Mit Jeannette! Dieses Schwein! »Glaubt ihr, sie ist ...« Er schaffte es nicht, den Satz zu beenden. Dotzler erhielt auch keine Antwort. Alle verschanzten sich hinter hektischer Professionalität.

Während er hinausrannte, Namen brüllte, Türen schlug und den Fahndungsapparat in Bewegung setzte, drehte Frau Krappmann-Bouvier den Kugelschreiber zwischen ihren Fingern. Sie hatte ihren Mann ermordet, und das Leben ging darüber hinweg. Vergessen saß sie auf ihrem Stuhl und hing ihren Gedanken nach. Schließlich setzte sie energisch ihren Namen unter das Dokument, griff nach ihrer Handtasche, hängte sich ihre Kostümjacke unter den Arm und ging zur Tür. Niemand auf den langen Korridoren achtete auf sie. Ihre Schritte hallten im Treppenhaus. Frau Bouvier war bereits an ihrem Auto und kramte nach dem Schlüssel, als ein Einsatzwagen bei ihrem Anblick bremste und mit quietschenden Reifen zum Stehen kam.

»Was, zum Teufel, soll das werden?« Dotzlers Wut war um so größer, als er selbst es versäumt hatte, die Beamten zu verständigen, die Frau Bouvier in die Untersuchungshaft hätten überführen sollen.

Frau Krappmann-Bouvier antwortete mit der routinierten Resolutheit der Professorengattin: »Ich bin auf dem Weg zu meiner kranken Tochter. Der arme Hans-Heiner kann ja nicht ewig auf sie aufpassen. Ich habe schon viel zuviel von seiner Zeit gestohlen.« Endlich hatte sie ihren Autoschlüssel gefunden. »Ah«, verkündete sie zufrieden.

Dotzler nahm ihr den Schlüsselbund aus der erhobenen Hand. Er holte tief Luft, dann atmete er wieder aus. Einen Moment lang dachte er nach. Wieder schnappte er nach Luft. »Hans-Heiner?« kam es dabei kaum hörbar aus seiner Kehle. »Hans-Heiner Kafka?«

»Ja sicher, der Arme. Er hat schon genug seiner Arbeitszeit für mich geopfert.«

Hastig winkte Dotzler nach seinem Kollegen und übergab ihm die Bouvierschen Autoschlüssel. Seine geflüsterten Anweisungen enthielten auch den Rat, einen Psychologen hinzuzuziehen.

»Frau Bouvier«, versuchte er dann selbst noch einmal zu der wieder teilnahmslos gewordenen Frau durchzudringen. Seit ihr Ausflug vor der Autotür gestoppt worden war, stand sie da, als hätte sie nie mehr vor, sich zu bewegen. »Dieser Mensch hat vermutlich auf Ihren Mann eingestochen.«

Sie schaute ihm zum ersten und letzten Mal an diesem Tag in die Augen. Ihr Mund kräuselte sich zu einem nachsichtigen Lächeln. »Hans-Heiner war immer ein netter Junge«

Nachdem Frühauf und Regenfuß den letzten Schutzbeamten mobilisiert, den letzten Raum im Biologikum gesichert hatten und die letzte Suchstaffel meldete, daß auch in den leerstehenden alten Känguruh-Gehegen des Tierhauses nichts zu finden war, entschlossen sie sich, das umliegende Waldstück abzusuchen. Die Feuerwehr rückte an.

In dichten Reihen tasteten sich die Suchenden durch das tropfende Unterholz. Die Strahlen ihrer Taschenlampen wanderten über feuchtes Laub, wasserdunkle Kiefernstämme und Heidelbeergebüsch. Taschentücher, Kaugummipapiere, gebrauchte Kondome und leere Plastikfeuerzeuge wurden mit Spießen umgedreht und eingesammelt.

Frühauf machte eine Zigarettenpause an der Straße und schaute über die versammelte Meute aus Nachbarn, zugereisten Neugierigen und Journalisten der lokalen Rundfunk- und Fernsehsender, die sich hinter dem Wagenpark der Einsatzgruppe drängte. Gleißende Helle hier wie dort. Aber hier brummte das Leben. Im Wald hinter ihm waren nur die bedächtigen Schritte der Männer und hin und wieder der laute Ruf eines Fündigen. Die Absperrung funktionierte. Dotzlers Audi wurde angehalten und überprüft, ehe er bis zu der verwaisten Bushaltestelle vorfahren konnte, an der Frühauf sich gegen den permanenten Nieselregen untergestellt hatte.

»Und?«

»Schweigt sich aus.«

Sie kommentierten beide die Situation nicht weiter. Hans-Heiner Kafka leugnete energisch ab, etwas mit dem Angriff auf Sabine Peters und dem Verschwinden von Jeannette Dürer zu tun zu haben. Die Idee, er könnte seine Mitassistentin attackiert, dabei von der Kommissarin überrascht worden sein und diese dann aus dem Weg geräumt haben, trieb ihm den Angstschweiß auf die Stirn. Aber er blieb dabei: Er hatte die Universität auf den Anruf der Bouvier hin verlassen und keine der anderen beiden Frauen auch nur gesehen. Konfrontiert mit Bild und Dose, die seine Widmung trugen, schnaubte er nur empört.

»Das Dumme ist«, meinte Dotzler nachdenklich, »ich kann's mir auch nicht recht vorstellen.« Er machte eine Pause. »Sie und der.«

»War ja auch ein Fehler.« Sie schwiegen weiter.

»Meine Fresse, Maadin!« Dotzler riß die Augen auf, als er Martin Knauer aus dem Nürnberger Streifenwagen springen sah, der eben an die Absperrung herangefahren war. Knauer trug einen Schulterverband, den angewinkelten Arm in der Schlinge und ein großes Pflaster dort, wo neben seinem blauverschwollenen Auge die Haut aufgeplatzt war. »Mit wem hast du dich geprügelt?«

»Mit einem Laster«, antwortete er knapp. »Wo ist Jeannette?«

Die Antwort waren ausweichende Blicke in Richtung auf die Suchenden. Umständlich drückte Frühauf seine Zigarette aus und suchte Martin dann an der heilen Schulter zu fassen und auf eine der orangefarbenen Plastikschalen der Haltestellensitze zu drücken.

Aber Martin setzte sich nicht. Statt dessen knallte er ein Taschenbuch auf sein Knie. »Der Mistkerl hat behauptet, er verstünde nichts von Genetik, laut und deutlich. Und die Fuchs hat dabeigestanden und es gehört. Die muß gewußt haben, daß es gelogen war.«

»Kafka?« fragte Dotzler mitleidig.

»Quatsch, er«, antwortete Martin und klopfte auf das Buch.

»Cornelius Kränzlein«, las Dotzler langsam, »Einführung in die Evolutionsgenetik. Studienführer.«

»In der fünften Auflage. Der Typ ist ein verdammter Crack in Genetik.«

Dotzler blickte noch immer nicht durch. »Aber warum sollte er das dann nicht zugeben?«

»Ich weiß nicht.« Martin schüttelte den Kopf. »Aber ich glaube, es war ihm mindestens einen Mord wert. Jeannette muß das herausgefunden haben.«

»Aber ...«, wollte Dotzler eben einwerfen, als Frühauf ihn am Arm packte. Er hatte das Buch herumgedreht und starrte nun auf das kleine Bild des Autors, das die Rückseite zierte. Ernst blickte ihn ein längliches Gesicht an, mit über die hohe Stirn zurückgekämmten Haaren und traurigen schwarzen Augen, ein Gesicht, das hätte männlich-attraktiv sein können, wären da nicht die pennälerhaft abstehenden Ohren und der scheue Blick. Frühauf kannte dieses Gesicht. Zwei Jahre lang hatte es ihm auf dem Gang nachgesehen, jedesmal, wenn er am Zimmer seiner Mitschülerin Dürer vorbeigeschlichen war und es wieder nicht gewagt hatte, anzuklopfen. Erst kürzlich hatte sie ihm den Namen des stummen Zeugen seiner Niederlage verraten. »Kafka«, flüsterte er.

»Ja, genau«, platzte Dotzler heraus. »Es war nämlich der Kafka, der ...« Aber er kam nicht dazu, seinen Satz zu Ende zu sprechen. Frühauf drückte ihm das Buch in die Hand. »Das«, knurrte er, »ist Kafka.«

Martin blickte von einem zum anderen. »Was zum Teufel geht hier vor?«

Dotzler setzte zu einer wortreichen Erklärung an, als Martins Handy losdudelte und der wie eine Kobra darauf losging.

»Ja? Ja. Ja.« Dann saß er doch. »Sie haben lange blonde Haare in seinem Waschbecken-Syphon gefunden«, erklärte er den Kollegen. »Und die Nachbarin sagt, sie hätte ihm einer netten jungen Kommissarin gegenüber ein Alibi für Freitag abend verschafft, aber sie hätte sich geirrt.«

»Wem?«

»Na Kränzlein.« Martin schnaufte. »Ich habe die Nürnberger Kollegen auf ihn gehetzt. Mann, die letzten beiden Stunden waren hektisch. Ich brauch' eine Pause. Was war bei euch los?«

»Ihr Auto steht noch im Parkhaus«, meinte Frühauf eine knappe Stunde später, als er seinen Bericht über den Angriff auf die Peters abgeschlossen hatte, und blies den Rauch aus.

»Und Kränzlein?«

»Flüchtig, wie's aussieht.« Er drückte den Stummel mit dem Absatz aus. »Dotzler hat sich gerade drangemacht.« Dann schauten sie beide wieder zu der Lichterkette, die sich stückchenweise durch den nächtlichen Wald vorarbeitete. Der Regen wurde stärker.

»Mir graut bei dem Gedanken«, murmelte Frühauf, »daß wir uns danach das ganze ehemalige Truppenübungsgelände vornehmen dürfen.«

Martins Arm schmerzte pochend, und er fröstelte. Die orangefarbenen Sitzwannen der Haltestelle waren kalt. Verkrampft hockte er da und versuchte nachzudenken. Jeannette fuhr zum Biologikum. Ihr Auto stand hier, sie war fort. Kränzlein fuhr zum Biologikum. Wie?

Der Aushilfs-Sekretärin zufolge, die Dotzler bereits heftig befragt hatte, hatte Kränzlein gegen sieben seinen Fahrradhelm an ihre Garderobe gehängt. Das Fahrrad war noch da, er selbst war verschwunden. Wenn er Jeannette nicht im Gebäude oder in der näheren Umgebung umgebracht hatte, war es dann wahrscheinlich, daß er zu Fuß mit ihr flüchtete?

Hastig bat er Frühauf, ihm beim Aufstehen zu helfen, und hinkte an seinem Arm über Wurzelwerk zum Eingang des Biologikums. Die Prellungen an seiner Hüfte machten sich schmerzhaft bemerkbar. Martin war außer Atem, als sie im richtigen Stockwerk ankamen. Die verschreckte neue

Schreibkraft wußte nicht, was der Herr Kränzlein in der Universität so trieb. Aber die Tierpflegerin und der Konservator gaben verwundert Auskunft.

»Der? Bücher holen.« Sie schaute ihren Kollegen an.

»Oder bringen«, bestätigte der. »Richtiger Bücherwurm, der.« Wieder tauschten sie einen nachdenklichen Blick.

»Oder …«, sagten sie gleichzeitig und gaben sich dann gegenseitig den Vorzug.

»Ja?« Martin verlor die Geduld

»Die Fledermaus-Wochenstubenquartiere in der Fränkischen abfahren.« Der Konservator mußte grinsen. »Mit unserem Adventure-Van.«

Jeannette gab die Inspektion ihrer Verletzungen auf. Was half es auch. Sie saß metertief unter Berggestein in einem Loch fest, Cornelius würde wohl kaum Hilfe holen, sie konnte nur hoffen, daß er sie bereits für tot hielt und nicht oben auf sie lauerte. Und andere Unterstützung war nicht zu erwarten; sie hatte sich nirgends abgemeldet, und an der Uni hatte ihres Wissens niemand gesehen, daß sie miteinander weggegangen waren. Es gab nur einen Weg hinaus aus diesem Loch, und das war Klettern. Sie verdrängte die Bilder von ihrem Bein, die ihre Phantasie ihr ausmalte. Denk an die Kletterwand in der Polizeischule, ermahnte sie sich. Denk an den letzten Urlaub in den Alpen. Regine war auf der Hotelterrasse zurückgeblieben, um den blauen Himmel und die Cocktails zu genießen, während sie selbst eine kleine Klettertour gewagt hatte, Freeclimbing, nichts Aufregendes, nur eine Route für Anfänger.

Jeannette begann, sich an der Wand hochzuziehen, und versuchte, die Erinnerung an diesen Trip festzuhalten, an das Siebziger-Jahre-Flair der Hotellobby, außen Holzbalkon, innen Psychedelik, wie Regine gespottet hatte, an die Cola aus dem Zimmerkühlschrank, nackt nach dem Duschen auf dem Bett getrunken. Das Fenster stand weit offen und zeigte den Blick auf die beschneiten Berge. Aber der Sonnenfleck auf ihrem Laken war so warm, daß sie sich unbedeckt darin räkeln konnte. Bis Regine das nasse Handtuch nach ihr warf. Jeannette schrie. Sie stand. Auf einem Bein, aber sie stand. Es zog ihr fast die Haut von ihrem nackten Fuß, als sie sich zentimeterweise mit der Nase zur Wand drehte. Damals im Urlaub, als sie in die ersten Griffe gefaßt hatte, war ihr ein frischer Wind um die Nase geweht, ein Vogel hatte irgendwo über ihr geschrien, und aus einer Felsspalte wippten die üppig gelben Blüten eines Krauts, das sich dort eingenistet hatte. Hier war alles schwarz.

Der Schmerz kam in Wellen, und jede brachte sie der Übelkeit näher. Jeannette preßte die Stirn gegen die Wand und übergab sich. Ihre Rechte hatte den ersten Griff gefunden, der linke Fuß tastete sich hoch, fand Halt, sie belastete ihn zitternd. Unmöglich! War es unmöglich? Es war eine Frage der Alternativen.

Frühauf, Dotzler und Knauer brausten auf dem Frankenschnellweg in Richtung Forchheim.

»Die Fränkische«, knurrte Martin, »die ganze verdammte Fränkische.« Verzweifelt überblickte er die Markierungen auf der Karte, die das Institut ihnen mitgegeben hatte. Kirchtürme, Höhlen, alte Bierkeller. »Und wir können nicht mal sicher sein, daß er sich wirklich an die Karte hält.«

»Er wird einen vertrauten Platz aufsuchen«, versuchte Frühauf ihn zu beruhigen. Dann schaltete er den Scheibenwischer eine Stufe höher.

Martin trommelte mit den Fingern auf der Türfüllung herum, als das Handy ihn aus seinen Gedanken riß.

»Martin? Sie ham ihn.« Regenfuß' Stimme drang laut quäkend ins Auto. Die Männer schauten sich an. »Martin? An einer Tankstelle in Nürnberg. Er fuhr gerade den VW-Bus durch die Waschanlage. Er sagt, er hat sich in der Uni-Garage von ihr verabschiedet. Aber ihr Handy lag in seinem Handschuhfach. Hörst du, Martin?«

»Mach ihm gefälligst Dampf!« Martin brüllte und stierte dann aus dem Fenster. Nichts als Schwärze. Er hielt die Karte fest, als sie von seinen Beinen zu rutschen drohte, und studierte sie erneut. Kränzlein war bereits wieder in Nürnberg, dann konnte er nicht allzuweit gefahren sein. Denk nach, Martin, feuerte er sich an, denk nach. Ein vertrauter Platz. Sein Finger fuhr über einen gelben Klebepunkt weit abseits der anderen Markierungen. Ein vertrauter Platz. Er hatte schon einmal eine Leiche dort abgeladen.

»Dreh um, Ludwig! Schnell.«

Frühauf nickte und hielt das Steuer mit beiden Händen fest. Auf die Standspur lenkend, legte er eine Vollbremsung hin, setzte mit quietschenden Reifen fünfzig Meter zurück und bog in die Ausfahrt Baiersdorf ab.

»Is ja schattig«, kommentierte Dotzler. »Sieht kein Mensch.«

Nächster Griff, Fuß, Hand. Immer drei Punkte, ermahnte Jeannette sich. Immer drei. Sie war einen Schritt weiter gekommen, zwei Männer – drei Punkte. Oder ihre Probleme hatten sich vergrößert. Jeannette lachte hustend, als ihre Rechte den Halt verlor. Mit einem Aufschrei hing sie einen Moment an einer Hand, pendelte in die schwarze Leere und wieder zurück, knallte schmerzhaft mit der Schulter gegen die Wand und fand den Vorsprung wieder. Sie keuchte. Gebirge, ermahnte sie sich, Schneegipfel in der Sonne, Regine, die die Olive aus ihrem Martini angelte und grinste. Verdammt, ihr Bein tat so weh. Wenn sie noch einmal anfing zu schreien, würde sie nie wieder aufhören. Und fallen. Gebirge genügte nicht mehr. Sie brauchte mehr.

»Bist du sicher, Martin?«

»*Du* hast gesagt, ein vertrauter Platz.« Schweigend ließen

sie den Friedhof vorbeiziehen. Martin hielt nach der Abzweigung Ausschau, es konnte nicht mehr als ein Fußweg sein.

»Da.« Sie hatten es beide gesehen. Reifenspuren.

»Astern«, stöhnte Jeannette, »schwelende Tage.« Ein Griff, ein Ruck.

»Uralte Beschwörung. Bann.« Ein Griff, o Gott, ein Griff, Griff. Da.

»Die Götter halten die Waage«, sie drückte ihr Knie ewige Sekunden durch, hinauf, hinauf, hin..., »noch eine zögernde Stunde an.«

»Noch einmal«, sie tastete über die körnigen Ränder, »ein Vermuten.«

Da. Sie faßte zu. Es bröselte. »Wo längst Gewißheit wacht.« Jeannette schloß die Augen.

»Also.« Martin ließ den Strahl seiner Taschenlampe über die Wände wandern. Wie war das noch in Labyrinthen. Immer links? Verdammt, er hätte in »Der Name der Rose« besser aufpassen sollen.

»Ich glaube«, begann er gerade, als Frühauf ihm die Hand auf den Arm legte. Martin verstummte und lauschte. Jetzt hörte er es auch. Aber was er da vernahm ergab keinen Sinn.

»Was ist das?« fragte er verdutzt.

»Rilke«, antwortete Dotzler, »ich hab's nachgeschlagen. Da lang.«

»... in der betäubt ein großer«, Jeannette mußte husten, »Wille.« Sie keuchte. »Steht.«

Das Bein, auf das sie ihr Gewicht gelagert hatte, begann zu vibrieren. Es zitterte und bebte, als gehörte es nicht zu ihr. Gleich würde es nachgeben, einknicken, dann hinge sie nur noch an ihren Händen. Das würde sie nicht lange aushalten. Verzweifelt warf Jeannette den rechten Arm nach oben, glitt mit den Fingern an der Wand ab, während sie sie hineinzukrallen versuchte. Ihre Fingernägel splitterten, sie griff noch einmal nach.

Der Schmerz schickte grelle Lichtblitze unter ihre Lider. Plötzlich umfaßte etwas ihre ausgestreckte Hand, zog. Jeannette verspürte Leichtigkeit, verspürte das Brennen und den Schlag. Sie biß sich auf die Lippen, um nicht zu brüllen. Es war so gleißend hell.

Frühauf und Martin zogen die Ohnmächtige über den Rand in Sicherheit und ließen sie vorsichtig zwischen sich sinken. Dotzler leuchtete versuchsweise in den Abgrund und pfiff. Dann beleuchtete der Lichtkegel Jeannettes Bein. Unwillkürlich strich Martin ihr übers Haar. Er schluckte. »Mensch, Mädchen.«

Kapitel 23

Als Jeannette das erste Mal die Augen öffnete, war da nicht viel. Glatte weiße Bettwäsche, Licht, Gestänge. Dankbar schlief sie wieder ein.

Als sie das erste Mal richtig zu sich kam, saß Martin neben dem Bett und hielt ihre Hand. Sie regte sich und lächelte ihm zu. Hinter ihm wogte das Blumenmeer, das Spenden aus zwei Polizeirevieren möglich gemacht hatten.

»Wir haben ihn«, sagte Martin leise. »Hörst du. Und er hat gestanden. Du hast völlig richtig gelegen mit deinen Computerausdrucken. Falls dich das tröstet: Regenfuß hat es zugegeben. Die Datei, die an diesem Freitag abend als letzte geöffnet war, war ein Aufsatz von Bouvier für ein internationales Magazin. Offenbar hatte er darin Daten verbraten, die Kränzlein in dessen Doktorandenseminar aus seiner Dissertation vorgetragen hatte. Er meinte, Bouvier hätte ihn bestohlen, und die vorab veröffentlichten Schlußfolgerungen hätten den Wert seiner Doktorarbeit zerstört. Jeannette?«

Sie schüttelte nur sachte den Kopf, sie wollte es gar nicht hören.

»Als du ihm dann ausgerechnet diesen Text unter die Nase gehalten hast, ist er erschrocken und hat eilig geleugnet, überhaupt was davon zu verstehen. Der Fuchs fiel auf, daß er log, sie kannte ja seine Arbeiten, schließlich bemutterte sie ihn dauernd.« Martin machte eine Pause. »Sie muß ihn wohl darauf angesprochen haben. Ein Fehler.«

»Martin?« Jeannettes Blick wanderte über die Blumen und zum Fenster.

»Ja?«

»Martin, wann komme ich hier raus?«

Er nahm wieder ihre Hand. »Du bist auf jeden Fall wieder auf dem Damm, wenn ›Matrix II‹ in die Kinos kommt.«

Sie lächelte schwach. »Mir wäre im Moment mehr nach einer Jane-Austen-Verfilmung.«

Die nächsten Besucher waren ihre Eltern. Herr Dürer, der seiner Tochter wortlos auf die Schulter klopfte, daß die Infusionsflaschen wackelten, war offenbar mitgekommen, um den Ernst der Lage zu demonstrieren. Er sah seine Aufgabe damit als erfüllt an und öffnete, sich auf den Besucherstuhl in der Ecke niederlassend, die Bildzeitung.

Frau Dürer war etwas abgelenkt durch den jüngeren ihrer beiden Enkel und die kleine Sarah. Während sie Anton barsch davon abhielt, auf dem Bett herumzuklettern, schob sie ihre einjährige Enkelin auf dem Schoß zurecht. Umgeben von all diesen Pflichten, demonstrierte sie mütterliche Strenge. Jeannette verstand. Es wurde auch einer Schwerverletzten nicht ohne weiteres verziehen, wenn sie tagelang die mütterlichen Anrufe ignorierte.

»Jeannette.« Das war ihre Mutter, perfekt französisch und perfekt vorwurfsvoll.

»Mama.« Jeannette versuchte eben, sich in den Kissen aufzurichten, da kam der fünfte Besucher zur Tür herein und hob entschuldigend die Blumenvase, den Grund für seine Verspätung.

»Oh, hi Nils.« Jeannette überlegte einen Moment. »Seid ihr schon zurück aus Jamaika?«

Die Blumenvase zersprang klirrend.

Nils war mit einem Satz an ihrem Bett und packte Jeannette an den Schultern. »Jamaika! Sie ist also in Jamaika?«

Jeannette konzentrierte sich mit zusammengebissenen Zähnen auf den Schmerz in ihrem aufgehängten Bein, das unter Nils' Ansturm hin- und hergeschwungen wurde. Für einen Orthopäden benahm er sich ausgesprochen uneinfühlsam. Sie streifte seine Hände ab und kämpfte gegen die neu aufkommende Übelkeit. Ihr drehte sich alles vor Augen.

»Jeannette!« hörte sie die Stimme ihrer Mutter. »Ich erwarte, daß du hinfliegst und sie zurückholst. Das ist deine Pflicht als Schwester und Polizistin.«

»Danke der Nachfrage, Mama!« Jeannette lallte fast, so schwer hatten die Schmerzmittel ihre Zunge werden lassen. »Ich bin nur eben beinahe gestorben.«

Auch als Jeannette ein paar Tage später zu Kräften gekommen und ihr das ganze Ausmaß des Skandals im Hause Dürer eröffnet worden war, weigerte sie sich weiterhin standhaft, ihre ungetreue Schwester in einer Polizeiaktion an ihrem sündigen Urlaubsort aufzuspüren. Sie konnte Micha telefonisch dazu bewegen, die E-Mails, die Tanja ihr geschickt hatte, zu löschen, da sie ihrer Mutter und dem aufgebrachten Schwager zutraute, jetzt, weil sie von ihrem Kontakt zu Tanja wußten, in ihren persönlichen Dateien herumzuwühlen.

Stundenlang saß Frau Dürer an Jeannettes Krankenbett und lamentierte. »Die Kinder, den Haushalt, einfach alles zurückgelassen! Anton, hör auf, mit den Handschellen rumzufuchteln. Das hat man davon«, wandte sie sich an ihren Schwager, »wenn man den Kinder Kriegsspielzeug gestattet.« Dann besann sie sich wieder auf ihr Thema. »Alle Pflichten zu vergessen. Und ich darf jetzt Nils' Hemden bügeln.« Sie seufzte. »Meine Tanja, das wundert mich am meisten. Wenn du das gewesen wärst ...«

Der Hieb saß. Flammende Röte breitete sich über Jeannettes Gesicht aus. »Wieso ich«, japste sie. Aber es beachtete sie ohnehin keiner.

»Na, weil du Polizistin bist«, trumpfte Frau Dürer auf. »Du wirst sie holen.«

»Und Nils? Sie ist doch schließlich *seine* Frau.«

»Ich muß in die Schweiz auf ein Symposion.« Ihr Schwager räusperte sich, fügte dann aber nichts mehr hinzu, sondern rangelte notgedrungen mit seinem Sohn, der von hinten über seine Hosenbeine hergefallen war.

»Wahnsinnig wichtig für seine Karriere«, führte seine Schwiegermutter an seiner Stelle aus. »Deshalb ist Tanjas Verhalten ja so verantwortungslos.«

»Wichtig, hm?« Jeannette fixierte ihn verärgert. Sie überlegte schon, ob sie ihm ein paar von Tanjas intimen Bekenntnissen zitieren sollte. »Na dann. Jeder hat seine Prioritäten. Und ich fliege nicht.«

»Jeannette! Anton!« Der letzte Ausruf der Empörung galt Nils' mittlerem Sproß, der seinen Vater soeben mit Hilfe seiner Handschellen ans Krankenbett gefesselt hatte. Wütend ruckte der gefangene Orthopäde an seiner Fessel und brachte damit Jeannettes aufgehängtes Bein erneut ins Schwingen. »Ich fahre nicht«, kreischte sie, »und wenn ihr euch aufhängt. Ich fahre nicht.«

Micha Braune und Jochen Böhm, die eben eingetreten waren, nachdem man ihr dezentes Klopfen ignoriert hatte, betrachteten die Szene von der Tür her.

»Heh«, rief Micha, während Böhm in aller Ruhe seine Taschen nach dem Schlüssel durchsuchte. »Du kannst es nicht lassen, hm?«

Kapitel 24

Die Sonne schien endlich, wie sich das gehörte, als Martin Jeannette zu einem ihrer ersten vorsichtigen Ausflüge in den Schloßpark mitnahm. Geduldig ging er neben ihr her, während sie sich mit den Krücken unter den alten Bäumen entlangschleppte. Seufzend wählte sie schließlich eine Bank mit Blick auf die halbrunde Fassade der ehemaligen Orangerie des Schlosses, die mit ihren Palmenkübeln und den bunten Blumenrabatten ein anheimelnd mediterranes Flair verströmte. Studenten gingen aus und ein, verwehte Klaviertöne verrieten, daß die in dem Gebäude angesiedelten Kirchenmusiker am Üben waren.

»Schade«, meinte Jeannette und ließ sich mit den Bewegungen einer alten Frau nieder. »Früher war dort die Anatomie untergebracht. Viel hätte nicht gefehlt, und wir hätten dort anklopfen dürfen, um Obduktionen beizuwohnen.«

»Stilvoll«, brummte Martin zustimmend und streckte die Beine neben ihr aus. »Was du alles weißt.«

Mit halbgeschlossenen Augen blickten sie eine Weile von ihrem schattigen Platz aus in den lichterfüllten Park.

»Also«, eröffnete Martin nach einer Weile das Gespräch, »was willst du hören?«

»Nichts eigentlich.« Jeannette wünschte, sie könnte einfach weiter hier sitzen, spüren, wie die warme Luft die Erde ringsum zum Duften brachte, und die vielgestaltigen Muster des bewegten Blätterdachs über sich betrachten dürfen. Sie wollte nichts hören von den Quälereien, mit denen Bouvier seine Familie malträtiert hatte, bis seine Frau schließlich zurückschlug, nichts vom fehlgeschlagenen Betrug eines Professor Schmitt und schon gar nichts von den enttäuschten akademischen Hoffnungen Kränzleins, die ihn auf Bouvier einstechen ließen. Sie wollte nicht darüber nachdenken müssen, was in dem Mann vorgegangen war, der nach einer solchen Affekttat kaltblütig der Sekretärin aufgelauert und dann in ausbrechender Panik erst die Peters und dann sie zu ermorden versucht hatte. Die Peters, weil sie sein Schreibzeug im Labor wiedererkannt hatte und ihr klarwurde, daß er am Mordabend da gewesen sein mußte, sie selbst, weil sie ihn vermeintlich bei der Flucht nach dem überstürzten Überfall auf die Peters ertappt hatte. Er konnte ja nicht ahnen, daß sie mit den Gedanken woanders und sich gar nicht bewußt gewesen war, wie unmittelbar sie ihn nach der Tat aufgestört hatte. Hatte er wirklich geglaubt, er könnte noch einmal davonkommen, wenn er sie als Zeugin für seine Flucht aus dem Institut beseitigte?

»Wir werden deine Aussage durchgehen müssen.« Er hielt inne und betrachtete ihr Profil. »Die Erklärung dafür, warum du zu ihm in den Wagen gestiegen bist.« Jeannette reagierte nicht.

»Der Psychiater hat ihn sich lange angeschaut. Er meint, daß die besonderen Umstände seiner Promotion zur sozialen Vereinsamung und letztlich einen Realitätsverlust ... verdammt, jetzt rede ich schon genauso geschwollen.« Er versuchte ihre Hand zu streicheln. »Er hat einen ganz gewaltigen Knacks weg.«

»Du meinst, ich soll es nicht persönlich nehmen?« fragte Jeannette bitter zurück. »Vielen Dank auch.«

»Jeder verliebt sich mal in den falschen«, antwortete Martin und fiel unerwartet in die Pause, die sich nach seinen Worten auftat. Jeannettes heftiges Kopfschütteln holte ihn aus seinen ganz privaten Gedanken.

»Das war es nicht, Martin. Ich war nicht in ihn verliebt.

Nicht zu diesem Zeitpunkt«, wehrte sie sein ungläubiges Schnauben ab. Ihr Blick wanderte über die Steinfiguren, die den Sims der Orangerie schmückten, als könnten sie etwas zu ihrem Problem beitragen. Es steckte eine Aussage in diesem Figurenprogramm, erinnerte sie sich, sie hatte einmal alles darüber gewußt, als sie während des Studiums hier als Fremdenführerin gearbeitet hatte. Irgendein Sinn, aber welcher? Vergessen. Es blieb nicht mehr als die Ahnung von einem Sinn. Damit mußte man leben. Jeannette wandte sich wieder Martin zu.

»Ob du es glaubst oder nicht. Mir ist nicht aufgefallen, daß er Blutflecken auf der Kleidung hatte und unnatürlich erregt war, nicht, weil ich so verknallt in ihn war, sondern weil ich gerade völlig damit beschäftigt war zu überlegen, wie ich ihm am besten den Laufpaß geben könnte. Und weil ich deshalb ein schlechtes Gewissen hatte. Ehrlich«, fügte sie nach einem Seitenblick auf ihren Kollegen hinzu. »Mein Gott«, sie schlang die Arme um sich. »Das wird mir kein Mensch glauben.«

Eine junge Frau ging vorbei, beständig nach ihrem Dobermann rufend, der entgegen der Leinenpflicht frei über die Wiesen rannte. »Sonja«, brüllte sie, »Sonja! Hörst du denn nicht, was ich sage?« Die antiautoritäre Erziehung war bei Hunden offenbar noch genauso in Mode wie zu ihrer Studentenzeit.

»Ist aber irgendwie ganz typisch du.« Martin lächelte sie vorsichtig an. Jeannette lächelte zurück. Ihr Mund begann zu zittern, dann liefen Tränen über ihre Wangen. Martin langte hinüber und nahm sie in die Arme. Über ihr leiser werdendes Schluchzen hinweg betrachtete er das Treiben im Park.

»Weißt du«, flüsterte er in ihre Haare, »er ist bereit auszusagen, daß er dich mit vorgehaltener Waffe zwang.« Er spürte, wie sie in seiner Umarmung steif wurde vor Überraschung und Abwehr. »Er, er betrachtet es als Wiedergutmachung, dir die Aussage zu ersparen.«

»Was will er dafür?« Aus Jeannettes Stimme waren jegliche Tränen verschwunden.

»Noch einmal mit dir sprechen.« Martin wies mit dem Kinn auf den Parkausgang links der Orangerie. Jeannette folgte seiner Geste mit den Augen. Dort, zwischen dem Gebäude und einem großen Drahtabfalleimer, stand tatsächlich eine Gestalt. Sie kam ihr auf dem staubigen Weg im Sonnenlicht nicht deutlicher und nicht bekannter vor als die Figuren aus Stein auf dem Sims nebenan. Nichts wies darauf hin, daß dort ein Mörder stand, nichts darauf, daß der Mensch dort sie etwas anging. Ein Figürchen im Licht unter vielen. Ihre Augen wanderten weiter, zu dem vollbesetzten Garten des Kaffeehauses, zum Hugenottenbrunnen mit seinem Skulpturengewimmel. Wurde alles Lebendige im Leben so banal? fragte sie sich müde. Und war das erschreckend, oder war es ein Trost?

Noch einmal betrachtete sie den fernen Mann im roten Hemd.

»Ich will ihn nicht sehen«, sagte sie. »Ich habe ihm nichts zu sagen.«

Kapitel 25

Martin Knauer ging noch einmal die Protokolle durch. Die Bouvier hatte ausgesagt, das Viagra übers Internet bestellt zu haben. Sie hatte korrekt das Terminal genannt, von dem aus die Bestellung getätigt worden war: Bouviers eigener Computer an der Uni. Sie gab an, ihn zu diesem Zweck einmal besucht zu haben. Als sie sie allerdings zu Testzwecken vor einen Bildschirm setzten, kam sie nicht einmal selbständig ins Netz und schob das auf den großen Streß, unter dem sie stand.

Martin hatte den schweren Verdacht, daß sie im Grunde nur ihre Tochter schützte. Er dachte an die Aussagen, die das Mädchen betrafen. Hatte er gegen seinen Sohn Krieg geführt, so hatte er seine Tochter offenbar durch ungewollte Umarmungen überwältigt. Nein, Mißbrauch war es nicht gewesen, aber es hing ein penetranter Geruch über dem, was er sagte und tat. Als sie dreizehn war zum Beispiel, hatte er angefangen, sie bei seinen diversen Affären ins Vertrauen zu ziehen, ja, er ging so weit, die Kleine im Auto vor dem Haus warten zu lassen, während er sich drinnen mit einer seiner Geliebten vergnügte. Martin hätte ein Monatsgehalt auf die Tochter gewettet. Aber Monika Bouvier war nach der Verhaftung ihrer Mutter in die Kopfklinik eingeliefert worden und wurde von den Ärzten immer wieder für vernehmungsunfähig erklärt.

Hungrig stand er auf und inspizierte den Kühlschrank. Leer. Josef war bereits über zwei Wochen fort, hatte einen Badeurlaub drangehängt. Mit einem abgelaufenen Fruchtjoghurt schlich Martin zum Küchentisch zurück. Sein Blick fiel auf Frau Bouviers Aussagen über ihre Ehe. Wieder einmal schüttelte er den Kopf. Er begriff es nicht. Warum hatte diese Frau nicht schon vor Jahren die Koffer gepackt und war mitsamt ihren Kindern ausgezogen, verschwunden, hatte sich scheiden lassen. Warum hatte sie diesem Ekel nicht den Laufpaß gegeben? Warum verließ man diejenigen nicht, die nicht gut für einen waren?

Schwungvoll zog er den Aluminiumdeckel ab und inspizierte den dichten Schimmelpelz darunter. Ja, Martin Knauer, dachte er, warum wohl nicht?

Er lag im Bett, als die Haustür leise klackend aufging. Martin lauschte den Geräuschen von Josefs Heimkehr, dem Schlurfen der Koffer, dem Klacken der Kleiderbügel, dem Wasserrauschen im Bad, und rührte sich nicht. Da wusch er ihn sich ab, dachte er bitter, den Duft des sonnigen Italien.

Etwas später schlüpfte ein kühler, wohlriechender Josef neben ihm unter die Decke und küßte ihn auf den Nacken.

»Stell dich nur schlafend«, meinte er gutgelaunt. »Ich hatte eine tolle Zeit und nehme es dir nicht mehr übel, daß du dich bei meiner Abreise wie ein Brummbär aufgeführt hast.«

»O ja«, murmelte Martin mit zusammengebissenen Zähnen, während er spürte, wie sein Freund sich neben ihm nach einem kurzen Moment des Wartens zum Schlafen zusammenrollte und auch bald ruhig und gleichmäßig atmete. »Ich verzeihe dir auch.« Mit brennenden Augen starrte er ins Dunkle.

Jeannette schloß ihre Wohnungstür ab und humpelte, ihren Reiserucksack hinter sich herschleifend, auf die Straße und zu ihrem wartenden Taxi. Es war nicht das unablässige Drängen ihrer Familie, das sie schließlich doch veranlaßt hatte, sich ein Ticket nach Jamaika zu kaufen. Im Gegenteil, sie hatte heimlich gebucht und nicht vor, das Tribunal zu informieren, damit Tanja umgehend wieder zwischen die heimischen Möbel geklemmt wurde, um einzusehen, daß ihr Fluchtversuch eine große, bald schon unendlich ferne Dummheit gewesen war.

Es waren eher die Alpträume, die sie in schwarzen Schlünden schreiend zu sich kommen ließ und sie nachts in ihre hellerleuchtete Küche trieben. Dort saß sie dann an ihrem runden Tisch mit der geblümten Wachstuchtischdecke, die nackten Füße auf dem kalten Boden, und dachte an den Mann in der Zelle, den Mann, mit dem sie geschlafen hatte, den Mann, mit dem sie ihren Freund betrogen hatte. Irgendein gehirngewaschener Teil von ihr dachte sogar: Kein Wunder, daß er dich dafür umbringen wollte. Und daß sie so zu denken in der Lage war, machte sie zornig, fast so zornig wie die Tatsache, daß jemand sie einfach in ein Loch geschmissen hatte. Aber es war niemand da für ihre Wut als sie selbst. Wie es Tanja wohl ging? War sie auch schuldbewußt und wütend auf sich selbst, oder genoß sie noch immer die Cocktailkirschen?

Schließlich beschloß Jeannette, daß es ihrem vom Schlafentzug bleichen Teint guttun würde, sich ein wenig der tropischen Sonne auszusetzen. Gipsbein hin oder her. Und vielleicht konnte sie Tanja ein paar Fragen stellen. Es war zum ersten Mal in ihrer langen Geschichte als Schwestern, daß sie sich aufrichtig auf ein vertrautes Gespräch freuen würde.

Sie bemerkte den Krankenwagen, als sie ihren Rucksack in den Kofferraum hob, und hinkte eilig zur Beifahrertür.

»Flughafen«, sagte sie drängend und drückte sich in die Kissen.

Der Taxifahrer legte den Gang ein. »Da verfolgt uns ein Krankenwagen«, meinte er nach einer Weile kopfschüttelnd.

»Tatsächlich?« Jeannette versuchte, ihre Stimme gelassen klingen zu lassen.

»Wenn ich's nicht selber sehen würde.« Er warf wieder einen Blick in den Rückspiegel. »So ein Spinner. Heh!«

Sie hatten Nürnberg bereits verlassen und waren von der Bundesstraße abgebogen zwischen die Gemüsefelder, die den Zubringer zum Nürnberger Flughafen säumten.

»Ja sind wir hier im Kino, oder was?« Wütend legte der Taxifahrer eine Vollbremsung hin. Der Krankenwagen scherte aus, um sie knapp zu verfehlen, schleuderte an ihnen vorbei und kam nach einer Halbdrehung vor ihnen zum Stehen. Er versperrte die Straße.

Jeannette warf einen verzweifelten Blick auf das blaue Hinweisschild für die Abflugterminals in der Ferne. Dann stieg sie aus. »Ich bin noch nicht reif für eine feste Beziehung«, murmelte sie. »Ich bin noch nicht reif für eine feste Beziehung.« Da kam er angelaufen. Angerauscht traf es eher. »Ich ...«

Weiter kam sie nicht. Es empfing sie ein Schwall von Beschimpfungen in Italienisch. Die ersten Autos hinter dem Taxi und auf der Gegenfahrbahn begannen zu hupen. Na schön. Sauer sein konnte sie auch. Jeannette verschränkte die Arme.

»Schön, daß du an meinem Krankenbett vorbeischaust«, meinte sie sarkastisch.

»Ich war in Italien. Bei Papa.« Mauro legte alle Dramatik in das letzte Wort. »Wir hatten dort eine Verabredung, wenn du dich erinnerst.«

Jeannette erinnerte sich dunkel. Sie war allerdings so beschäftigt damit gewesen, zu überlegen, ob sie da wirklich hin wollte, daß sie ganz vergessen hatte, laut gegen diese Pläne zu protestieren.

»Ich ...«, setzte sie erneut an. Das Hupkonzert hinter ihnen wurde lauter.

»Ich wollte dich meiner Familie vorstellen, ich wollte dich heiraten. Und du?« Mauro hob die Arme gen Himmel. »Nicht da. Ich rufe an, ich telefoniere, aber du hebst nicht ab, niemals.«

Jeannettes Gips juckte höllisch, und sie versuchte, die Zehen zu bewegen, ohne etwas von ihrer trotzigen Abwehrhaltung aufzugeben. Es war nicht einfach.

»Dann bin ich zurück und du: nicht da. Und wieder telefoniere ich und telefoniere. Und was erfahre ich schließlich: Du hast mich betrogen!«

Jeannette fiel aus allen Wolken. »Woher weißt du das?« Ups, dachte sie, falsche Frage.

»Betrogen mit einem anderen!« Das Hupen wurde infernalisch. »Aber du kannst ihn haben.« Mauros Stimme wurde alttestamentarisch. »Du kannst gehen. Ich verfluche dich!« Er hob die Fäuste. »Und den Fernseher nehme ich auch mit!«

Sabine Peters hatte nach ihrer Rückkehr aus dem Krankenhaus begonnen, ihr Büro an der Universität zu räumen. Sie würde nach München zurückkehren, hatte sie beschlossen. Wenn es für sie keinen Forschungsauftrag am Zoo mehr gab, dann würde sie eben Führungen für Schulklassen machen. Alles war besser als das hier. Sie gab ihrem Stapel Korrekturen für die universitäre Schriftenreihe einen Stoß.

Sorgfältig packte sie das Foto ihrer Schwester ein. Dann zog sie die Pins aus der Tapete und hängte eine der ungerahmten Flugskizzen ab, die Cornelius Kränzlein ihr verehrt hatte. Bouvier hatte ihres Wissens auch einige davon besessen, ein Geschenk seines Mörders. Ihres Mörders beinahe.

Ihre Hände zitterten wieder. Posttraumatisches Streßsymptom nannte ihr Psychiater das. Mit bebenden Fingern strich sie sich die Haare aus der Stirn. Nun, im Zoo mußte sie keine Pipetten halten, da würde der Makel niemandem weiter auffallen. Wenn sie erst einmal Fremdenführerin war. Sabine Peters fuhr über die Rücken ihrer kleinen, aber stolzen Zahl von Veröffentlichungen und hob die Bücher dann aus dem Regal. Was gab sie schon auf. Zehn Jahre wissenschaftlicher Arbeit. Sonst nichts. Nur ihr halbes Leben.

Als sie die letzten Akten in Kafkas Büro tragen wollte, hörte sie ihn telefonieren. Sabine Peters verzichtete darauf, sich bemerkbar zu machen.

»Herr Professor Huber?« Kafkas Stimme floß ölig in den Hörer. »Daß wir uns da nicht falsch verstehen. Professor Bouviers Untersuchungen sind tatsächlich zu einem Resultat gelangt. Ich bin nur der Ansicht, daß es noch einmal überprüft werden sollte. Zum Besten der Wissenschaft.« Er lauschte zufrieden lächelnd in den Hörer. »Ein Stipendium? Auf zwei Jahre? Das hört sich verlockend an, Professor Huber, aber Sie müssen verstehen, daß in meiner Situation ... Ach, sie verfügen ab Januar 2002 über eine neue Assistenzstelle? Aber liebend gerne, Herr Professor. Ich fand Düsseldorf schon immer eine schöne Stadt.« Er legte auf und war so zufrieden mit sich, daß er kaum zusammenzuckte, als er Sabine Peters mit ihrem Karton dastehen sah.

»Ah, Sabine, meine Liebe. Auf dem Weg nach München?«

Sabine Peters nahm unaufgefordert Platz. Wieder und wieder strich sie über ihre Strähnen. Sie sah den Zoo vor sich und die Scharen plärrender Kinder am Sonntag. Wenn sie Glück hatte, reichte das Gehalt für ein WG-Zimmer. Nun, nicht alle konnten Professor werden; manche wurde auch umgebracht. Alle nicht. Sabine Peters faßte einen Entschluß.

»Ich hätte es vielleicht erwähnen sollen, Professor Bouvier hat mich vor ein paar Wochen gebeten, die kompletten Ausschuß-Akten für ihn zu kopieren. Dir wollte er das wohl nicht zumuten.« Sabine Peters' Hände zitterten noch immer. Sie klemmte sie zwischen ihre Knie und dachte an die Kopien, die nun zuunterst in ihrem Umzugskarton lagen und in denen die Untersuchungsergebnisse zur Arbeit Professor Hubers detailliert dokumentiert warten. Sabine Peters probte ein Lächeln. »Genaugenommen, Hans-Heiner, bin ich auf dem Weg nach Düsseldorf.«

Jeannette genoß den Rollstuhl, mit dem eine fürsorgliche Stewardeß sie auf Umwegen zu ihrer Maschine brachte. Sie hatte genug von den Aufregungen für heute. Auf dem Parkplatz wäre sie beinahe noch über ihren Kollegen Zametzer gestolpert, der sie aber zum Glück nicht sah und herausgeputzt Richtung Ankunftshalle davonzog. Was für ein Gockel.

Jetzt kamen sie auf das Flugfeld, und der Wind griff nach Jeannettes Haaren. Es war ein warmer Wind, vielleicht der erste in diesem schattigen Sommer, und die Sonne schien warm auf die große Betonfläche und die leuchtenden Sonnenblumenfelder dahinter.

Mit halbgeschlossenen Augen wartete Jeannette auf den Spezialbus, der sie durch das Gewimmel fahren sollte. Sie roch Kerosin und Gummi, die Aromen des großen Aufbruchs. Menschen in bunten Kleidern, braungebrannt und mit Sonnenhüten, drängten aus den Maschinen. Jeannette sah das kräftige Blau, das Tannengrün und Gelb hinter dem Rollfeld und versuchte sich vorzustellen, daß in wenigen Stunden warmes Licht und Farbenfülle unter Palmen sie begrüßen würden. Die Leute dort drüben kamen vielleicht von dort.

Dann blinzelte sie. Die Frau in Rosa, das konnte doch nicht Regine sein. Sie hatte sich nicht angemeldet für dieses Wochenende, sie wußte doch, daß Jeannette nicht da sein würde. Das Miststück! Natürlich, sie hatte es auf die leere Wohnung abgesehen. Regine hob den Arm, um zu winken, und jemand auf der Aussichtsterrasse winkte zurück.

Jeannette griff nach den Rädern ihres Rollstuhls, aber jemand hatte die Bremse arretiert. Sie konnte sich geirrt haben, sie mußte sich geirrt haben. Das durfte einfach nicht wahr sein.

»Regine«, schrie sie, natürlich vergebens. Eine startende Maschine verschluckte donnernd jeden Laut um sie herum. Nein, nicht er. Nicht mit Regine.

»Da ist Ihr Bus.« Die Stimme der Stewardeß war wieder da. »Wir wünschen Ihnen einen wunderbaren Urlaub.«

»Nein«, schrie Jeannette, was die Stewardeß zurückzucken ließ, ehe sie sie entschlossen anschob und auf die Plattform lenkte.

»Nein!« Ihre protestierende Stimme war hinter der verschlossenen Fahrzeugtür kaum mehr zu verstehen.

Jeannette rollte in ihrer Maschine, rollte dem sonnigen Jamaika entgegen.

Nein, dachte sie nur verzweifelt. Nicht Zametzer, nicht mit Regine, nicht in meinem Bett. Die Stewardeß winkte fröhlich.

Eine weitere Boeing rauschte in den siegesblauen Himmel.

Danksagung

Herzlichen Dank, Dr. Christian Voigt, für die eindrucksvolle Führung durchs Erlanger Biologikum und die Fledermaus-Räume, für all die Literaturtips und ausführlichen Erläuterungen. Leider hatte der Krimi-Plot seine spezifischen Bedürfnisse. Ginge es nach dem Leben, wären alle meine »Fledermausforscher« freundliche und hilfsbereite Menschen geworden.

Danke auch endlich einmal in aller Ausführlichkeit an Monika Leykam. Niemand hat ein eigenständigeres, präziseres und verläßlicheres Urteil. Stellen, an die Monika ihr berühmtes »Laß es« malte, sind in diesem Buch auch nicht mehr zu finden.

Eva Wagner hat trotz eigener Arbeiten die Zeit gefunden, Teile der Arbeit Korrektur zu lesen, und keinen Fehler ausgelassen, was ich ihr nicht hoch genug anrechnen kann.

Allen Freunden, die sich die ganze Geschichte in allen Stadien und Versionen immer wieder angehört haben, danke ich für ihre Geduld.

Dabei steht an erster Stelle mein Mann, der meinen übersprudelnden Vorträgen stets bereitwillig folgte und mich tatkräftig unterstützte. Nicht zuletzt geht der Plot auf Anregungen aus seiner eigenen Promotionszeit zurück.

Tessa Korber

Toter Winkel

Roman

Originalausgabe

224 Seiten
Band 1633
ISBN 3-7466-1633-6

Unkonventionell und ein wenig zu chaotisch für diese Welt … Jeannette Dürer ist eine höchst erfolgreiche Polizistin, doch leider hat sie es nie geschafft, Ordnung in ihr Privatleben zu bringen. Als im Fußballstadion von Nürnberg die Leiche eines angesehenen Geschäftsmannes gefunden wird, glaubt Jeannette, endlich alle privaten Sorgen für eine Weile abschütteln zu können. Die Spur des Täters, der bald ein zweites Mal zuschlägt, führt zu einer Freimaurerloge. Mit Hilfe eines Historikers beginnt sie, das Geflecht um den Geheimbund zu entwirren. Auch als Mann ist Doktor Josef Brunner nicht uninteressant. Leider erweist er sich bald als Hauptverdächtiger …

Tessa Korber hat sich mit historischen Romanen wie »Die Karawanenkönigin« einen Namen gemacht. Nun beweist sie, daß sie auch ungewöhnlich spannende Kriminalromane zu schreiben versteht.

AtV
Aufbau Taschenbuch Verlag

Barbara Krohn

Weg vom Fenster

Roman

Originalausgabe

384 Seiten
Band 1595
ISBN 3-7466-1595-X

Mord an Paul Breitkreuz, dem umschwärmten Herzensbrecher und Mittelpunkt eines höchst aktiven Literaturzirkels! Der Verdacht liegt nahe, daß es sich um ein Verbrechen aus Eifersucht handelt, aber Kommissarin Freya Jansen will nicht so recht daran glauben und beginnt fieberhaft und verfolgt vom etwas spöttischen Lächeln ihrer Kollegen mit den Ermittlungen. Während Freya noch im dunkeln tappt, hat Ines, eine frischgebackene Mutter, die zufällig Zeugin des Mordes wurde, ebenfalls begonnen, auf eigene Faust zu recherchieren und ist auf eine heiße Spur gestoßen …

AtV
Aufbau Taschenbuch Verlag

Barbara Krohn

Der Tote unter der Piazza

Roman

Originalausgabe

286 Seiten
Band 1441
ISBN 3-7466-1441-4

Endlich wieder in Neapel! Die junge Journalistin Marlen will sich bei ihrer Freundin Livia von turbulenten Liebeswirren erholen. Doch gleich bei der Ankunft lernt sie den Taxifahrer Salvatore kennen, der ihr das Labyrinth geheimnisvoller Gänge unter der Stadt zeigt – und schon ist sie mittendrin in einem Abenteuer ganz anderer Art, denn in einem abgelegenen Schacht liegt ein Toter. War es die Mafia? Selbstmord? Ein Eifersuchtsdrama? Die Neugier der beiden Frauen ist geweckt, und mit Mut, Witz und weiblicher Intuition kommen sie einem raffinierten Verbrechen auf die Spur.

AtV
Aufbau Taschenbuch Verlag

Eva Maaser

Der Moorkönig

Roman

304 Seiten
Band 1667
ISBN 3-7466-1667-0

In einer Sturmnacht des Jahres 1803 wird auf einem westfälischen Bauernhof unter merkwürdigen Umständen ein Kind geboren, vor dem sich alle bald ein wenig grausen. Doch keiner ahnt, daß der Junge mit der Gabe der Hellseherei geschlagen ist. Nur im unergründlichen Moor mit seinen Spukgestalten fühlt er sich wohl, so daß ihn der eigene Bruder halb bewundernd, halb geängstigt den »Moorkönig« nennt. – Ein spannender, anrührender historischer Roman über einen Jungen, der in die Zukunft sehen kann.

»*Der Moorkönig* ist das gelungene Debüt einer Autorin, von der man hoffentlich noch manches ähnlich spannende Buch lesen wird.«

NDR

AtV
Aufbau Taschenbuch Verlag

Fred Vargas

Es geht noch ein Zug von der Gare du Nord

Kriminalroman

Aus dem Französischen von Tobias Scheffel

212 Seiten
Band 1512
ISBN 3-7466-1512-7

Auf Pariser Bürgersteigen erscheinen über Nacht mysteriöse blaue Kreidekreise, darin liegt stets ein verlorener oder weggeworfener Gegenstand: ein Ohrring, eine Bierdose, ein Brillenglas, ein Joghurtbecher, ein Vogelbein, ein Kotelettknochen – und jedesmal ist der Satz dazugeschrieben: Victor, sieh dich vor, was treibst du jetzt noch vor dem Tor? Keiner hat den Zeichner je gesehen, die Presse amüsiert sich, niemand nimmt die Sache ernst. Niemand, außer dem neuen Kommissar im 5. Arrondissement, Jean-Baptiste Adamsberg, der sich mehr auf seine Eingebung denn auf Indizien verläßt. Und eines Nachts geschieht, was er befürchtet hat: es liegt ein toter Mensch im Kreidekreis.

»Dies ist … eine vielversprechende neue Stimme des europäischen Kriminalromans.«

Der Tagesspiegel, Berlin

»Wer Donna Leon liebt, wird Fred Vargas vergöttern.«

P.S., Zürich

AtV

Aufbau Taschenbuch Verlag

Fred Vargas
Die Schöne Diva
von Saint-Jacques
Kriminalroman

Aus dem Französischen
von Tobias Scheffel

288 Seiten
Band 1510
ISBN 3-7466-1510-0

Im Garten der Sängerin Sophia im Pariser Faubourg St. Jacques steht eines Morgens ein Baum, der am Tage zuvor noch nicht da stand. Niemand hat ihn gepflanzt. Sophia empfindet ihn wie eine Bedrohung. Zwei Tage später ist sie spurlos verschwunden. Ihr Nachbar Marc, ein junger Historiker, derzeit ohne Job und ohne Frau, beginnt auf eigene Faust zu recherchieren, da weder der Ehemann noch die Polizei sich zunächst für den Fall interessieren. Und je tiefer er gräbt – unter der rätselhaften Buche wie in der Vergangenheit der verschwundenen Diva –, um so mehr Steine bringt er ins Rollen, die zwei Morde auslösen, bis er am Ende auf einen uralten Haß stößt, der beinahe auch ihn das Leben kosten wird.

»Es gibt eine Magie Vargas: ein origineller Blick, mehr noch poetisch denn realistisch, eine leichte, sprühende Intelligenz, ein scharfer Verstand, von Humor temperiert, die Lust am Spiel und Augenzwinkern, und eine ganz eigene Art, mit den Worten zu jonglieren.«
Le Monde

AtV
Aufbau Taschenbuch Verlag

Eva Maaser

Das Puppenkind

Kriminalroman

Originalausgabe

304 Seiten
Band 1636
ISBN 3-7466-1636-0

In der Fußgängerzone von Steinfurt wird in einem abgestellten Kinderwagen eine Babyleiche gefunden, die einer Puppe täuschend ähnelt. Wie sich herausstellt, ist das Kind fachgerecht präpariert worden. Zeugen haben eine Frau am Wagen gesehen.

Zusätzliche Brisanz erhält der Fall, als ein Baby entführt wird und die Ermittler davon ausgehen müssen, daß sich die Täterin eine neue Puppe schaffen will. Kommissar Rohleff und sein Team ermitteln fieberhaft, um das Leben dieses Kindes zu retten.

»Das Puppenkind« ist der erste Fall einer neuen Krimiserie.

AtV
Aufbau Taschenbuch Verlag